HEYNE <

Das Buch

Seit sie denken kann, ist Paula mit Thomas zusammen. Langsam wird es Zeit für einen Wechsel! Doch dieses Projekt lässt sich unmöglich allein auf die Beine stellen. Dazu bedarf es schon der Hilfe von Alix und Melli, die sofort mit großem Vergnügen auf Männerjagd gehen.

Die Autorinnen

Bianka Minte-König, gebürtige Berlinerin, ist promovierte Literatur- und Medienwissenschaftlerin und lehrt seit 1980 als Professorin an der Fachhochschule Braunschweig. Sie ist Autorin der Bestsellerreihe »Freche Mädchen – Freche Bücher«. Ihre Romane wurden in 17 Sprachen übersetzt, als Hörbücher vertont und werden in Kürze verfilmt.

Weitere Informationen über Bianka Minte-König und ihre Bücher unter www.biankaminte-koenig.de

Gwyneth Minte, Jahrgang 1983, studiert Jura. Sie spielte lange Jahre Theater, arbeitete als Laufstegmodel und Hörbuchsprecherin und recherchiert für die Bücher ihrer Mutter.

Lieferbare Titel

Liebe? Aber klar doch! (978-3-453-58022-0)

Bianka Minte-König
& Gwyneth Minte

Liebe?
Immer wieder!

Roman

Wilhelm Heyne Verlag
München

FSC
Mix
Produktgruppe aus vorbildlich bewirtschafteten Wäldern und anderen kontrollierten Herkünften
Zert.-Nr. SGS-COC-1940
www.fsc.org
© 1996 Forest Stewardship Council

Verlagsgruppe Random House
FSC-DEU-0100
Das für dieses Buch verwendete
FSC-zertifizierte Papier *München Super*
liefert Mochenwangen.

Originalausgabe 07/2007

Printed in Germany 2007
Redaktion: Christiane Wirtz
Umschlaggestaltung: init.Büro für Gestaltung, Bielefeld
Satz: KompetenzCenter, Mönchengladbach
Druck und Bindung: GGP Media GmbH, Pößneck
ISBN: 978-3-453-58023-7
www.heyne.de

♡ ♡ ♡

Eine Braut, die sich nicht traut

Er lag vor meinen Füßen auf dem Boden, umklammerte mit den Armen meine Unterschenkel und schlug in regelmäßigen Abständen mit seinem Kopf auf meine Knie. Dabei lallte er: »Heirate mich, Paula, bitte, heirate mich!«

Er, das war Thomas. Seit der Oberstufe die Liebe meines Lebens, was ihn allerdings in meinen Augen keineswegs berechtigte, mir einen Heiratsantrag zu machen. Wo kämen wir denn da hin, wenn das jeder täte! Ich geriet regelrecht in Panik. Das konnte doch wohl nicht sein Ernst sein?

War es aber scheinbar doch, und obwohl er ziemlich besoffen im Kopf war, kriegte er so komplizierte heiratsrelevante Worte wie Standesamt, Aufgebot und Bausparvertrag nahezu unverstümmelt über seine Lippen. Meine Güte! Das war ja brandgefährlich!

Ich schaute mich schon mal nach einer Fluchtmöglichkeit um, aber in der Diele drängten sich jede Menge Leute, die mit uns die Einweihung unserer WG feierten, und genau vor der Tür zum Treppenhaus hatte sich Frau Waschkowski, unser hauseigenes Kontrollorgan, aufgebaut. Die ließ mich nie durch ohne Passierschein oder zumindest einen triftigen Grund. Und wenn sie das mit dem Heiratsantrag spitzkriegte, würde sie bestimmt die Tür dreimal abschließen und umgehend nach dem Pastor telefonieren, um die Trauung sofort und ohne Verzögerung vor Ort vollziehen zu lassen. Jedes verheiratete Paar wertete nämlich in ihren Augen die Hausgemeinschaft auf. Denn ihrer Ansicht nach gab es viel zu viele von diesen lotterhaften Singles, die in Junggesellenhaushalten und WGs ihr Unwesen trieben, statt Familien zu gründen.

»Deutschland geht zugrunde, das Volk stirbt aus!«, überschüttete sie jeden, der es nicht hören wollte, mit ihrer demografischen Panikmache.

»Paula! Was ist denn nun? Wie lange soll ich denn noch hier auf den Knien liegen? Willst du mich heiraten, oder nicht?«

Eher nicht, dachte ich und starrte mit Missfallen auf Thomas, der nicht unbedingt den frischesten Eindruck machte. Und ich konnte nicht umhin, mir einzugestehen, dass ich mir den ersten Heiratsantrag meines Lebens irgendwie romantischer vorgestellt hatte. Irgendetwas zwischen einem Meer von Rosen, Sternenhimmel und Champagnersee! Warum eigentlich diese Eile?

Gut, wir hatten beide unsere Ausbildung abgeschlossen. Ich als Friseurin, er als Grundschullehrer, aber war das ein Grund für dieses plötzliche Nestbausyndrom?

Ich konnte es ja im Prinzip nachvollziehen, dass er mich gerne dauerhaft an sich binden wollte, und eigentlich hatte auch ich mir ja immer vorgestellt, dass unser gemeinsamer Weg unweigerlich in eine eheliche Lebensgemeinschaft führen würde. Warum also geriet ich nicht sofort in einen Glückstaumel, hörte Hochzeitsglocken bimmeln und erlöste Thomas schnellstens mit einem dankbaren Kuss aus seiner etwas misslichen Lage? Vielleicht weil das, was ihn erlösen würde, mich zu versklaven drohte? Ach, ich weiß auch nicht, warum ich statt glücklich nur geschockt und misstrauisch war! Jedenfalls kamen mir bei seinem überraschenden Antrag keine Orgelklänge, die den Hochzeitsmarsch intonierten, in den Sinn, sondern Kondome mit Noppen.

Tja, und die waren mit ein Grund, warum ich Thomas nicht im Überschwang der Gefühle an den Hals sprang, mich mit ihm am Boden wälzte und kreischende Jubelschreie ausstieß. Danke, Liebling, danke, du machst mich zur glücklichsten Frau der Welt! Nee, war nichts mit glücklichster Frau und so ... Es gab nichts zu jubeln! Jedenfalls so lange nicht, bis die Sache mit unserem Sexualleben geklärt war.

Okay, auch wenn ich allein schon bei dem Gedanken rot anlief wie eine Kirschtomate, Alix hatte mir gerade noch rechtzeitig die Augen geöffnet. Einen Mann, mit dem sich eine Frau im Bett langweilte, konnte sie einfach nicht heiraten. Also bei aller Liebe nicht! Schon gar nicht, wenn es nicht mal die Noppen brachten. Denn das hieß ja, dass ein schwerwiegendes Ehehindernis vorlag, und das musste erst mal beseitigt werden.

Wie ich meinen Freundinnen Alix und Melli schon erklärt hatte, ist Liebe selbstverständlich mehr, als jedes Mal einen Orgasmus zu haben, aber natürlich ist beides zusammen auch nicht zu verachten.

Trotzdem: Das mit dem Sex war nicht der einzige Grund für meine Panik. Nein, bei Weitem nicht. Eigentlich war es wegen der WG. Thomas hatte nämlich ursprünglich mit mir und meinen beiden Freundinnen Alix und Melli in diese tolle Wohnung ziehen wollen, in der wir grade unseren Einstand feierten. Aber dann hatte er ganz plötzlich einen Rückzieher gemacht, etwas von schicker Dreizimmerwohnung mit Platz für ein Kind gefaselt und gemeint, der Bausparvertrag, den seine Eltern in weiser Voraussicht frühzeitig für ihn abgeschlossen hätten, wäre bald zuteilungsreif und eine Eigentumswohnung zu kaufen, wäre doch da viel sinnvoller, als irgendeinem Immobilienhai die Miete in den Rachen zu stopfen. Hat er gesagt.

Sein Rückzieher hätte uns fast das Genick gebrochen. Finanziell, meine ich. In den Ruin hätte er uns getrieben und noch immer stand das Zimmer leer, denn Alix' Schwester Conny, die es in letzter Minute nehmen wollte, weil sie von ihrem Lover, der auch noch ihr Chef war, in jeder Hinsicht auf die Straße gesetzt worden war, wurde noch am Tage des Einzugs von ebendiesem Typ auf Knien angefleht, doch bitte wieder in seine Firma und sein Bett zurückzukehren, da er ohne sie nicht leben konnte. Und was tat sie? Sie zog ihn doch tatsächlich einem emanzipierten Leben in einer Frauen-WG vor! Sie folgte ihm wieder nach Frankfurt, und wir hatten weiterhin die Miete für das leere Zimmer am Hals.

Hm, sollte Thomas vielleicht immer noch darauf spekulieren, dass ich nicht in die WG einzog, sondern mit ihm in eine gemeinsame Wohnung? Am Sonntag wollte ich die restlichen Möbel bei meinen Eltern abholen, und er hatte mir versprochen, dabei zu helfen. War sein Heiratsantrag nichts als ein weiterer Boykottversuch unserer WG-Pläne? Wollte er damit verhindern, dass ich dann dem seiner Ansicht nach unguten Einfluss meiner Freundinnen noch stärker ausgesetzt war? Schließlich hielt er Alix für promiskuitiv und Melli für eine Kampflesbe! Was natürlich beides völlig abwegig war!

Hm, irgendeinen Grund hatte er bestimmt, mich so plötzlich mit einem Heiratsantrag zu überfallen ...

»Hey, Paula!«, riss mich Melli aus diesen uninspirierenden Gedanken. »Freut mich zu sehen, dass Thomas zu dir zurückgefunden hat. Eben hat er noch dem Kartoffelsalat einen Heiratsantrag gemacht.«

Wie bitte, dem Kartoffelsalat? Ich verstand nur Bahnhof. Aber egal!

»Jetzt macht er jedenfalls mir einen!«, rief ich zu ihr rüber.

Melli kriegte einen total panischen Gesichtsausdruck. »Das ist ein Scherz, oder?«

Ich schüttelte den Kopf und wies auf den immer noch lallenden Thomas, der in seiner unbequemen Position offenbar verharren wollte, bis ich endlich meine Einwilligung gegeben hatte.

»Den nimmst du doch aber wohl nicht an?« Mellis spontanes Entsetzen ließ ihre Stimme schrill klingen.

Tja, ganz sicher war ich mir da noch nicht.

»Der will dich nur in eine kleinbürgerliche, spießige Zweizimmerwohnung abschleppen!«, kreischte sie.

»Dreizimmereigentumswohnung«, korrigierte ich.

»Egal! Das ist auf jeden Fall gemein und hinterhältig! Wahrscheinlich hat er das schon die ganze Zeit geplant. Er will dich nur nicht mit uns in einer WG wohnen lassen. Bestimmt fürchtet er unseren schlechten Einfluss auf dich! Du könntest ja ein selbstständiger Mensch bleiben wollen und nicht für ihn zum Hausmütterchen mutieren!«

Hm, so etwas Ähnliches hatte ich ja auch schon befürchtet. Jetzt, wo er sein Referendariat beendet hatte und ich auch mit der Lehre fertig war, lag so ein Lebensentwurf eigentlich nahe: Hochzeit, Eigentumswohnung, Kinder ... Oh, mein Gott, nein! Ich war vierundzwanzig! Ich war viel zu jung für die Ehe und alles, was die womöglich an unübersehbaren Folgen mit sich brachte. Und ich konnte ja nicht mal kochen! Okay, im Vergleich zu dem fehlenden Kick in unserem Sexualleben war das vielleicht nachrangig, aber dennoch ... Es kam eins zum anderen und wenn man alles zusammenzählte, sprach eigentlich wirklich mehr gegen eine Heirat als dafür. Jedenfalls, wenn man den überaus hinderlichen Aspekt vernachlässigte, dass ich Thomas eigentlich liebte.

Zwar sagte Melli immer, dass die Ehe die beste Methode sei, eine Liebe auf dem schnellsten Wege totzukriegen, aber da stimmte ich ihr nicht wirklich zu. Doch immerhin hatte sie ja viel Lebenserfahrung und der Gedanke, dass mir beim Sex mit Thomas immer häufiger etwas ganz Wesentliches – nämlich die Lust – abhanden kam, beunruhigte mich schon sehr. Wenn ich jetzt den Heiratsantrag von Thomas annahm, dann hatte er ja keinen Grund, sich mit dieser Thematik noch groß auseinanderzusetzen. Dann würde vermutlich alles so weitergehen wie bisher. Ein langes, sexuell verödendes Eheleben lang … wie furchtbar!

»Steh auf!«, bellte ich Thomas heftiger an, als ich eigentlich wollte. »Ich kann deinen Antrag nicht annehmen. Jetzt noch nicht jedenfalls. Bevor wir heiraten, sollten wir erst mal eine Paarberatung machen.«

Uff, es war raus.

Thomas rappelte sich auf und starrte mich verwundert an.

»Paarberatung? Du meinst Brautpaarberatung in der Kirche? Bist du so religiös?«

»Ähm, ehrlich gesagt, hatte ich da jetzt weniger dran gedacht … Ich meinte eher so was wie, äh, ja, *Zwei bei Kallwass* … Sexberatung eingeschlossen.«

Irgendwie wurde Thomas plötzlich ganz grün im Gesicht. Ob vom Alkohol oder wegen der Aussicht, an unserer Beziehung noch arbeiten zu müssen, wusste ich so spontan nicht zu sagen. Jedenfalls hievte er sich auf die Beine und stand dann wie ein Spuckbeutel in der Gegend herum.

»Das heißt also?«, fragte er schließlich, mühsam die Fassung bewahrend.

»Das heißt, dass ich deinen Antrag total süß finde, ihn aber leider ablehnen muss ...«

Das »im Moment jedenfalls noch« hörte er wohl nicht mehr, denn er übergab sich außerordentlich geräuschvoll vor meine Füße.

»Zu viel Kartoffelsalat«, meinte Melli lakonisch. »Da sollte er sich wirklich in Zukunft etwas mehr zurückhalten, wenn das solche Auswirkungen hat.«

Wobei mir nicht ganz klar war, ob sie mit Auswirkungen das Speien oder den Heiratsantrag gemeint hatte.

Thomas entschwand ins Bad, und ich zog mich in mein Zimmer zurück, in dem immerhin schon ein Bett stand, und schrieb Alix, die mit Jean-Paul seit geraumer Zeit verschwunden war, eine SMS. Als ich sie abgeschickt hatte, konnte ich es selber kaum fassen. Thomas hatte mir tatsächlich nach fünf Jahren einen Heiratsantrag gemacht und ich hatte ihn abgelehnt.

War ich denn von allen guten Geistern verlassen? Wer weiß, ob jemals wieder ein ansehnlicher Mann das Verlangen haben würde, ein Pummelchen wie mich vor den Traualtar zu schleppen? Vielleicht hatte ich soeben die einzige Chance auf ein bürgerliches Familienleben versemmelt! Und warum? Nur weil ich geileren Sex wollte! Wie egoistisch! Kein Wunder, dass die Familiengründungen in Deutschland dramatisch zurückgingen. Ich war gemein und undankbar und erwartete einfach zu viel vom Leben. Das ging doch nicht! Dazu hatte ich überhaupt kein recht!

Wie so oft in meinem Leben hatte ich nach langem Hin und Her eine Entscheidung getroffen und begann sofort wieder, mir darüber Gedanken zu machen, ob die wohl auch richtig war. Stieg da nicht schon wieder verdächtige Reue in mir auf?

Jemand hatte sich zu mir aufs Bett gesetzt und seinen

Arm um mich gelegt. Erst dachte ich, es wäre Thomas, aber es war Melli.

»Na? Zweifel? Brauchst du nicht haben, Paula«, sagte sie mit sanfter, einfühlsamer Stimme. »Du hast genau das Richtige getan. Liebe ist mehr als Sex, das stimmt, aber sie ist auch mehr als ein auskömmliches Leben in einer Dreizimmereigentumswohnung.«

♡ ♡ ♡

In den wenigen verbleibenden Nachtstunden wälzte ich mich schlaflos in meinem noch deprimierend leeren Zimmer auf meinem Diwanbett hin und her, um schließlich in einen regelrechten Albtraum hinüberzudämmern.

Ich saß wie ein kleines Schulmädchen an einem Schultisch und um mich herum standen riesengroß und übermächtig meine Eltern, Tanten, Großtanten, Omas und Opas und schauten tadelnd auf mich herab. Ich fühlte mich winzig, um nicht zu sagen mickerig, und als sie sich über mich beugten, den Mund aufmachten und mit drohend erhobenen Zeigefingern zu schimpfen begannen, bekam ich regelrechte Panik. Denn aus all ihren bösen und zornigen Worten ging eine Botschaft ganz klar hervor: Sie alle fanden es einfach unmöglich, dass ich den Heiratsantrag von Thomas abgelehnt hatte, denn sie waren einhellig der Meinung, dass ich so einen wie ihn nie wieder kriegen würde. Als meine Großtante Henriette dann noch das allergrößte Schreckgespenst an die Wand malte und mit boshaftem Unterton bemerkte: »Du kannst froh sein, dass dich überhaupt einer nimmt, so schön bist du nun auch wieder nicht!«, wachte ich schweißgebadet und völlig fertig auf.

Oh, mein Gott! Was hatte ich getan? Ich hatte wirklich und wahrhaftig den einzigen Mann, der mich jemals heiraten würde, zurückgewiesen. Ich würde nie mehr einen finden, der eine viel zu kleine, viel zu fette und überhaupt viel zu hässliche Person wie mich heiraten wollte. Statt mich über Blümchensex zu beklagen, sollte ich froh sein, dass Thomas mich offenbar so liebte, dass er unsere Beziehung auch noch mit einem Trauschein adeln wollte!

Ich verfiel in flatternde Hektik. Ich musste ihn unbedingt wiederhaben! Er hatte doch hoffentlich meine Absage an seinen Heiratsantrag nicht zum Anlass genommen, unsere Beziehung ganz zu beenden? Ich starrte das Handy an. Sollte ich ihn anrufen? Aber warum rief er mich eigentlich nicht an? Wenn wir noch zusammen waren, wäre es das Normalste von der Welt, wenn er mich anrufen würde. Oder, na ja, vielleicht erwartete er … Ja, was denn eigentlich? Hatte er was zu erwarten? Sollte ich mich bei ihm entschuldigen? Das wäre ja wohl etwas peinlich. Außerdem war er die Schlaftablette im Bett und nicht ich, was bedeutete, dass ganz allein er die Schuld an meiner Abfuhr trug. Warum also sollte ich mich dann entschuldigen? Nee, das machte wirklich keinen Sinn. Andererseits wollte ich ihn ja zurück und wer weiß, ob er meine Abfuhr nicht doch als Signal zum Aufbruch ins Singleleben verstanden hatte und bereits Pläne für ein Leben ohne mich schmiedete. Oh nein, das durfte nicht sein! So hatte ich das doch alles gar nicht gemeint. Oder etwa doch? Hatte mein rebellisches Unterbewusstsein diesen denkwürdigen Augenblick abgepasst, um sich frech in den Vordergrund zu drängen und mein Bewusstsein einfach triebhaft zu überrumpeln? Hätte nicht auch für mich das Singleleben seinen Reiz? Hm, die Frage beantwortete ich besser nicht. Nicht jedenfalls, bevor ich nicht wusste, wie Thomas mit nüchternem Kopf über das gestrige Geschehen dachte. Aber wie konnte ich das rausbekommen?

Ich legte das Handy völlig unschlüssig zur Seite, warf mein Negligé über und pilgerte in die Küche. Wenn ich nicht zu spät zur Arbeit kommen wollte, musste ich mich mal etwas sputen.

Ich hatte eben einen starken Kaffee aufgesetzt und angefangen, wenigstens in der Küche schon mal etwas von dem Partychaos der vergangenen Nacht zu beseitigen, als Alix in die Küche stürmte.

Sie sah zwar etwas müde, aber total relaxed aus. Ja, sie wirkte geradezu glücklich. Das gab mir einen heftigen Stich ins Herz, denn eigentlich könnte ich ja genauso aussehen. Ich hätte nur den Heiratsantrag von Thomas annehmen müssen ... Aber ob der wirklich so ein Glücksgriff für mich gewesen wäre, wie Jean-Paul es ganz offensichtlich für Alix war? Ich seufzte. Thomas hatte gegenüber einem neuen Lover einen eindeutigen Nachteil: Ich kannte ihn zu gut!

»Er ist traumhaft, wunderbar, einzigartig ... Er hat mir ein Sektfrühstück gemacht und eins seiner Saurierknöchelchen geschenkt!«

Oje! Wo die doch so unendlich kostbar waren für Jean-Pauls Doktorarbeit. Hoffentlich fehlte das jetzt nicht der Saurierforschung genauso wie das Missing Link der Anthropologie!

»Paula, es ist ein unendliches Glück, dass wir in dieses Haus gezogen sind und Jean-Paul unser Nachbar ist. Ich hätte mir nie träumen lassen ...« Sie hielt abrupt inne und riss mich nach einem raschen Schritt vorwärts in ihre Arme. »Aber was rede ich denn da! Wie unsensibel von mir! Erzähl, du Ärmste, was ist geschehen? Warum hast du Thomas einen Korb gegeben?«

Musste sie jetzt schon damit anfangen? Am frühen Morgen und auf nüchternen Magen, noch nicht mal der Kaffee war fertig! Mir wurde bei dem Gedanken an Thomas total schlecht.

Ich starrte, um mir nichts anmerken zu lassen, auf die Kaffeekanne, in die langsam der Kaffee aus dem Filter blubberte. Was sollte ich denn nur sagen? Also sagte ich schlicht und wenig ergreifend: »Ähm, ja, er wollte mich ganz plötzlich heiraten.«

Alix wirkte ungeduldig.

»Ja, ja, das hast du mir ja schon gesimst, aber was ist denn eigentlich der Grund, warum du seinen Heiratsantrag abgelehnt hast? Ehrlich gesagt, hätte ich das nicht erwartet.«

Alix sah mich mit einem Ausdruck höchster Irritation an.

»Ich auch nicht«, rutschte es mir heraus und noch voll unter der Last des nächtlichen Albtraums ächzend, setzte ich leicht panisch hinzu: »Ich muss verrückt gewesen sein! Andere Frauen sehnen sich schließlich geradezu danach, geehelicht zu werden, und ich dusselige Kuh nehme stattdessen seinen Antrag zum Anlass, mich von Thomas zu trennen!«

Alix grinste. »Na ja. Schon ein bisschen ungewöhnlich, einen Heiratsantrag als Trennungsgrund anzugeben. Aber ist ja alles schon da gewesen. Hochzeitsphobie! Darüber gibt's einen coolen Film mit Julia Roberts!«

Sie verstand mich wirklich kein bisschen und den Ernst der Lage schon mal gar nicht. War ja vielleicht auch zu viel verlangt bei ihrem frisch verliebten Zustand. Wenn die Hormone Salsa tanzten, waren die kleinen grauen Gehirnzellen ja meist weitgehend ausgeschaltet.

»Also, ich weiß nicht«, grübelte Alix vor sich hin.

»Wenn mich einer gefragt hätte ... aber mich fragt ja keiner. Im Gegensatz zu dir bin ich wohl nicht der Typ zum Heiraten. Eher so jemand für eine offene Zweierbeziehung. Das hat mir jedenfalls mal ein Typ gesagt. Mit der Betonung auf *offen* natürlich und *Beziehung* leicht verschliffen und angenuschelt. Auf die Idee, wegen einer Heirat bei mir vorzusprechen, ist wirklich noch niemand gekommen.«

»Na, siehst du«, griff ich nach dem Strohhalm, den sie mir anbot. »Die meisten Menschen gehen sehr vorsichtig mit Heiratsanträgen um. Du würdest schließlich auch nicht den Erstbesten heiraten, nur weil er sich vor deinen Füßen wälzt und nach dem Standesbeamten schreit.«

Alix kicherte. Offenbar malte sie sich grade eine entsprechende Szene so richtig schön bunt aus. Noch immer grinsend sagte sie dann: »Paula, du und Thomas wart für uns immer das absolute Dream-Team. Schon in der Schule! Eigentlich schien bei euch von Anfang an alles auf eine Heirat hinauszulaufen. Also versteh mich nicht falsch, ich finde es cool, dass du ihm einen Korb gegeben hast, wirklich voll emanzipiert, aber was war denn nun wirklich der Grund dafür?«

Ja, was war eigentlich der Grund? Hochzeitsphobie war irgendwie ein bisschen platt, also stammelte ich mit immer heißer werdenden Wangen: »Na ja, du hast doch selbst gesagt, wenn das mit dem Sex nicht funktioniert ... Nicht mal das Noppenkondom hat's gebracht.«

Alix starrte mich fragend an: »Noppenkondom?«

»Das hast du mir doch neulich empfohlen. Du hast gesagt, wenn es mit Thomas nicht mehr so prall ist im Bett, dann könnte so ein Kondom mit Noppen was bringen. Hat es aber nicht!«

Alix kriegte nun einen regelrechten Lachanfall. »Und deswegen hast du Thomas einen Korb gegeben? Hut ab, Mädchen! Das war der ultimative Schritt in Richtung auf die absolute sexuelle Befreiung der Frau!«

Sie nahm mich nicht ernst. Kein Wunder, denn nur wegen ödem Sex ließ keine Frau nach fünf Jahren Beziehung einen Typ einfach sausen. Schon gar nicht, wenn er ihr einen Heiratsantrag machte. Oder doch? Nein! Wohl eher nicht. Ich hatte eindeutig überreagiert. Ob Alix das auch so sah?

»Meinst du, Alix, ich habe da was überstürzt?«

Ehe sie antworten konnte, blitzte ein plötzlicher Hoffnungsstrahl in meine depressiven Gedanken. »Hältst du es für möglich, dass ich trotz der Ablehnung seines Heiratsantrags die Beziehung mit Thomas fortsetzen könnte? Das ging ja schließlich bisher auch ohne Trauschein.«

Nun war sie ziemlich perplex.

»Das ist jetzt aber nicht dein Ernst«, meinte sie und sah dabei regelrecht besorgt aus, so als erwog sie, umgehend einen Psychiater zu diesem Gespräch hinzuzuziehen.

Ganz unrecht hatte sie ja nicht. Für einen Außenstehenden musste es zweifellos etwas makaber, zumindest aber reichlich krank wirken, was ich in der letzten Viertelstunde so von mir gegeben hatte.

»Hast du Muffe vor der eigenen Courage? Oder glaubst du, du kriegst keinen anderen mehr ab?«

Beides, dachte ich und schwieg beschämt. Verdammt, warum war Alix nur so eine gnadenlose Analytikerin! Die las in meiner Seele wie in einem offenen Buch! Wir kannten uns einfach schon viel zu lange, da ließ sich selten etwas vor ihr verheimlichen. Und natürlich brachte sie auch diesmal wieder die Dinge auf den Punkt.

»Keiner wird es verstehen, wenn ich mich von Thomas trenne. Meine ganze Familie mag ihn und wird sich gegen mich wenden! Seine natürlich auch und ...« Ich schniefte seelenabgrundtief. »Ich werde nie wieder so einen Typ wie ihn finden, weil ...«

Alix unterbrach mich. »Weil du so einen wie ihn ja auch gar nicht mehr willst! Du stehst doch nicht wirklich auf öden Sex und spießige Lebensentwürfe?«

Das hatte sie jetzt aber etwas krass ausgedrückt. Immerhin hatte er ja auch eine ganze Menge positive Eigenschaften!

»Und zwar welche?«, ließ sie nicht locker.

»Ähm, na ja, also ... er sieht ganz gut aus.«

»Da gibt es bessere!«

»Er kriegt einen guten Job.«

»Da gibt es ebenfalls Leute mit besseren!«

»Er ... er ist treu und zuverlässig.«

»Schön, doch das sind andere auch.«

»Aber, er liebt mich und ...«

Alix sah mich scharf an: »Was und?«

»... und ich, ähm, liebe ihn!«

So, es war raus! War das nun total verrückt, jemanden zu lieben und ihn nicht heiraten zu wollen? Ja, war es offenbar, denn Alix flippte schier aus.

»Du drehst doch am Rad, Mädchen!«, sagte sie und konnte einen Lachanfall kaum unterdrücken. Da war wohl noch eine weitere Erklärung nötig.

»Ich finde ja nur, dass wir an unserer Beziehung etwas arbeiten sollten ...«

»Und du meinst, das lohnt sich?«

»Ja, warum nicht ...«

»Ich habe ihn schon immer für einen Langweiler gehalten. Du hast was Besseres verdient. Du hast doch nur an ihm geklammert, weil du Angst hast, keinen anderen zu finden! Aber das ist falsch! Du kannst drei an jedem Finger haben!«

Ach, das erstaunte mich nun aber!

»Und warum hat es bei dir so lange gedauert, bis du endlich deinen Mr. Right gefunden hast?«

Alix hielt einen Moment inne und starrte gedankenverloren in ihre leere Kaffeetasse! Hey, Kaffeesatzlesen war eigentlich mein Job!

»Stimmt«, gab sie mir schließlich recht. »Ganz so einfach ist es nicht, einen passenden Typ zu finden, aber deswegen an Thomas hängen zu bleiben? Ich weiß nicht!«

»Ich will uns ja nur noch eine Chance geben. Wir könnten eine Paartherapie machen, das soll ja eine Beziehung ungemein ankurbeln können.«

Alix wirkte skeptisch. »Na, wenn du meinst und er das wirklich mitmacht.«

Ich schaute auf die Uhr. »Ich muss zur Arbeit. Am Samstag ist bei meiner Mutter im Frisiersalon immer die Hölle los!«

»Okay, dann gehe ich noch mal eine Runde pennen, bevor Sean mit seinem Bully wegen Mellis Umzug kommt.«

Oh Mist, wer half mir denn nun am Sonntag mit meinen Sachen? Auf Thomas konnte ich ja bestimmt nicht mehr zählen, zumal er ohnehin nur widerwillig und erst nach vielen Ausreden zugesagt hatte.

»Reg dich nicht auf«, meinte Alix und gähnte herzhaft. »Dann kommt Sean eben am Sonntag noch mal. Der ist doch total hilfsbereit, dem macht das bestimmt nichts aus.«

»Na, wenn du meinst«, sagte ich und meine gesamte Tristesse schwang in meiner Stimme mit.

Alix sprang auf und drückte mir einen Knutscher auf meine von Gedanken umwölkte Stirn.

»Guck nicht so sorgenvoll!«, tönte sie und klang wieder total gut gelaunt. »Du bist wirklich nicht auf Thomas angewiesen. Weder was den Umzug betrifft noch sonst irgendwie. Ich bin die Letzte, die dir in deine Beziehung reinreden will, aber ich finde, wir sollten lieber die Angel auswerfen und dir einen neuen Lover an Land ziehen. Lass uns heute Abend auf jeden Fall noch mal alles zusammen mit Melli besprechen. Okay?«

Ich nickte seufzend und fragte mich, wie sie nur so vor Lebenslust sprühen konnte. Was hatte unser Nachbar Jean-Paul nur mit ihr gemacht?

»Nichts«, sagte sie mit überirdischem Lächeln auf meine Nachfrage. »Äh, das heißt ... also, er hat einfach alles richtig gemacht und wenn er mich gefragt hätte ...« Sie brach erneut mitten im Satz ab.

Offenbar hatte er sich nicht auch nur annähernd in Richtung Heiratsantrag bewegt. Aber dennoch war es ja echt spannend, was da zwischen den beiden so abgelaufen war. Alix schien tatsächlich bis über beide Ohren in ihn verknallt zu sein. Klar, dass meine Neugier befriedigt werden wollte, und so rutschte mir auch schon eine völlig indiskrete Frage heraus: »Und hat er gesagt, dass er dich liebt?«

Alix wollte gerade zur Tür hinaus und blieb nun betroffen stehen. Sie sah mich reichlich irritiert an.

»Also nicht«, konstatierte ich die ernüchternde Wahrheit.

Und dann machte Alix so einen Aufriss? Wegen einem schlichten One-Night-Stand? Paula, rief ich mich zur Ordnung, jetzt sei aber nicht gemein. Alix hat auch mal ein bisschen Glück verdient!

Stimmte ja, darum fügte ich schuldbewusst und aufmunternd hinzu: »Mach dir nichts draus, das ist normal. So was kriegen die meisten Kerle heutzutage kaum noch über die Lippen. Schon gar nicht beim ersten Mal. Aber das muss dich nicht beunruhigen. Hauptsache, es war schön, und so wie du eben auf Wolke sieben hereingesegelt bist, habe ich daran nicht die geringsten Zweifel.«

Sie lächelte mich dankbar an und weil sie mir auch was Gutes tun wollte, sagte sie: »Das kriegen wir schon hin mit deinen Möbeln.« Sekunden später war sie auch schon weg.

Ich stand auf und starrte finster auf ihre Kaffeetasse. Nicht mal in die Spüle hatte sie die gestellt, von Abwaschen gar nicht zu reden! Wer sollte das nun wohl wieder für sie machen? Konnte mich nicht erinnern, dass wir eine WG-Spülfrau eingestellt hätten. Na ja, Alix und Ordnung!

Ich gab mir einen Ruck. Auch wenn es mich in den Fingern juckte, das Frühstücksgeschirr selber schnell wegzuspülen, diesmal blieb ich standhaft und besiegte meinen kleinbürgerlichen Ordnungssinn. Wer war ich eigentlich, dass ich jeden Dreck hinter meinen Freundinnen wegräumte? Statt um das Aussehen der Küche sollte ich mich vielleicht besser um mein eigenes Aussehen kümmern. Das war nach Party und Albtraumnacht mindestens ebenso überholungsbedürftig, was mir ein Blick in den Badezimmerspiegel auch sogleich grausam bestätigte. Beim ersten Gang auf die Toilette heute Morgen hatte ich ja noch tunlichst vermieden hineinzusehen, aber nun ließ sich das nicht länger umgehen.

Um zehn Uhr machte meine Mutter ihren Frisiersalon auf und bis dahin musste ich jobgerecht gestylt sein: frisch frisiert und geschminkt – wie aus dem Ei gepellt. Darauf legte meine Mutter äußersten Wert bei den Mitarbeiterinnen.

»Eine gepflegte Erscheinung ist das A und O, es ist unsere Visitenkarte. Eine schlampige Friseurin hat bei mir keine Chance. Macht Party so lange ihr wollt, aber am nächsten Morgen sind eure Augenschatten professionell weggeschminkt und die Haare frisch gewaschen und ordentlich frisiert.«

Ich seufzte bei dem Gedanken an diesen Vortrag, den sie aus gegebenem Anlass erst kürzlich vor versammelter Mannschaft im Personalraum gehalten hatte. Wir fanden es zwar etwas überzogen, aber es blieb uns nichts anderes übrig, als uns danach zu richten. Also schnell unter die Dusche. Der Job wartete nicht. Ich musste mich schleunigst in Form bringen.

Hm, Form war nicht so ganz das Stichwort, das ich jetzt brauchte. Denn als ich vor dem großen Spiegel das Negligé lasziv zu Boden gleiten ließ – so machten es die tollen Frauen im Film schließlich auch immer –, fand ich, dass es mit meinen Formen wirklich nicht zum Besten stand. Busen und Po zu fett, die ganze Paula viel zu klein, und überhaupt warf der Spiegel mein Spiegelbild entschieden zu pummelig zurück. Und dabei war es nicht einmal ein Zerrspiegel wie auf dem Rummel, wo ich das ja spaßeshalber noch ertragen hätte. Nein, hier war es die nackte Realität, die ungeschminkte Wahrheit, jede Cellulitisdelle nichts als brutale, grauenhafte Wirklichkeit. Und je genauer ich in einer masochistischen Anwandlung meinen nackten Körper inspizierte, desto unverständlicher wurde mir Thomas' Heiratsantrag und noch unverständlicher meine Ablehnung.

Mein Zusammenbruch kam ganz plötzlich. Ohne Vorwarnung. Ich starrte in den Spiegel und was ich da sah, ließ mich in hemmungsloses Schluchzen ausbrechen. Nackt und handlungsunfähig stand ich da und konnte nur noch heulen, nichts als heulen – erbarmungswürdig, bejammernswert, seelenabgrundtief! War ich denn wahnsinnig geworden? Litt ich an hoffnungsloser Selbstüberschätzung? Warum hatte mir keine meiner Freundinnen gesagt, dass ich vielleicht für Thomas in diesem Körper gar nicht mehr begehrenswert war! Dass er vielleicht deswegen im Bett so schlaff war, weil ich ihn nicht mehr wirklich erregte, antörnte, heißmachte! Weil fette Brüste einfach irgendwann langweilig werden und ein JLo-Po auch nicht ewig zieht, schon gar nicht, wenn er Wachstumsnarben und Cellulitis hat! Oh, mein Gott! Ab sofort waren Schokolade, Eiscreme und *German Kleinigkeiten* gestrichen. Nichts: *It's time for gold!* It's extremely time for Weight Watchers! Großtante Henriette hatte vollkommen recht! In meinem fetten und heruntergekommenen Körper konnte eine noch so schöne Seele hausen, heiraten würde mich deswegen doch keiner! Nur Thomas, dieser offensichtliche Blindfisch!

Jedenfalls wurde mir plötzlich ganz schlecht bei dem Gedanken, so auszusehen, wie ich aussah, und Single zu sein! Mich überfiel eine rabenschwarze Depression, als es an der Wohnungstür klingelte.

Um diese Zeit? Das konnte nur Frau Waschkowski sein, die wieder irgendwas zu meckern hatte. Vielleicht war es aber auch Opa Schulze, der sich beschweren wollte, weil einer von Mellis bekifften Kunststudenten ihm gestern Nacht aus Versehen einen Eimer Acrylfarbe auf seine Geranien gekippt hatte – pechschwarz auf seine roten Geranien. Die sähen dann aus wie Schneewittchen: rot wie Blut und schwarz wie Ebenholz! Hätte ja irgendwie was, aber ob Opa Schulze dieser künstlerischen Dimension in Anbetracht seiner ruinierten Geranien etwas abgewinnen konnte? Bestimmt nicht, und deswegen stand er nun sicher mit seinem Kampfdackel und getarnt durch eine Wolke Zigarrenrauch zornschnaubend vor unserer Tür.

Hm, sollte ich mich einfach tot stellen? Für nicht anwesend erklären? Warum machten eigentlich nicht Alix oder Melli auf? Aber da die sicherlich wie Tote pennten, stieg ich seufzend wieder in das Negligé. Ich war einfach zu pflichtbewusst oder zu neugierig, na, egal. Frustriert schleppte ich mich zur Tür.

Ach, herrje, was war denn das? Ein Fleurop-Bote hielt mir einen Strauß mit fünf alleredelsten, langstieligen roten Rosen unter die Nase. Liebesgrüße von Thomas. Das haute mich echt fast um! Wohl für jedes Jahr unserer Beziehung eine.

Womit feststand, dass Thomas zwar auf meine Ablehnung seines Heiratsantrages gekotzt hatte, das aber offenbar nicht als das Ende unserer Beziehung verstanden wissen wollte.

Rote Rosen! Da war doch jede Frau sofort weich gespült. Und das wusste er natürlich auch. Dennoch war das eine Geste, die es mir nicht mehr gestattete, mich nach ein paar Tagen Trauerarbeit und einer angemessenen Depression, in der ich mich ja gerade befand, mit Elan den Freuden des Singlelebens hinzugeben. Nein, das ging unter diesen Umständen wirklich nicht. Fünf rote Rosen hießen fünf Jahre Beziehung und die trat man nicht einfach so in die Tonne. Er offenbar so wenig wie ich.

Ich nahm seufzend die Rosen und stellte sie in eine Vase, die ich erst mal auf der Spüle stehen ließ. Ich musste nun wirklich schleunigst wieder ins Bad, sonst würde ich zu spät zur Arbeit kommen und Ärger mit meiner Mutter kriegen. Die war sowieso wegen des Auszugs ziemlich schlecht auf mich zu sprechen und darum durfte ich nicht schluderig werden. Nachher würde ich für die Rosen in meinem Zimmer einen schönen Platz suchen.

Ich seufzte noch einmal abgrundtief, denn mir war schlagartig klar geworden, dass die Probleme für mich keineswegs vorbei waren, sondern gerade erst richtig begannen.

Aber während das warme Wasser über meinen Körper lief und die Honig-Milch-Duschlotion den Eindruck einer makellosen, samtigen Haut erzeugte, dachte ich nicht an Thomas, sondern an meine Mutter. Ich hatte so gar keine Lust, ihr jetzt gegenüberzutreten. Erstens weil die Börsenkurse meines Selbstwertgefühls heute mächtig schwankten und ich das überhaupt nicht brauchen konnte und weil ich zweitens einen ziemlichen Zorn auf sie hatte! Weder sie noch mein Vater waren nämlich gestern zur Einweihungsparty unserer WG gekommen und das hieß nichts anderes, als dass sie immer noch Ärger machten, weil sie sich einfach nicht mit der Tatsache abfinden wollten, dass ihre Tochter nun endlich flügge war und ihr Nesthockerdasein im elterlichen Haus aufgab.

Natürlich hatte ich es während meiner Lehrzeit genossen, ein eigenes kleines Apartment im Haus meiner Eltern zu haben. Da es schön stadtnah lag, hatte ich meinen Freundinnen dort oft eine Übernachtungsmöglichkeit anbieten können, nachdem wir exzessiv auf der Piste unterwegs waren. Wirklich, so ein gemeinsames Frühstück am nächsten Mittag war wirklich richtig gemütlich.

Miete musste ich auch keine zahlen. Und mit Thomas gab es ohnehin keine Probleme, meine Eltern waren da von Anfang an sehr tolerant, ja fast schon *zu* tolerant. Ich hatte nämlich mitunter den Eindruck, dass sie in Thomas schon den zukünftigen Schwiegersohn sahen.

Womit sie ja seine Sicht auf die Dinge auch absolut teilten. Nur meine Sichtweise teilten sie leider sehr oft nicht.

Darum war es für mich nur natürlich, jetzt, wo ich bei meiner Mutter als Gesellin arbeitete und immerhin über tausend Euro im Monat verdiente, endlich auf eigenen Füßen zu stehen. Auch wenn ich mit dem Geld keine großen Sprünge machen konnte, wie meine Mutter sich auszudrücken pflegte, es reichte für das WG-Zimmer und die notwendigen Dinge des täglichen Lebens. Klar, musste ich mich einschränken und ich hätte mehr Geld gehabt, wenn ich weiter zu Hause gewohnt hätte, aber ich hätte mir auch jeden Tag Mamas Kommentare zu meinem Leben anhören müssen.

Denn wenn sie eins nicht konnte, dann war es, sich aus den Angelegenheiten anderer Menschen herauszuhalten. Das hing vermutlich mit ihrem Beruf zusammen. Da war sie es gewöhnt, dass jede Kundin ihr Herz bei ihr ausschüttete, und so erwartete sie dasselbe auch von mir. Egal, ob es was auszuschütten gab oder nicht! Schüttete ich dann mal, konnte ich sicher sein, dass sie mich mit ihren Lebensweisheiten vollmüllte. Schüttete ich nicht, witterte sie gleich wieder Geheimnisse, die ich vor ihr verborgen hielt, womit ich natürlich unsere Vertrauensbasis untergrub!

Nein wirklich, es war an der Zeit, mal ein bisschen Distanz zwischen uns zu bringen und nur noch beruflich miteinander zu verkehren, sonst würde sie mich nie loslassen! Bei meinem Vater war es nicht anders, aber es fiel nicht so auf, weil er weniger mit mir zu tun hatte und abends, wenn wir aus dem Geschäft kamen, meist vor der Glotze hing. Wobei ernsthafte Gespräche eher störten.

Ich seufzte, stieg aus der Dusche, trocknete mich ab,

föhnte die Haare und eilte in mein Zimmer, um mich anzuziehen.

Bevor ich die Wohnung verließ, trug ich noch die Vase mit den Rosen von Thomas in mein Zimmer. Da ich noch keinen Tisch hatte, stellte ich sie einfach auf den Boden neben mein Diwanbett. Wie dämlich war das eigentlich, Liebe und Sex zu trennen, dachte ich dabei. Guter Sex war für mich ein Lebenselixier, ein total inspirierender Quell positiver Energie, und es war schon sehr betrüblich, dass gerade auf dem Sektor, wo ich eigentlich ziemlich unverklemmt und kreativ war, Thomas so gar keine Ambitionen mehr zu haben schien.

Nein wirklich, daran mussten wir etwas ändern. Ich konnte in diesem Augenblick meine Ablehnung von Thomas' Heiratsantrag plötzlich wieder sehr gut nachvollziehen. So wie jetzt ging es jedenfalls nicht weiter!

Andererseits ... Ich warf einen letzten Blick in den Spiegel im Flur. Meine Augen waren groß und dunkelbraun und meine kastanienfarbenen Haare passten eigentlich ganz gut dazu. Die Frisur war okay, da würde meine Mutter nicht meckern können. Mein Mund war etwas groß, mit vollen Lippen. Aber Männer mögen so etwas – volle Lippen. Darum lassen sich ja viele Frauen so ein aufblähendes Zeug spritzen. Das brauchte ich wirklich nicht. Wenn auch meine Figur etwas aus der Form zu gehen drohte, mein Gesicht war eigentlich ganz in Ordnung.

Ich schickte einen dicken Schmatzer zu meinem Spiegelbild und sagte sehr viel selbstbewusster als noch vor wenigen Minuten: »Okay, Sex ist zwar ziemlich wichtig, aber nicht alles. Ich schulde Thomas wohl ein wenig Dankbarkeit, also werde ich noch mal mit ihm reden. Aber nicht sofort. Verschieben wir es auf morgen.«

Aber als ich dann im Bus saß und zum Frisiersalon fuhr, begann ich schon wieder nachzudenken, und die positive Stimmung war wie weggeblasen. Ich bildete mir ja nicht ein, dass ich es mit meinen Eltern *besonders* schwer hatte, aber schwer hatte ich es schon.

Warum hatten sie nicht genau wie Alix' Mutter zur Einweihungsparty kommen können? Das wäre ein positives Signal gewesen und ich müsste mich nun nicht fragen, wie mies gelaunt meine Mutter mir wohl gleich im Geschäft gegenübertreten würde.

Ihre Laune war wirklich nicht die beste und die Luft im Salon so dick, dass man sie mit einem Messer hätte schneiden können. Ich zog mir schnell im Personalraum die Jacke aus und das weiße Sweatshirt mit dem Logo unseres Salons über.

Cut & Style hatte Alix' Mutter, die ja in einer Werbeagentur arbeitete, als Slogan für uns ausgetüftelt, und seit wir mit dem neuen Logo warben, war der Kundenstamm tatsächlich beträchtlich gewachsen, vor allem aber hatte er sich sehr verjüngt, was besonders für mich ganz toll war. Denn natürlich schnitt ich lieber fetzige Frisuren, als langweilige Dauerwellen zu wickeln.

Meine Mutter hatte schon eine Kundin und so fiel unsere Begrüßung ziemlich knapp aus. Erst gegen Mittag war ich mal kurz alleine mit ihr. Da konnte ich dann auch meine Enttäuschung darüber, dass sie nicht zur Einweihung unserer WG gekommen war, nicht mehr länger zurückhalten.

»Ich hatte gedacht, dass du und Papa auch kommt«, sagte ich in aller Harmlosigkeit und darum bemüht, nicht anklagend zu wirken. Aber natürlich kriegte sie meine Worte dennoch in den falschen Hals.

»Ich wüsste nicht, was wir auf einer solchen Party verloren hätten«, muffelte sie mich unversöhnlich an.

»Na ja, andere Mütter haben zum Beispiel Kartoffelsalat gemacht …«, sagte ich.

Dass ihr besoffener Schwiegersohn in spe mir den allerdings vor die Füße gekotzt hatte, verschwieg ich lieber, nebst dem Heiratsantrag, der diesem barbarischen Akt vorausgegangen war, versteht sich.

»Ich dachte, du wolltest nicht mehr bemuttert werden?«, sagte Mama schnippisch und mit gespieltem Erstaunen. »Ich habe nicht geahnt, dass du uns eingeladen hast, damit ihr was zu Essen habt. Seid ihr finanziell so klamm? Tja, bei uns hättest du ja mietfrei wohnen können, aber …«

Ich hörte einfach nicht mehr hin. Das hatte doch alles keinen Zweck. Sie würde schon irgendwann über meinen Auszug hinwegkommen. Im Moment schien mir jede weitere Debatte müßig, und ich hatte weiß Gott andere Probleme am Hals.

»Ähm, ich weiß übrigens nicht genau, ob das morgen mit dem Abholen meiner restlichen Sachen klappen wird. Es … es gibt da ein kleines Problem mit Thomas …«

»Ach, was denn?«

Klar, dass meine Mutter mich sofort wieder aushorchen wollte.

»Nichts Besonderes. Es kann nur sein, dass er morgen nicht kann, aber vielleicht kann ja Sean oder wir verschieben es halt ein paar Tage. Es macht euch doch nichts aus? Äh, ist ja noch meine Wohnung oder, äh, habt ihr sie schon vermietet?«

Das mit der Vermietung hing nämlich drohend im Raum und obwohl ich ziemlich sicher war, dass meine Eltern sich keine fremden Leute ins Haus holen würden, hielt meine Mutter daran fest, dass sie mein Apartment an eine Studentin oder einen Studenten vermieten würden, weil man ja so schönen Wohnraum bei der

Knappheit von Studentenbuden nicht leer stehen lassen könnte.

Na, meinetwegen, wenn es ihnen dann besser ging! Meiner Ansicht nach hatten sie es nicht nötig und taten sich damit bestimmt nichts Gutes. Mama wollte sicher nur wieder Schuldgefühle bei mir wecken. Nahmen wir mal an, die vermieteten an einen Typ und der feierte ständig Sauforgien mit lauter Mucke oder kiffte sich nächtelang mit seinen Kumpels zu, dann würden sie sich natürlich bei mir darüber beschweren. Ich hatte schon den O-Ton meiner Mutter im Gehör: »Nur weil du unbedingt in eine WG ziehen wolltest, müssen wir uns nun mit solchen Leuten herumschlagen.«

Reine Infamie! Ich trank resigniert einen Schluck Kaffee.

»Also, ich rufe morgen noch kurz an, ob wir kommen oder nicht. Ist das okay für dich?«

War es für meine Mutter natürlich nicht, aber sie nickte wortlos und ging dann zurück in den Salon. Ich atmete mehrmals ein und aus und folgte ihr. Es war wirklich schade, dass wir so auseinandergehen mussten, denn ich hatte sie echt lieb.

♡ ♡ ♡

Für den Rest des Tages war dann so viel zu tun, dass sich keine Gelegenheit mehr ergab, mit meiner Mutter aneinanderzugeraten. Allerdings schob sie mir aus purer Bosheit die unmöglichsten Kundinnen zu. Frustriert wusch ich einen Fettschopf nach dem anderen, wickelte Dauerwellen in Drahthaare und frisierte, was sie geschnitten hatte. Ich selber hatte keinen einzigen Schnitt und föhnte mir stattdessen den Arm lahm. Kein Wunder, dass bei so viel unkreativer Tätigkeit meine

Gedanken spazieren gingen und besonders immer mal wieder in die Vergangenheit abschweiften, in meine Anfangszeit mit Thomas. Ich fragte mich, ob er eigentlich schon immer so pedantisch gewesen war? Wenn nicht, was in seinem Leben war schuld an seinem neuerdings zutage tretenden Hang zu spießigen Lebensentwürfen? Es hatte doch alles so verheißungsvoll und vor allem locker mit uns begonnen – damals!

Ich kicherte beim Dauerwellenwickeln leise vor mich hin.

»Ist was, Kindchen?«, fragte die Dame mit den Drahthaaren.

Ich schüttelte den Kopf. »Nein. Sie haben recht kräftiges Haar, es wird also etwas dauern.« Und damit sie mich nicht durch ständige Fragen in meinen Gedanken störte, packte ich ihr die halbe Lesemappe auf den Schoß.

Also zurück zu Thomas.

Ich war damals in der Zwölften und wie so häufig am Wochenende mit Alix auf der Piste. Wir genehmigten uns grade noch einen kleinen Absacker auf der Beachparty im *Gerberstübchen*, als eine komplette Junggesellenabschiedsparty ins Lokal stürmte.

Einer geht noch, einer geht noch rein!

In ihre lauten Gesänge hinein kreischte Alix sogleich: »Da ... da ... das ist doch Fabian!«

»Fabian?« War mir im Moment gar kein Begriff.

»Na, der Trainer meiner Tennismannschaft!«

Sie schlug sich mit der flachen Hand gegen die Stirn – eine ihrer total bescheuerten Gesten, die sie sich einfach nicht abgewöhnen konnte – und sagte mit dem Glanz der Erkenntnis in den leuchtenden Augen: »Stimmt ja, der wollte doch irgendwann in diesem Monat heiraten! Cool, das ist bestimmt sein Junggesellenabschied.«

Ich kicherte, denn ich liebte diese Abschiedspartys. Da waren die Jungs immer so richtig locker drauf, weil sie unbedingt noch alles mitnehmen wollten, was sie bisher versäumt hatten und was ihnen als Ehemänner nicht mehr so ohne Weiteres erlaubt sein würde: Wein, Weib und Gesang! Jedenfalls nicht in diesen unkontrollierten Massen. Also wurde an einem solchen Abend das Leben noch einmal mit allen seinen Versuchungen im Zeitraffer verkostet. Und das war saulustig!

Alix und ich sprangen sofort auf und stürzten auf die lärmende Gesellschaft zu. Dass Fabian das Opferlamm war, das vor den Traualtar geschleppt werden sollte, war unschwer zu erkennen. Er hatte einen Saufgürtel mit vielen kleinen Schnapsfläschchen um, aus dem er sich offenbar schon fleißig bedient hatte, und trug einen auffälligen, todschicken Anzug aus Zeitungspapier, ein bei Junggesellenabschieden äußerst beliebtes Kleidungsstück. Natürlich war der Anzug zu dieser fortgeschrittenen Stunde nicht mehr ganz vollständig. Ein Ärmel fehlte, eine Brusttasche, ein Stück vom Revers, die Hosenbeine waren auf Bermudalänge gestutzt und im Rücken fehlte ein Stück über dem Schulterblatt. Jung Siegfried der Drachentöter ließ grüßen: *Hier ist die Stelle, wo ich sterblich bin …*

Überall schimmerte die nackte Haut des ziemlich angetrunkenen Fabian durch. Natürlich kamen auch wir nicht davon. Kaum hatten wir Fabian begrüßt, drückte uns einer seiner Kumpel eine Schere in die Hand und sagte dabei: »Wenn du ihn küsst, darfst du zur Erinnerung ein Stück aus seinem Anzug schneiden.«

Holla, das war aber mal ein cooles Spiel! Wenn ich es richtig verstanden hatte, konnte man Fabian so lange küssen, bis er vollkommen entblättert war. Abgefahrene Idee!

Klar, dass ich mir gleich nach Alix die Schere geben ließ, und weil Fabian richtig heftig und lange mit mir knutschte, fand ich, dass mir auch ein ordentliches Stück von seinem Anzug zustand. Hm, wo setzte ich denn mal die Schere an? Alix hatte sich ein Stück vom zweiten Ärmel genommen, sodass Fabian nun prahlerisch seinen Bizeps spielen ließ. Noch ein Stück vom Hosenbein? Nein, da war ja nicht mehr allzu viel und weiter oben fing es an peinlich zu werden. Also mal die Rückseite von dem Kerl betrachten. Ich kicherte ziemlich albern los, kaum dass ich einen Blick auf seine Hinterfront geworfen hatte, denn mir war sofort klar, wo ich schnippeln musste, um den größtmöglichen Lacherfolg zu landen.

Fein säuberlich und mit äußerster Hingabe schnitt ich ihm ein großes Herz aus dem verlängerten Rücken und erwischte dabei wohl auch die Boxershorts, sodass seine Pobacken nackt und bleich und von einem leichten blonden Haarflaum überzogen bloß lagen. Es sah wirklich köstlich aus, und alle seine Kumpels kriegten sich gar nicht mehr ein vor lauter Begeisterung.

Es gab eine Lokalrunde und als das nächste Mädchen sich zum Küssen überreden ließ, riefen alle: »Vorne! Vorne! Vorne!« Aber sie traute sich Gott sei Dank nur vorne vom Zeitungssakko eine Tasche abzuschneiden.

Im allgemeinen Trubel hatte sich fast unbemerkt ein etwas stiller, straßenköterblonder Typ an mich geklebt und mir erst was zu trinken und dann einen Kuss angeboten. Dass ich mich nur zum Trinken durchringen konnte, wollte ihm nicht so recht gefallen, und er versuchte mit allen möglichen Tricks, mir einen Kuss abzuluchsen. Er legte an der Bar seinen Arm um mich, säuselte mir Nettigkeiten ins Ohr, die allerdings angesichts des herrschenden Lärmpegels mit ihrem Sinngehalt nicht wirklich bis zu mir durchdrangen, und versuchte mich sogar zum Tanzen zu bewegen, was bei den meisten Typen ja schon einen gewissen Grad von Selbstentäußerung anzeigt, denn die wenigsten Männer gehen in einem Lokal freiwillig auf die Tanzfläche. Ich kriegte das aber gar nicht so richtig mit, weil ich alles total lustig fand und mit Alix meinen Spaß hatte. Der Typ musste aber wohl doch ziemlich frustriert gewesen sein. Jedenfalls war ich völlig perplex, als er sich plötzlich vor mir aufbaute, sich umdrehte, seine Hose ein Stück herunterließ und mir seinen blanken Hintern entgegenstreckte.

»Wenn du es nur dafür tust, bitte sehr!«, brüllte er durch den ganzen Raum, zog die Hose wieder hoch und mich in seine Arme. Völlig verblüfft ließ ich zu, dass er mich küsste.

»Ich bin Thomas«, keuchte er nach einem langen Kuss, der mich total high machte. »Und wer bist du?«

Ich sagte ihm meinen Namen, und wir knutschten gleich noch mal – so lange bis die Junggesellenparty weiterzog und Thomas mitmusste. Und dann war er weg und wir hatten außer viel alkoholhaltiger Spucke nichts ausgetauscht: keine Nachnamen, keine Adresse, keine Handynummer. Nichts!

Ich wurde darüber fast wahnsinnig, denn ich wollte Thomas unbedingt wiedersehen.

»Wie lange willst du denn noch an dieser Dauerwelle wickeln?« Der unwirsche Ton meiner Mutter riss mich aus meinen Gedanken.

Hoppla, da hatte sie aber mal recht. Ich beamte mich auch geistig wieder zurück in den Frisiersalon und versuchte der Dame mit den Drahthaaren nun besonders viel Aufmerksamkeit angedeihen zu lassen.

»Möchten Sie vielleicht einen Kaffee oder ein Wasser?«, fragte ich zuvorkommend, aber sie winkte ab.

»Ich hätte nur gerne Ihre uneingeschränkte Aufmerksamkeit«, sagte sie etwas mürrisch. »Ich würde nämlich heute ganz gerne noch mal fertig werden.«

Ich entschuldigte mich, indem ich etwas von besonders sperrigen Haaren faselte, was sie aber wohl nicht besonders nett fand, und hielt dann den Mund. Hier half nichts mehr, ich musste mich einfach etwas sputen, um diese Zicke so schnell wie möglich loszuwerden.

Es waren diese Momente, in denen ich mich fragte, ob ich in einem Dienstleistungsberuf nicht doch fehl am Platze war.

♡ ♡ ♡

Das war natürlich nicht meine einzige Sorge. Logischerweise hatte ich weit mehr, genau genommen Unmengen von Sorgen und dabei war es nicht mal so, dass sich die Probleme im Moment besonders häuften. Nein, sie waren zwar von vergleichsweise epochalem Ausmaß, besonders wenn ich an den Heiratsantrag von Thomas dachte, aber da ich es von klein auf gewöhnt war, in Sorgen zu waten, hatte ich mich mit ihnen inzwischen häuslich eingerichtet – was aber meine Freundinnen seltsamerweise irgendwie annervte. Na ja, ganz leicht war es schon nicht, eine Freundin zu haben, die sich ständig verrückt machte oder sich selbst im Wege stand. Denn hin und wieder stolperte bei meinen Versuchen, mir selbst ein Bein zu stellen, auch mal ein anderer über meine ausgestreckten Gliedmaßen und so riss ich dann nicht nur mich, sondern auch die Menschen meiner Umgebung in den Strudel meines bodenlosen Lebenschaos.

Ich weiß auch nicht, warum ich so oft das Gefühl hatte, mich total in meiner Persönlichkeit zu verheddern. Für alle gab ich die allseits beliebte Kummerkastentante ab, aber an meinen eigenen Problemen schien ich ständig glanzvoll zu scheitern. Es lag wohl daran, dass ich immer befürchtete, irgendwem auf die Füße zu latschen, und mir deshalb eigene Entscheidungen besondere Panik verursachten. Wenn ich mich dann mal mühsam zu etwas durchgerungen hatte, entbrannte in meinem Inneren gleich wieder eine Diskussion darüber, ob die Entscheidung auch wirklich richtig war. Ich war eben ein pflicht- und verantwortungsbewusster Mensch und eigentlich nur in einem Bereich meines Lebens spontan: im Bett! Darum war es ja auch so tragisch, dass es mit Thomas ausgerechnet dort nicht mehr wirklich lief.

Nachdem ich Melli am Anfang unserer Freundschaft mal von meiner schwierigen inneren Verfassung erzählt hatte, sagte sie: »Paula, es ist für mich als deine Freundin total super, wie du dich all meiner Sorgen annimmst, aber dein eigenes Problemmanagement ist eine einzige Katastrophe!«

»Mein Problemmanagement?« Meinte sie damit vielleicht meine fruchtlosen inneren Dialoge?

»Ja, auch die. Aber deine ganze Art, dir ständig Sorgen über ungelegte Eier zu machen und deine wahren Probleme zu ignorieren, ist alles andere als konstruktiv.«

»Wirklich?« Ich war verstört und konnte nicht glauben, was sie da so knallhart und analytisch sagte.

»Ja, wirklich. Du musst lernen, deine Sorgen nicht weiter in dich reinzufressen, sondern dich mit ihnen rational auseinanderzusetzen. Schreib sie einmal am Tag auf ein Blatt Papier und überlege dann, wie realistisch deine Befürchtungen überhaupt sind! Auch wenn du es vielleicht meinst, aber der Himmel wird dir ganz sicher in nächster Zeit nicht auf den Kopf fallen, also macht es auch keinen Sinn, sich jetzt darüber Gedanken zu machen. Verstehst du, was ich meine?«

Eher nicht, dachte ich. Ehrlich gesagt hatte ich ja ziemlich viele Befürchtungen, aber was das Herabfallen des Himmels anging, da hatte ich noch gar nicht drüber nachgedacht ... Sollte ich aber besser mal machen, nicht dass er mir wirklich noch irgendwann auf den Kopf fällt, nur weil ich nicht aufgepasst hatte ...

Ich lauschte weiter Mellis weisen Ratschlägen.

»Gut. Wenn du das verstanden hast, kommen wir mal zum nächsten Punkt des Problemmanagements.«

»Und der wäre?«

»Du stellst fest, dass auf deiner Liste viele Befürchtungen stehen, die unnötig sind, weil sie keine realistische Grundlage haben. Also streichst du die weg. Aber es gibt auch Sorgen, die begründet sind. Was machst du mit denen?«

»Keine Ahnung?«

»Du machst den Realitätscheck: Du fragst dich, mit welcher Wahrscheinlichkeit deine Befürchtungen eintreten könnten, und dann überlegst du auch gleich, was du Sinnvolles machen könntest, um das mit ihnen verbundene Risiko zu minimieren.«

»Das ist leicht gesagt«, stöhnte ich. »Risiko minimieren! Wie minimiert ein fettes Pummelchen von einem Meter sechsundfünfzig das Risiko, auf Männer unattraktiv zu wirken?«

Melli grinste. »Durch mentale Stärke und ... ein cooles Outfit!« Sie sprang auf. »Komm, lass uns shoppen gehen! Nichts hebt Stimmung und Selbstbewusstsein mehr als ein kleiner Einkaufsbummel.«

Ich zögerte, weil mir klar war, dass es aber ein mikroskopisch kleiner Einkaufsbummel bleiben musste, denn damals bekam ich nur einen geringen Lehrlingslohn, mit dem man keine großen Sprünge machen konnte.

»Schnickschnack!«, wies Melli meine Befürchtungen zurück. »Dann überziehst du halt mal dein Konto. Wichtig ist, dass du lernst, einen eleganten Weg aus deinem Sorgendilemma zu finden. Und was ist bitte schön eleganter, als shoppen zu gehen?«

Das war Melli. Widerspruch zwecklos!

Ich stürzte mich mit ihr ins Einkaufsgetümmel, erstand ein Paar Schuhe, zwei T-Shirts, einen megascharfen BH und eine riesige Tüte Popcorn und fühlte mich danach tatsächlich besser.

Zwar war die Euphorie am nächsten Tag bereits wieder verschwunden, aber jedes Mal, wenn mich eine Depression überkam, schaute ich den Spitzen-BH an und war mir sicher, dass ich mit dem Ding nicht lange Single bleiben würde, falls Thomas mich jemals verlassen sollte. Also war Mellis Operation offenbar erfolgreich.

Ich seufzte angesichts der Erinnerung und nahm mir vor, Mellis Rat in Zukunft wieder besser zu befolgen. Nicht unbedingt den Shopping-Rat, sondern den, mich realistisch mit meinen Befürchtungen und Problemen auseinanderzusetzen und das mit positiver Energie!

»Positive Energie«, hatte sie gesagt, »bedeutet auch, dass du nicht fragst, wie du komfortabel scheitern wirst, sondern wie du überzeugend siegst!«

Na denn, räumt mir schon mal ein Plätzchen auf der Siegessäule frei!

♡ ♡ ♡

Ein therapeutischer Seitensprung

Als ich am Abend erschöpft aus dem Frisiersalon in die WG zurückkam, stand der ganze Flur nebst der Wohndiele voller Kartons, Leinwänden und Farbeimern. Melli jedoch kroch gerade erst aus ihrer Höhle und setzte sich an den Küchentisch. Wer hatte der denn wohl ihren Umzug gemacht? Sie jedenfalls war daran garantiert nicht beteiligt gewesen, so fertig, wie sie noch immer aussah.

»Ist noch Kaffee da?«, nuschelte sie schlaftrunken und rieb sich die ohne Brille halb blinden Augen. Was waren die grün! Das sah man hinter den Gläsern gar nicht so krass. Sie drehte sich zur Kaffeemaschine um.

»Nee, lass mal«, sagte ich warnend. »Der ist von heute Morgen und schon reichlich abgestanden. Ich koche dir neuen.«

Sie schenkte mir ein dankbares Lächeln, dann sank ihr Kopf auf die verschränkten Arme, die sie auf die Tischplatte gelegt hatte.

»Himmel, bin ich fertig«, schnaufte sie dabei.

Hm, was sollte ich denn da sagen? Ich hatte den ganzen Tag im Frisiersalon geschuftet, während sie hier weiter abhängen konnte. Ich schaute sie misstrauisch an. Was hatte sie denn mit ihren Kunstkommilitonen in ihrem Zimmer noch getrieben? Hatte ich da etwas nicht mitgekriegt? Von dem bisschen Einweihungssekt war sie doch nicht so platt? Ich schnüffelte an ihr. Sie hob den Kopf.

»Hey, was soll das?«

»Habt ihr gekifft?«

Melli griente ihr »Nun gebt doch mal das Hanf frei«-Grinsen, sagte aber: »Der Gourmet genießt und schweigt.«

Ach je, sie nun wieder. Es war mir doch gleich verdächtig vorgekommen, als Boris gestern mit drei Kumpels hier auflief. Der Typ schleppte doch seine Bong sogar im Rucksack mit sich rum! Bestimmt hatte der bei seinem Opa im Schrebergarten eine spezielle Hanfkultur angelegt. Was Opas ja im Allgemeinen wirklich nicht merken.

»Dat freut mich, Jung, dat du dich nu auch für den Garten interessieren tust. Wat is denn dat, wat du da angepflanzt hast?«

»Gras, Opa, nur Gras.«

»Muss dat denn nich mal gemäht werden?«

Mein lieber Herr Gesangsverein!

Der Kaffee war fertig. Melli nahm einen großen Schluck, verbrannte sich gleich die Schnute und fluchte.

»Erwartest du, dass ich kalten Kaffee koche?«

Sie sah mich einen Moment abwesend an, so als sammle sie ihre Gedanken.

»Thomas«, sagte sie schließlich. »Da war doch was mit Thomas. Er hat dem Kartoffelsalat einen Heiratsantrag gemacht!«

Was sie nur immer mit dem Kartoffelsalat hatte?

»*Mir* hat er einen Heiratsantrag gemacht!«, sagte ich leicht unwirsch. »Und damit das klar ist: Ich habe ihn abgelehnt.«

»Wow! Dann habe ich das doch noch richtig auf der Festplatte.« Melli sah mich fast bewundernd an. »Und? Wie hat er es aufgenommen? Läuft er Amok?«

Ich holte die Vase mit den Rosen aus meinem Zimmer und stellte sie kommentarlos direkt vor ihre Nase auf den Küchentisch.

»Nobel! Der Junge hat mehr Stil, als ich ihm zugetraut habe.«

Das fand ich auch, wenngleich ich mir über die Bedeutung der Blumen plötzlich gar nicht mehr sicher war. Warum hatte er sie geschickt?

»Was meinst du?«, fragte ich Melli. »Sind sie ein Abschiedsgeschenk oder ein Versöhnungsangebot?«

Melli sah mich an, als wäre ich blond. »Na, Abschied natürlich!«

Später stieß dann Alix zu uns, und wir zogen wegen der Gemütlichkeit in die Wohndiele um, die durch Mellis Umzugskartons allerdings etwas eingeschränkt war. Dort versuchten wir noch einmal ernsthaft, eine Strategie zu entwickeln.

»Ich kann mich nicht von Thomas trennen«, leitete ich das Gespräch ein, stellte eine Platte mit Schnittchenresten auf den Sofatisch und goss jedem ein Glas Sekt ein. Dann kuschelte ich mich mit einer Decke in einen der großen alten Sessel, die wir im AWO-Möbellager ergattert hatten.

»Also, wenn es nur wegen des Umzugs ist, da hilft dir Sean ganz bestimmt«, sagte Alix. »Er war heute schon da, um mit Melli den restlichen Kram aus ihrem Loft zu holen, aber die hat so fest geschlafen, dass er es alleine gemacht hat.«

Aha, deswegen die vielen ungemütlichen Kartons.

»Wirst du die denn gelegentlich mal auspacken, Melli?«, fragte ich. Denn wie ich Melli kannte, würden die Neujahr noch da stehen.

»Mach keinen Stress«, sagte die nur und nippte träge am Sektglas. »Geht schon alles seinen Gang. Mañana!«

Die hatte doch noch immer die Birne zu, dachte ich und freute mich auf ihre kreativen Ansätze zur Lösung meines Problems. Man würde davon sicherlich nichts gebrauchen können, aber es konnte amüsant werden.

Wurde es dann auch, denn während ich versuchte, meinen Freundinnen zu erklären, dass ich Thomas auf keinen Fall verlassen konnte und eine Paartherapie vielleicht ein guter Ansatz wäre, unser Beziehungsproblem zu lösen, schlug Melli eine ganz und gar andere Strategie vor.

»Fünf Jahre sind wirklich eine lange Zeit – und eine kritische dazu.«

»Hört, hört!«

»Läster nicht, Paula! Ich habe grade eine brandneue Statistik gesehen, nach der die meisten Paare nach fünf Jahren Beziehung mit ihrer Sexualität eher unzufrieden sind. Und weil sie es sich nicht eingestehen, bleibt es dann auch so. Im übelsten Fall ein Leben lang.«

Mir grauste. »Und man kann gar nichts dagegen tun?«

»Klar doch«, sagte Alix. »Zum Beispiel eine Paarberatung machen. Da bist du ja schon selber draufgekommen.«

»Paarberatung!« Melli winkte unwirsch ab. »Das ist doch Unfug! Eure Sexualität braucht einfach mal wieder einen Kick. Das ist alles.«

Aha, war ja eine total umwerfende Erkenntnis.

»Und wo soll der herkommen, der Kick?« Das interessierte mich ja nun doch. Theorien in die Welt setzen konnte schließlich jeder, aber wie sah es mit einem Umsetzungskonzept für die Praxis aus? Da musste Melli vermutlich passen, wie alle diese Kopfmenschen.

Aber da hatte ich sie unterschätzt. Sie argumentierte

im Gegenteil sehr praxisorientiert, ehrlich gesagt sogar *zu* praxisorientiert für meine Verhältnisse.

Sie ließ die Katze aus dem Sack: »Also, ich empfehle einen kleinen, knackigen Seitensprung. Ich habe damit beste Erfahrungen gemacht.«

»*Nein!*«

»Doch! Du glaubst nicht, wie prickelnd das für eine eingeschlafene Beziehung ist.« Sie drehte ihr Sektglas in der Hand und betrachtete die darin aufsteigenden Luftbläschen.

»Wie Champagner, sage ich dir. Wie bester Champagner, wie der von der Witwe und mit Jahrgangsetikett!«

»Stimmt«, meinte nun auch Alix. »Wenigstens einen One-Night-Stand mit einem tollen Typen solltest du dir mal gönnen. Das hat echt was Erfrischendes.«

Ich fragte mich, ob sie bei diesen Worten vielleicht an Lars dachte, der ihr dank eines Juso-Kondoms eine unvergessene Nacht beschert hatte.

Als hätte sie meine Gedanken gelesen, sagte Alix plötzlich: »Wirklich, Paula, du solltest das zu allererst mal ausprobieren. Wenn das nichts bringt, kannst du ja immer noch diese Paartherapie anschieben, falls Thomas da überhaupt mitmacht.«

Tja, das war sicherlich der Knackpunkt bei der Sache, und da ich mir keineswegs sicher war, dass er trotz seiner Heiratsabsicht zu so etwas bereit sein würde, ließ ich den Gedanken an einen ... äh ... sagen wir mal ... therapeutischen Seitensprung zu – so abwegig es auch zu sein schien.

Das heißt, eigentlich wurde ich ja von meinen Freundinnen förmlich dazu gedrängt, denn Alix wollte nichts anbrennen lassen und machte gleich Nägel mit Köpfen.

»Vielleicht kann ich ja Lars zu einem Blind Date mit dir überreden?«

Wie selbstlos! Aber überreden? Muss man Männer zu einem Blind Date mit mir überreden? So weit war es ja nun auch noch nicht. Minderwertigkeitskomplex hin oder her.

»*Blind* date!«, betonte Alix, der meine leicht beleidigte Miene nicht entgangen war. »Natürlich muss man einen Typen wie Lars überreden, wenn er sich mit einer Frau treffen soll, die er nicht kennt. Der ist schließlich first class und nimmt nicht jede, wie so ein rolliger Strietzi vom Kiez!«

»Ja, ja, komm mal wieder runter, ist ja gut.« Stress wollte ich ja nun überhaupt nicht aufkommen lassen, zumal Melli von Alix' abwegiger Idee mal wieder total begeistert war.

»Das ist eine hammergeile Idee!« Sie war total entzückt. »Nach einer Nacht mit dem hat Paula bestimmt so viel erotische Energie getankt, dass selbst mit Thomas wieder der Bär brummt!«

Der Bär brummt? Ich rümpfte die Nase. Ihre Metaphern waren auch schon mal besser!

»Und Thomas? Was ist, wenn er etwas davon erfährt? Wird er nicht total eifersüchtig und fürchterlich gekränkt sein?«

Da machte ich mir natürlich sofort wieder sorgenvolle Gedanken.

»Unsinn!«, versuchte Alix mich zu beruhigen. »Von wem sollte er es denn erfahren? Lars ist in seinem eigenen Interesse verschwiegen wie ein Grab. Wäre er es nicht, hätte er vermutlich bald einen Rattenschwanz betrogener Typen an der Backe. Der nascht doch ohne Rücksicht auf bestehende Beziehungen in der ganzen Stadt rum. Also wenn du den Mund hältst, sehe ich da überhaupt keine Gefahr.«

»Aber ich werde ein schrecklich schlechtes Gewissen

haben und ständig fürchten, dass Thomas es doch irgendwann erfährt.«

»Dann musst du es eben lassen und deine kleinbürgerlich-spießige und unerfüllte Beziehung weiterführen, bis ihr an Langweile und Überdruss im Bett erstickt!«

Das waren harte Worte, die ja auch durchaus eine gewisse Berechtigung hatten, aber … nein, wirklich …

»Ich … ich kann so etwas nicht. Das … das ist einfach nicht einwandfrei, also moralisch, meine ich …«

Melli wälzte sich kichernd in den Kissen, und Alix verschlug es minutenlang die Sprache.

Schließlich trank sie einen großen Schluck Sekt und sagte: »Also früher warst du nicht so zimperlich!«

»Wie? Wann früher?« Ich wusste wirklich nicht, worauf sie anspielte.

»Na ja«, meinte sie etwas muffelig. »Du lamentierst hier rum und spielst den Moralapostel und dabei hast du es doch ganz faustdick hinter den Ohren gehabt.«

»Ich?« Jetzt erstaunte sie mich aber.

»Ja, du Unschuldslamm. Ich erinnere mich an eine Zeit, da hattest du an unserer Schule den Ruf einer Männerverschlingerin!«

Melli kicherte lauter, und Alix machte einen verruchten Augenaufschlag und sang: »Männer umschwirr'n mich, wie Motten das Licht …«

Und wenn sich einer verbrennt, ja dafür kann ich nichts!

Ich lächelte leicht verlegen. Meine Güte, das war damals am Anfang der zwölften Klasse, als wir diese Revue in der Musik-AG einstudierten. Ich hatte Marlene Dietrich gespielt und auf der Bühne und auch ein bisschen im wirklichen Leben die tolle Lola gegeben, bis mich meine Religionslehrerin zur Seite nahm – besorgt um mein Seelenheil und das der übrigen Schüler.

»Dein Ruf, Paula«, sagte sie todernst. »Denk an deinen guten Ruf. Deine naive Lebensfreude darfst du nicht einfach so ausleben. Zügele dich in Zukunft etwas.«

Ich wusste mit dieser Ermahnung herzlich wenig anzufangen. Naive Lebensfreude? Zügele dich?

»Was ... was habe ich denn getan?«, fragte ich nur verwirrt. »Sagen Sie mir, was ich getan habe!« Und da sie auch daraufhin nur vage Andeutungen über ihre Lippen brachte, blieb bezüglich meines Lebenswandels alles beim Alten – also weiterhin wild und erotisch.

Kevin aus dem Politikkurs drückte sich dann allerdings weniger dezent aus, nachdem ich ihm eine Abfuhr erteilt hatte: »Hey, du machst doch mit allen rum, du Schlampe, warum dann nicht mit mir?«

»Weil sie keine Schlampe ist!«, hatte Alix rettend eingegriffen. Aber als wir danach weitergingen, meinte auch sie: »Für sexuelle Freizügigkeit hat nicht jeder Verständnis, vielleicht solltest du dich allmählich mal für einen Typ entscheiden. Angetestet hast du ja nun schon eine ganze Menge.«

Ich erinnerte mich noch gut an diese Szene und sagte daher zu Alix: »Tja, wie es scheint, ändern sich die Zeiten. Soweit ich mich erinnere, hast *du* damals die Tugendwächterin gespielt.«

Ich kuschelte mich fester in meine Decke und dachte mit einem wohligen Schauer an meine wilden Jahre. Die Zeit, bevor ich Thomas kennengelernt hatte.

Wenn nach Partys irgendwo Mädchen abgeschleppt wurden, war ich meist dabei gewesen. Ich war nun mal kein Kind von Traurigkeit! Auf irgendeinem Roller hatte fast immer jemand einen Soziussitz für mich frei und auf quietschenden Jugendherbergsbetten hatte ich mehr als einen Knaben zum Mann gemacht. Alix meinte zwar schon damals, das läge nur daran, dass ich nicht Nein sagen könnte, aber ehrlich gesagt, wollte ich auch nicht Nein sagen. Ich fand es schön, auf diese Art von allen geliebt zu werden. Besonders deswegen, weil ich schon immer die Kleinste und Molligste in der Klasse war und eigentlich von jedem übersehen wurde, es sei denn er wollte Sex oder Mathe bei mir abschreiben.

Ich musste kichern. Ja, dafür liebten sie mich auch. Es dauerte etwas, bis ich merkte, dass viele Kerle mich nicht wirklich liebten, sondern nur ausnutzten.

Wie dieser Lutz, in den ich ja sooo verknallt war und der ausgerechnet mit meiner Lieblingsfeindin Henrike ging. Was war ich happy, als er nach einem Kurstreffen bei unserem Englischlehrer mit mir abstürzte – im Stadtpark, am Seerosenweiher, auf einer feuchten Wiese im Abendtau. Nicht, dass er sexuell der große Überflieger gewesen wäre, aber allein die Tatsache, diesen Traumtyp wirklich und leibhaftig zwischen meinen Schenkeln zu haben, bescherte mir schon einen Orgasmus.

Doch wirklich, nicht gelogen, bei Frauen geht das. Die haben so eine ganz besondere Gabe der Imagination und dann wird aus jedem Rumpelstilzchen ein echter Märchenprinz. So war es auch bei Lutz, und er musste wirklich zum Gelingen nicht allzu viel beitragen. Was er auch von sich aus schon nicht tat. Er war einer von der effizienten Sorte. Aber: Er war Lutz. Das gab meinem nicht sehr stark ausgeprägten Selbstbewusstsein einen ganz gehörigen Kick! Und in mir jubilierte es: Lutz will Sex mit mir! Er hat Henrike für mich verlassen! Statt mit dieser Oberzicke würde er nun mit mir gehen.

Er hustete mir was. Am nächsten Morgen in der Schule zeigte er mir wie gewohnt die kalte Schulter. Regelrecht eisig war diese Schulter nach der vorangegangenen heißen Nacht. Alix brachte mir schließlich schonend bei, dass er mit seinen Kumpels eine Wette laufen hatte und nur deswegen mit mir geschlafen hatte. Weil er nämlich geprahlt hatte, dass er angeblich »jede ins Bett kriegen« würde.

Bis in die tiefsten Tiefen meiner zarten jungen Seele erschüttert ließ ich meinen Frust an Henrike ab.

»Dein Typ geht fremd!«, zischte ich ihr im Vorübergehen zu.

Sie baute sich mit ihren Modelmaßen von eins achtundsiebzig vor mir auf und sah nicht weniger kühl als Lutz auf meine mickrigen eins sechsundfünfzig runter.

»Ach, mit dir vielleicht?«, sagte sie mit einer so schneidenden Kälte in der Stimme, dass man fast die Stimmbänder klirren hören konnte. Aber ich ließ mich von diesem Auftritt ausnahmsweise mal nicht einschüchtern.

»Ja, genau!«

Sie glich der Schneekönigin, als sie mir ihren eisigen Splitter ins Herz rein- und Lutz dort raustrieb.

»Es kostet nichts, die allgemeine Schönheit zu sein, als die Gemeine sein für alle!«, sagte sie und weil ja nicht jeder in Schillers *Maria Stuart* so bewandert war, dass er das Zitat gleich verstand, fügte sie für die umstehenden Klassenkameraden hinzu: »Das zählt nicht, denn mit dir poppt doch jeder früher oder später!«

Ich erstarrte vor Scham zur Salzsäule. Lots Frau, die Zweite!

Hätte Alix mich nicht weggezogen, hätte ich vermutlich im Englischkurs auch noch da gestanden. Ich war absolut bewegungsunfähig, niedergeschmettert, zertreten!

»Nimm die doch nicht ernst«, hatte Alix versucht,

mich aus meiner inneren Erstarrung zu lösen. »Wenn die sich für Elisabeth hält, wird sie noch ihr blaues Wunder mit ihrem Graf Leicester erleben.«

Ich hatte gar nicht richtig hingehört, sondern nur gejammert: »Die halten mich also alle für eine Schnitte?«

Alix hatte abgewiegelt: »Nein, wirklich nicht, Paula. Es … es ist nur … also, ich weiß, du willst niemanden vor den Kopf stoßen, aber vielleicht solltest du ab und zu auch mal Nein sagen …«

»Du tust ja grade so, als würde ich wirklich mit jedem rummachen! Aber das ist nicht wahr! Ich mache es gar nicht mit jedem!«

»Das habe ich auch nicht so gemeint. Du wirst schon wissen, was du tust.« Alix grinste. »Und im Übrigen nimm es leicht! Ist der Ruf erst ruiniert, lebt es sich ganz ungeniert!«

Ich konnte dem gar nichts Spaßiges abgewinnen.

»Du meinst also auch, ich habe einen schlechten Ruf!«

Alix tätschelte meine Schulter. »Natürlich nicht, genauso wenig wie Maria Stuart. Das ist ganz billig von Henrike, so was zu behaupten. Bestimmt ärgert sie sich nun, dass sie Lutz noch nicht rangelassen hat, denn jetzt muss sie ja den Vergleich mit dir fürchten.« Alix kicherte, und es klang ein wenig dreckig. »Zu Recht, würde ich sagen!«

»Meinst du?«

»Bestimmt! Und natürlich ist es purer Neid, weil du seinen Götterbody an Stellen berühren durftest, die sie noch nicht mal im Dunkeln gesehen hat.«

Nun musste ich doch lächeln. »C'est la vie«, sagte ich. »Wer zu spät kommt, den bestraft das Leben!«

Aber diese Sache war mir die ultimative Lehre! In Zukunft wollte ich genauer hinsehen, mit wem ich es tat, und generell wollte ich es etwas weniger tun. Obwohl Sex ja wirklich gesund sein und zu einem positiven Selbstwertgefühl führen sollte – und davon konnte ich damals jede Menge gebrauchen.

Lebt es sich ganz ungeniert! Alix' dummer Spruch beschäftigte mich damals noch die halbe Nacht. Unruhig wälzte ich mich herum und grübelte über mein Leben und die Liebe nach. Jawohl, die Liebe! Nichts anderes wollte ich doch: Liebe geben und Liebe empfangen. Was bitte schön war daran verwerflich? Wollte das nicht jeder Mensch? Ich griff zum Handy, das in seinem Aufladegerät steckte, und rief Alix an.

»Weißt du, wie spät es ist? Ich kündige dir die Freundschaft, wenn du noch mal zu einer so unchristlichen Zeit bei mir anrufst!«, maulte sie schlaftrunken.

Ach herrje, an die Uhrzeit hatte ich im Moment wirklich nicht gedacht. Egal, wahre Freundinnen mussten rund um die Uhr füreinander da sein.

»Es ist aber lebenswichtig«, sagte ich entschuldigend.

»Aha.« Sie klang nicht überzeugt.

Also weihte ich sie schnellstens in meine Gedankengänge ein.

»Und du verwechselst da nicht was?«

»Was denn?«

»Na, Liebe und Sex!«

»Häh?«

»Na ja, du glaubst doch nicht, dass beides dasselbe ist.«

Jetzt war ich aber echt etwas verwirrt. »Nicht?«

Alix klang angenervt: »Jetzt mach mich aber nicht verrückt! Du willst doch nicht behaupten, dass diese kleinen notgeilen Typen, mit denen du geschlafen hast, dich alle geliebt haben? Da lache ich aber!«

Ich schwieg betroffen. Erst jetzt wurde mir bewusst,

dass es Menschen gab, die Liebe und Sex offenbar trennten. Die also das auseinanderdividierten, was für mich immer eine einzige großartige, allumfassende Form von Zuneigung war. Und Zuneigung war in meinem Leben stets das Allerwichtigste gewesen. Jede Zurückweisung war für mich kaum zu ertragen und erschütterte mein Selbstbewusstsein.

»Aber warum denn?«, wunderte sich Alix. »Niemand kann *Everybody's Darling* sein! Und nur weil ein Typ Sex von dir will, liebt er dich doch noch lange nicht!«

Und was ist, wenn ich ihn liebe?, dachte ich, hütete mich aber, es auszusprechen, weil Alix dann bestimmt gleich wieder eine kritische Bemerkung gemacht hätte. Die machte sie auch so.

»Du lässt dich einfach zu schnell rumkriegen. Und das nur, weil du Angst hast, dass der Typ dich gleich wieder verlässt, wenn du es nicht mit ihm tust.«

»Und wenn er es wirklich tut? Mich verlässt?«

»Dann lass ihn doch, dann war er es eben nicht wert!«

»Du hast gut reden …«

»Wieso?«

»Na, du bist ja noch Jungfrau, von dir erwartet man das ja auch nicht gleich …«

Nun wurde sie aber pampig. »Für deinen Ruf kann ich ja wohl wirklich nichts!«, sagte sie.

»Ist ja gut!«, jaulte ich auf. »Ich werde daran arbeiten. Ich poppe ab sofort nur noch mit einem Typ, den ich wirklich liebe.«

Tja, und dann kam Thomas!

♡ ♡ ♡

»Hey, Paula! Paula! Träumst du?« Alix' Stimme riss mich aus meinen Erinnerungen.

»Äh, ja, entschuldige ... Ich ... ich habe wirklich ein bisschen geträumt. Das heißt, deine Worte haben ... ähm ... ja ... mich irgendwie mal kurz in unsere Schulzeit zurückkatapultiert.«

Alix lachte. »Und? Habe ich recht gehabt? Du warst doch nun wirklich kein Kind von Traurigkeit und was den Verschleiß von Typen angeht, hast du doch von allen Mädchen der Schule die längste Strichliste gehabt.«

Also der Ausdruck Strichliste gefiel mir ja in diesem Zusammenhang ganz und gar nicht.

Melli hingegen brachte er zu einem weiteren schrillen Heiterkeitsausbruch, und sie sagte prustend und viel zu laut: »Sieh an, sieh an, unsere brave Paula! Wer hätte gedacht, dass du eine Frau mit Vergangenheit bist! Komm, gib dir einen Ruck! Ich sage dir, ein Seitensprung mit Lars wäre genau das Richtige, um deine totgelaufene Beziehung zu Thomas wieder anzukurbeln.«

Ich hing der Erinnerung an meine Schulzeit und besonders an das nächtliche Telefonat mit Alix noch nach und so sagte ich relativ unvermittelt: »Und, ähm, ihr verwechselt da nicht was?«

»Was denn?«, fragten beide wie aus einem Munde.

»Na, Liebe und Sex!«

»Ach nee«, sagte Alix und schien sich auch noch zu erinnern. »Hatten wir das Gespräch nicht schon mal andersherum?«

Nun war es an mir zu grinsen. Ich nickte.

»Hör mal«, meinte sie und klang nun ernst. »Du bist kein Schulmädchen mehr, das man ein bisschen vor sich selbst beschützen muss. Du bist eine erwachsene und erfahrene Frau. Du glaubst, du liebst Thomas, okay, dann rette eure Beziehung und popp mit Lars! Da ist wirklich nichts Ehrenrühriges oder Promiskuitives dabei!«

»Ehrlich nicht, Paula«, meinte auch Melli. »Da musst du wirklich keine falschen Skrupel haben. Schließlich geht es um eure gemeinsame Sache und kommt daher auch Thomas zugute.«

Na, ob der das auch so sehen würde? Aber es stimmte schon, was meine Freundinnen sagten, und Thomas musste es ja gar nicht erfahren.

Halt! Stopp! Was dachte ich denn da? War ich noch zu retten? Ich tat ja fast so, als wäre es bereits beschlossene Sache!

War es dann wohl auch, denn Alix war schon dabei, die Nummer von Lars auf ihrem Handy zu wählen.

Oh Gott! Nein! Lass ihn bitte den Anruf nicht annehmen!

Wie schon so häufig hatte der Herr für meine niederen Bittgesuche mal wieder kein Ohr.

»Lars? Hallo, hier ist Alix. Alix, die mit dem Juso-Kondom ...«

Na, wenigstens das schien er sich gemerkt zu haben, wenn auch offensichtlich nicht mal ihren Namen. Aber das war ja an sich gar nicht schlecht für meine Zwecke. Er sollte mal kurzfristig für einen sexuellen Kick sorgen und mich ansonsten sofort von seiner Festplatte löschen. Ich musste Alix recht geben: Der Typ schien wirklich zu passen.

Absorbiert von diesen Gedanken hatte ich gar nicht weiter auf das Telefonat geachtet und war daher doch einigermaßen erschüttert, als Alix plötzlich sagte: »Ist gebongt. Du hast Glück. Lars hat grade mal wieder voll Bock. Er trifft dich heute Abend am Schwanenspiegel auf der Englischen Brücke.«

Ich war fassungslos! Sie hatte doch nicht wirklich mit diesem Lars ein Date für mich verabredet?

»Du verarschst mich!«, rutschte es mir heraus.

»Nee, wieso? Wir hatten es doch grade beschlossen und warum auf die lange Bank schieben, was Mann dir heute besorgen kann!«

Warum auf die lange Bank schieben? Ja, warum wohl? Weil ich vielleicht noch mal über alles in Ruhe nachdenken musste? Weil ich meine moralischen Standards überprüfen musste, sie mit der Realität abgleichen und gegebenenfalls an die veränderte Situation anpassen musste? Nach reiflichem Abwägen aller Vor- und Nachteile eines solchen Handelns! Weil ich entscheiden musste, was schwerer wog: der andauernde Frust in meiner Beziehung oder die immerwährende Last eines ungebeichteten und unbeichtbaren Seitensprungs? Das ging doch alles viel zu schnell!

»Ich glaube, ich kann das nicht!«, stöhnte ich verzweifelt auf. »Ich war Thomas immer treu und er mir bestimmt auch … Das kann ich doch nicht aufs Spiel setzen! Treue ist doch die wichtigste Grundlage einer Beziehung … oder habe ich da etwas nicht mitgekriegt?«

Ich schaute die beiden total verunsichert an.

»Grübel nicht so viel!«, meinte Melli in ihrer pragmatischen Art. »Triff dich mit Lars und schau, wie sich alles entwickelt. Du kannst doch jederzeit das Date abbrechen, wenn du es dir noch anders überlegst.«

»Stimmt«, meinte auch Alix. »Mit Lars ist das echt kein Risiko. Du musst dich zu nichts verpflichtet fühlen.«

»Komm, relax! Mach dich schick und genieß einfach mal. Du nimmst das Leben sowieso viel zu schwer. Ich glaube, wir müssen mal wieder dringend über dein Sorgenmanagement sprechen.«

Ich starrte Melli an, aber natürlich war sie vollkommen im Recht. Also gab ich mir einen Ruck, schaltete sämtliche moralisierenden Stimmen in meinem Inneren aus und ging in mein Zimmer, um ein bisschen hübsche

Unterwäsche herauszusuchen. Da ich schicke Dessous liebte und meine Mutter hin und wieder eine Dessousparty im Frisiersalon organisierte, war ich in der Hinsicht inzwischen first class ausgestattet. Da würde selbst ein Mann wie Lars nicht meckern können. Als ich mich für ein zartes lavendelfarbenes Spitzenhöschen und den dazugehörigen BH entschieden hatte, begann ich mich plötzlich tierisch auf das Date zu freuen. Nach allem, was Alix so über Lars erzählt hatte, sah er total gut aus und hatte auch noch Stil und genug Knete, um eine Frau zu verwöhnen. Er war zwar offensichtlich ein Macho, aber ein charmanter. Das bestätigte schon die Wahl des Treffpunkts, der meine Erwartungen hochschraubte und mein Herz schneller schlagen ließ. Die Englische Brücke am Schwanenspiegel war aus ornamentalem Gusseisen mit filigranem Geländer und bestückt mit alten Gaslaternen. Sie führte über die Einmündung des Stadtgrabens in den Schwanenspiegel, auf dessen meist ruhiger, glatter Wasserfläche die majestätischen Schwäne dahinglitten und so seinem Namen alle Ehre machten.

Ihr holden Schwäne! Und trunken von Küssen tunkt ihr das Haupt ins heilig nüchterne Wasser …

Nun wusste ich endlich, warum ich mich im Deutschkurs mit Hölderlin herumgequält hatte. Hm … *trunken von Küssen* wäre ja schon mal ein guter Anfang.

Also die Englische Brücke war ein wahrhaft romantischer Ort und eine erstaunliche Wahl für jemanden, der nur auf einen One-Night-Stand aus war.

Alix hatte ja hauptsächlich seine Steherqualitäten gelobt und als sie den Abend mit ihm bei dem teuren Italiener beschrieben hatte, da schwang noch immer deutliches Bedauern in ihrer Stimme mit, dass er so ein überzeugter Single war. Und das, obwohl sie doch nun in Jean-Paul die Liebe ihres Lebens gefunden hatte, wie sie bei jeder passenden und unpassenden Gelegenheit betonte.

Ich schritt unruhig auf der Brücke hin und her. So allmählich konnte er ja eigentlich mal auflaufen. Es war weit und breit kein männliches Wesen zu sehen, das ihm auch nur annähernd glich. Ich erinnerte mich allerdings nicht mehr ganz genau an ihn. Im Buchladen, wo Alix ihr Blind Date mit ihm hatte und Melli und ich als »Sicherheitspolizistinnen« abkommandiert wurden, hatte ich ihn ja nur ganz kurz gesehen.

Aber ich wusste noch, dass er wirklich toll aussah! Edle Nase, griechisches Profil, blaue Augen und blonde Haare, etwas strubbelig mit ganz wenig Gel frisiert.

Nach Alix' Meinung wäre es ein Jammer, wenn so ein Typ eine feste Beziehung hätte. »Dem weiblichen Teil der Menschheit ginge echt viel verloren!«, sagte sie, als ich aufgebrezelt die Wohnung verließ. »Also, Mädchen, genieß es!«

Sie machte mir ja vielleicht Spaß!

Ich wurde langsam unruhig und schaute auf die Uhr. Na, hoffentlich hatte er nicht gleich wieder kehrtgemacht, als er auf der Brücke eine kleine, pummelige Paula stehen sah!

Ich hatte zwar ein Kleid mit streckendem Streifenmuster an und Schuhe mit hohen Absätzen, aber ein Frauenkenner wie er würde natürlich sofort sehen, was ich damit kaschieren wollte: meine kurzen Beine, den dicken Busen und den fetten Po!

Ich trat ungeduldig von einem Fuß auf den anderen. Zehn Minuten wartete ich nun schon hier. Das war aber gar nicht gentlemanlike. Der würde mich doch nicht wirklich versetzen?

Und dann passierte es. Bei meiner Rumtippelei blieb einer meiner Absätze zwischen den alten Bohlen der Brücke stecken, es knackste, und der Absatz der linken Sandale brach ab. Und nicht nur das! Ich knickte dabei heftig um und konnte noch in letzter Sekunde panisch und mit einem schrillen Schrei nach dem filigranen Brückengeländer greifen und mich festklammern, um nicht komplett zu Boden zu gehen.

»Oh, verdammt!«, stieß ich einen wirklich tief empfundenen Fluch aus, als ich unvermittelt zwei stützende Hände an meiner Taille spürte.

»Kann ich behilflich sein?«, fragte eine warme, dunkle Männerstimme hinter mir und ehe ich mich versah, lag ich in den Armen einer Juniorausgabe von Harrison Ford.

Gütiger Himmel! Mir hatte es sämtliche Vokabeln aus dem Hirn geweht und so war es gut, dass er die Konversationsführung übernahm und sich vorstellte.

»Ich bin Lars, bist du vielleicht zufällig Paula?«

Keine Ahnung, warum plötzlich so alberne Sätze wie *Du Tarzan, ich Jane* durch mein Gehirn fegten. Vermutlich, weil ich mich von diesem Typen sogar an einer Liane in ein Baumhaus hätte schwingen lassen …

Wahnsinn! Das konnte doch nicht sein, dass ich mit diesem Traumtyp wirklich zu einem Blind Date verabredet war. Und er war bei meinem Anblick noch nicht einmal schreiend in die Berge gerannt!

Aber klar, es war ja mal wieder total typisch! Da war ich mit so einem tollen Mann verabredet und was passierte? Ich legte mich fast auf die Schnauze, ruinierte mein Outfit und brach mir auch noch die Haxen! Peinlicher konnte ich ja unseren Abend kaum noch einleiten! Was hieß überhaupt einleiten? Den Abend konnte ich wohl im wahrsten Sinne des Wortes knicken, denn mein umgeknickter Knöchel begann mittlerweile höllisch wehzutun.

Nachdem ich wenigstens wieder auf einem meiner Füße stand, hatte Lars mich losgelassen und meinen abgebrochenen Absatz aus der Brücke gefummelt. Nun kniete er nieder und besah sich den Schuh. Wie der Prinz bei Aschenputtel. Wirklich, es war wie im Märchen. Leider zuckte er die Schultern, was nichts Gutes verhieß.

»Tja, da scheint im Moment nicht viel zu machen zu sein«, meinte er bedauernd. »Aber ein Schuster kriegt den bestimmt wieder dran.«

Na fein! Wo nahm ich um diese Uhrzeit und an diesem Ort einen Schuhmacher her? Das war ja geradezu eine Frage von Hölderlin'scher Dimension! *Weh mir, wo nehm ich, wenn es Winter ist, die Blumen …*

Na ja, half mir aber auch nicht weiter. Am besten stürzte ich mich gleich von hier in den Weiher. War doch eh alles Mist in meinem verkorksten Leben! Warum ging eigentlich seit einem halben Jahr bei mir ständig alles schief?

War ich wirklich so unzufrieden mit meiner Lebenssituation? Es hieß ja, dass unzufriedene Menschen das Unglück anziehen. Bad vibrations!

Aber ich bin nicht unzufrieden, widersprach ich mir selbst. Oder doch?

»Meinst du, dass du es bis zu der Bank da am Teich schaffst?«, fragte Lars in meinen unerquicklichen inneren Dialog hinein und bot mir fürsorglich seinen Arm an, auf den ich mich stützte und loshumpelte. Blieb mir ja nichts anderes übrig.

Als ich auf der Bank saß, sah Lars sich meinen Knöchel an. Mit den Worten »Darf ich mal sehen?« nahm er sehr behutsam den linken Fuß in seine wunderbaren schlanken Hände und tastete ihn vorsichtig ab. Meine Güte, von mir aus hätte er stundenlang so weitermachen können. Der Mann hätte Arzt werden sollen, der hatte ja heilende Hände. Na ja, es kam mir jedenfalls im ersten Moment so vor. Wirklich bewirkt hatte er dann allerdings nichts.

»Tja, gebrochen scheint nichts zu sein, aber der Knöchel ist ziemlich angeschwollen. Das spricht für eine Verstauchung.«

Das war nun nicht grade eine schwierige Diagnose, aber immerhin intelligent vorgetragen.

»Und was machen wir nun?«, fragte ich völlig deprimiert.

Er sah mich nachdenklich an. »Mit einem romantischen Spaziergang um den Schwanenspiegel kann ich dich ja nun wohl kaum noch locken …«

»Nee, das wird wohl leider nichts. Es sei denn, wir versuchen es mit einem Drei-Beine-Lauf!«

Aber ehrlich gesagt hatte ich damit bei Schulfesten auch nicht die besten Erfahrungen gesammelt. Eine Mitschülerin musste sogar mal mit einem ausgekugelten Hüftgelenk mit dem Hubschrauber in die Klinik gebracht werden. Da gab ich mich doch besser mit meinem verrenkten Fußgelenk zufrieden und biss die Zähne aufeinander, bis sie knirschten.

»Wie wäre es mit einer Kahnfahrt?«, schlug Lars spontan vor. »So eine Ruderpartie auf dem Schwanenspiegel hat doch auch was.«

Zweifellos, allerdings waren Boote und Wasser nicht so wirklich mein Ding. Ich hatte lieber festen Boden unter den Füßen. Sehr sportlich war ich nämlich noch nie gewesen, und die Schulzeit hatte ich tatsächlich durch beharrliches Krankmelden während des Schwimmunterrichts als Nichtschwimmer überstanden. So konnte ich es auch gar nicht toll finden, als eine Kursfahrt nach England mit der Fähre geplant wurde oder wenn meine Eltern von einer Kreuzfahrt träumten.

Also mied ich jegliche Art von Gewässern oder hielt mich tunlichst nur an ihren Rändern auf und bestieg weder Boote noch Surfbretter.

Allenfalls als Ort für die sichere Umsetzung meiner gelegentlich ausbrechenden selbstmörderischen Triebe spielten Gewässer in meinem Leben eine Rolle. Im Stadtgraben zu ertrinken, schien mir eine sinnvolle Alternative zum Sprung vom Hochhaus oder einer Dosis Überpillen zu sein, äh, einer Überpillen Dosis, quatsch einer Überdosis Pillen! Verdammt, was war mit meinem Kopf los?

Der war sicherlich krebsrot vor Verlegenheit angesichts der durch und durch peinlichen Situation. Und dann noch dieser Traumtyp! Umwerfend ... ja ... hm ...

Lars ließ sich die Idee mit der Bootsfahrt nicht ausreden, und ich musste zugeben, dass mit einem gehbehinderten Menschen wie mir eine Ruderpartie so ziemlich die einzige sinnvolle Möglichkeit bot, den Abend noch zu retten.

Also schob ich sämtliche Sorgen beiseite und humpelte tapfer an Lars' Arm barfuß über den gepflegten Kiesweg zum Bootsverleih, denn mit den ungleichen Schuhen konnte ich auf keinen Fall mehr laufen.

So wurde der Gang über den Kies fast zu einem altindischen Meditationsritual: barfuß über Glasscherben! Ich hoffte, dadurch wenigstens einer höheren Inkarnation in einem meiner späteren Leben nähergekommen zu sein.

Das Einsteigen in das Boot war dann nicht ganz einfach, aber da mir Lars und der Bootsverleiher – beides kräftige Männer – hilfreich unter die Arme griffen, schaffte ich es dann doch. Lars setzte sich auf die Mittelbank und packte sogleich fest die beiden Ruder. Ich hockte leicht zusammengefaltet in der Bootsspitze.

»Ein herrlicher Abend«, schwärmte Lars und legte sich in die Riemen. Ich musste ihm wirklich zustimmen. Die Sonne warf letzte goldene Strahlen auf das spiegelglatte Wasser, das nur an den Stellen, wo unser Boot vorbeiglitt, leichte Wellen schlug.

»Venite all' agile, barchetta mia, Santa Lucia, Santa, Lucia«, sang ich leise vor mich hin und schaute verträumt den Schwänen nach, die unbeeindruckt so dicht an uns vorbeischwammen, dass ich sie mit den Händen hätte berühren können, was ich mich aber natürlich nicht traute. Die sollen ja manchmal ziemlich zickig sein, diese Edelvögel.

Ich schaute stattdessen unter leicht gesenkten Augenlidern zu Lars rüber. Nein, wie kraftvoll der ruderte!

»Bist du müde?«, fragte er.

Ich, müde? Nein, wieso? Hatte er meine hängenden Lider als Schlafzimmerblick gedeutet? Ich riss schlagartig meine Augen so weit auf, dass mir die Augäpfel fast aus dem Kopf gekullert wären. Ups, hoffentlich sah das jetzt nicht so aus, als hätte ich Basedow oder Hallowach geschluckt.

»Nein, nein«, bemühte ich mich darum so schnell wie möglich zu sagen. »Es ... äh ... es ist nur diese Ruhe hier ... sehr entspannend ... Ich habe etwas ... äh ... meditiert.«

»Ach, echt, du machst Meditation?«, sagte er erstaunt. »Bringt das denn was?«

»Doch, ja ...«, stotterte ich. Zumindest als Ausrede bringt es was.

»Ich bin ja mehr für aktive Entspannung«, sagte Lars grinsend und legte sich kräftiger in die Riemen.

Wie die aussah, konnte ich mir lebhaft vorstellen. Wir nannten so etwas scherzhaft Bettgymnastik.

In einer Anwandlung von periodischer Blödheit sagte ich: »So siehst du auch aus.«

»Wie bitte? Wie sehe ich aus?«

»Wie eine männliche Sexbombe«, rutschte es mir unkontrolliert heraus.

Lautes Gelächter ertönte, und die Ruder klatschten so heftig ins Wasser, dass die Schwäne abrupt ihre ins heilige Wasser getunkten Häupter erhoben und unter heftigem Flügelschlagen davonstoben.

Himmel! Das war ja vielleicht peinlich. Wie konnte ich so was nur denken, geschweige denn auch noch laut sagen?

»Männliche Sexbombe!« Lars kriegte sich gar nicht wieder ein. »Das hat mir noch keine Frau so deutlich gesagt, obwohl es bestimmt viele gedacht haben.«

Hm, was sein Selbstbild anging, war der Typ ja nicht gerade bescheiden. Aber na ja, wer hat, der hat, und er hatte, das musste der Neid ihm lassen. Mutter Natur hatte ihn wirklich reichlich mit vorteilhaften Attributen ausgestattet. Leider hatte ich ja bisher nur einen Teil davon zu Gesicht bekommen.

Ich seufzte deprimiert. Und dabei würde es wohl auch bleiben. Mit meiner Fußverletzung war viel mehr als diese Kahnfahrt wohl kaum drin. Ich stierte ihn beeindruckt an und fragte mich zum x-ten Mal, warum er sich eigentlich immer noch mit mir abgab. Was reizte ihn nur an Pummel-Paula?

Aber vermutlich reizte ihn gar nichts. Er war halt ein höflicher Typ, der sich seine Enttäuschung nicht anmerken ließ. Bestimmt ruderte er jetzt noch eine Runde mit mir und dann würde er mich schnell nach Hause fahren und sich noch woanders eine Braut für die

Nacht aufreißen. Ein Typ wie der ließ sich doch durch mein Missgeschick nicht den kostbaren Abend verderben.

Ich seufzte erneut, als mir diese Befürchtungen durch den Kopf gingen.

»Woran denkst du?«, fragte Lars unvermittelt und weil ich noch ganz in meinen sorgenvollen Gedanken steckte, sagte ich total verblödet: »Ich überlege, wie ich mit dem Fuß nach Hause komme.«

Damit war der Abend dann ja wohl gelaufen!

»Du willst nach Hause?« Lars sah mich einen Moment verwundert an. »Tut der Fuß so weh? Wenn das so ist, fahre ich dich natürlich.«

Oh, merde! Jetzt wusste ich endlich, was eine sich selbst erfüllende Prophezeiung war! Wie bescheuert benahm ich mich denn mal wieder!

Der hätte doch ohnehin nichts mehr mit mir gemacht, dachte ich resigniert und ärgerte mich aber gleich über mich selbst: Hätte er vielleicht doch!

Es hatte sich jedenfalls eben ganz danach angehört und es klang tatsächlich so, als wäre er ein wenig enttäuscht. Oder bildete ich mir da mal wieder was ein?

»Soll ich jetzt gleich zurückrudern?«

War ja nun eh alles zu spät, also nickte ich schicksalsergeben.

Wir erreichten den Bootsanleger, allerdings hatte der Besitzer bereits dichtgemacht. War ja auch wirklich nicht mehr viel los. Unser Boot war das letzte auf dem Teich. Lars sprang auf den Steg und band den Kahn fest, während ich mich krampfhaft an die Reling klammerte. Dann reichte er mir seine Hand. Da der Bootsverleiher nicht mehr da war, musste ich nun nur mit seiner Hilfe vorliebnehmen. Ich klaubte meine Sachen zusammen – die Schuhe, den Absatz und mein Umhängetäschchen – und richtete mich in dem leicht schlingernden Boot auf, um seine Hand zu ergreifen, die mir auf festen Boden zurückhelfen sollte.

Musste das Teil so schwanken? Zwischen der Bootsseite und dem Anleger, auf dem Lars stand, lag etwa ein halber Meter *Wasser* und das Boot driftete auch noch ab. Über den angebundenen Bug konnte ich ja wohl kaum rauskrabbeln, jedenfalls nicht mit meinem lädierten Fuß. Konnte Lars den Kahn denn nicht auch mal mit dem Heck etwas näher an den Steg ziehen?

»Nicht nötig!«, kommentierte er meinen Vorschlag. »Gib mir einfach deine Hand und spring!«

Spring? Hatte er spring gesagt? Mit dem Knöchel? Ging es dem noch gut? Er merkte selbst seinen Fehler.

»Oh, Pardon, das geht ja mit deinem Fuß nicht. Warte, ich komme noch mal ins Boot!«

Ich sah noch, wie er nun seinerseits vom Steg absprang. Das Boot begann heftig zu kippeln, sodass ich mich hektisch nach hinten warf, um es zu stabilisieren. Dabei fiel ich rücklings über die nicht sehr hohe Bootsreling in den Teich. Na prima!

Ich sank sofort wie ein Stein dem Grund des Gewässers entgegen.

Oh, mein Gott, das hatte ich doch alles nicht ernst gemeint – diese Selbstmordabsichten! Das waren doch nur Gedankenspielereien. Ich wollte nicht als Wasserleiche enden!

Ich ließ Schuhe, Absatz und was immer ich in den Händen gehalten hatte, fahren und begann mit Händen und Füßen wild zu paddeln und zu strampeln, um mein Leben zu retten. Ich kam tatsächlich kurz an die Wasseroberfläche, was reichte, um mit viel Wasser im Mund zu gurgeln: »Hiiiilfeeee! Ich kann nicht schwimmen!«

Vermutlich gab es so etwas gar nicht mehr seit Einführung des Schulsports durch Turnvater Jahn, denn Lars begriff zunächst überhaupt nicht den Ernst der Lage. Er hatte sich auf wundersame Weise im Boot halten können und statt mir schleunigst selbst zu Hilfe zu kommen, hielt er mir nur ein Ruder hin und rief: »Schwimm hin und halt dich daran fest, ich ziehe dich dann an Bo…«

Den Rest seines Satzes hörte ich schon nicht mehr, weil ich bereits wieder reichlich Wasser in den Ohren hatte und erneut zwischen schlingernden Algen in Richtung Teichboden unterwegs war.

Ich werde ersaufen, oh mein Gott, ich werde ersaufen, war alles, was ich denken konnte.

»Ersaufen ist Scheiße!«, sagte plötzlich eine harsche Stimme direkt an meinem Ohr oder war sie sogar in meinem Ohr? Egal! Sie gehörte auf jeden Fall meinem Großvater. Sie war laut und autoritär und duldete keinen Widerspruch. »Ich wäre im Zweiten Weltkrieg in Frankreich fast in der Seine ersoffen, das kann ich nicht empfehlen! Also, Paula, lass es!«

Na, wenn er das sagte. Ich hatte ihm immer gehorcht. Ich begann hektisch mit den Beinen zu strampeln und mit den Armen eine Art Schwimmbewegung zu machen, etwa in der Art, wie meine Sportlehrer es mir immer wieder erfolglos gezeigt hatten.

Herr, lass ein Wunder geschehen, flehte ich. Bitte, für meinen Opa! Er soll nicht glauben müssen, dass ich ihm nicht mehr gehorche, jetzt wo er tot ist!

Und diesmal war im Himmel wohl grade keine Hochkonjunktur und der Herr und sämtliche Heiligen hatten auch mal ein bisschen Zeit für Paula. Das Wunder geschah tatsächlich: Ich erreichte erneut die Wasseroberfläche und konnte ganz plötzlich … schwimmen! Wahnsinn! Ich glaubte es ja nicht. Ich machte die gleichen

Schwimmbewegungen wie in der Schule, und – es war wirklich ein Wunder – ich sackte nicht ab wie ein löchriger Kahn, sondern schwamm wie ein junger Schwan. Na ja, so toll dann auch wieder nicht, aber es reichte, um mich einige Minuten keuchend und prustend an der Wasseroberfläche zu halten. Okay, für den Freischwimmer hätte es vielleicht nicht gelangt, aber mein Leben rettete es immerhin.

Plötzlich spürte ich eine Berührung und stellte erleichtert fest, dass jemand neben mir schwamm. Er griff mir wie ein geübter Rettungsschwimmer unter die Achseln und brachte mich mit kräftigen Beinstößen ans Ufer. Ich hustete und spuckte Wasser, aber er hatte mich sicher im Rettungsgriff. Erst als er mich auf den Rasen am Teichufer zog, erkannte ich, dass es Lars war, der tatsächlich in voller Montur in den Teich gesprungen war, um mich zu retten. Wie aufmerksam von ihm!

Schnaufend und total durchgeweicht lagen wir bibbernd auf dem Rasen. Weder der Teich noch die Luft hatten um diese Tages- und Jahreszeit eine hinreichend angenehme Temperatur für so ein Badevergnügen!

Grundgütiger! Wenn der Typ jetzt doch noch schreiend in die Berge lief, konnte ich es ihm wirklich nicht verdenken. Vor einer Frau, die ein harmloses, entspanntes Date dermaßen ruinierte und sich und den Partner gleich mit, ergriff jeder Mann am besten die Flucht, und zwar schnellstens.

Der Peinlichkeit nicht genug war unser kleiner Unfall natürlich nicht unbeobachtet geblieben. Ein halbes Dutzend Rentner, die ihren Waldi, Poldi und Schnurpsel noch mal kurz in die Botanik pinkeln lassen wollten, standen diskutierend um uns herum und konnten sich nicht einigen, ob sie einen Rettungswagen herbeirufen sollten oder nicht. Ihre Hundchen, mit Bernhardiner-

Syndrom, nur ohne Fässchen, retteten gleich lieber selber und versuchten uns mit ihren mehr oder weniger langen und kitzeligen Zungen trocken zu lecken. Als mir ein schwarzer Riesenschnauzer mit einem Mundgeruch nach verwesender Ratte über das Gesicht schlabberte, sprang ich schreiend auf. Ich liebe Hunde an sich, aber nicht an mir!

»Rufen Sie doch mal Ihre Köter zurück«, schnauzte ich mit klappernden Zähnen.

Auch Lars waren die Viecher lästig. Er stand tropfend auf und scheuchte mit einer herrischen Handbewegung die Hunde weg.

»Kusch! Haut ab! Los, los! Lauft zu Herrchen!« Und zu den Herrchen und Frauchen der Vierbeiner sagte er mit weit ausholender, abschließender Armbewegung: »Schluss, aus! Gehen Sie weiter! Der Film ist aus!«

»Film?«, brüllte eine alte Dame ihrem noch älteren Begleiter ins Ohr. »Die haben hier einen Film gedreht! Siehst du, die wollten gar nicht ersaufen!«

Wenigstens mit Letzterem hatte sie sogar recht.

Leicht ironisch rief Lars der abrückenden Rentnergang noch hinterher: »Und vielen Dank auch für Ihre Hilfe!«

»Welche Hilfe?«, fragte ich verwundert.

Lars grinste jungenhaft frech und sah dabei total umwerfend aus. »Na ja, die moralische Unterstützung ...«

Ach je!

»Aber im Ernst«, sagte er und sah mich forschend an. »Brauchst du vielleicht doch einen Krankenwagen? Du hast ziemlich viel Wasser geschluckt.«

»Ach«, sagte ich und versuchte einen Joke. »Ich dachte, das Wasser hätte mich geschluckt.«

Lars lachte.

»Okay, bleibt die Frage, wo wir uns trockenlegen? Bei dir oder bei mir?«

Hatte er das jetzt wirklich gefragt? Hieß das vielleicht, dass er die Schnauze noch gar nicht voll hatte und dass er freiwillig noch weiter mit so einer Chaosfrau wie mir zusammenbleiben wollte?

Da ich nun auch mal was Positives zum Abend beitragen wollte, schlug ich vor, in die WG zu fahren. Das hatte jedenfalls den Vorteil, dass ich mit meinem lädierten Knöchel nicht mehr ewig weit durch die Gegend tigern musste, wenn wir wieder in trockenen Tüchern waren – egal wie und ob der Abend überhaupt noch weitergehen würde.

Ich wankte also triefend und gestützt von dem ebenfalls ziemlich tropfenden Lars zum Parkplatz, wo er sein schickes Auto abgestellt hatte. Ich merkte, wie er zögerte und unschlüssig mit den Schlüsseln in der Hand spielte.

»Also, ich telefoniere mal besser ein Taxi herbei«, sagte er denn auch. »Mein Wagen ist, äh ... ziemlich neu und mit den hellen Ledersitzen ... ja ... ich weiß nicht ...«

Männer! Sie sind doch alle gleich, dachte ich wütend. Ihr Auto ist ihnen wichtiger als jede Frau! Wie gut, dass ich nicht darauf angewiesen war, von ihm ins Krankenhaus gefahren zu werden! Hm, oder sollte ich ihn darum bitten? Mal sehen, wie er dann reagierte und ob er dann auch ein Taxi rufen würde wegen seiner schönen Autositze! Es juckte mich wirklich, aber um des lieben Friedens willen ließ ich es dann doch. Mir war es ehrlich gesagt sowieso völlig schnurz, wie ich nach Hause kam, wenn es nur bald war!

Das Taxi wurde dann wenigstens von einer Frau gefahren, bei der – wie bei Angehörigen des weiblichen

Geschlechts nicht anders zu erwarten – natürlich das Helfersyndrom die Sorge um ihr Auto überwog.

Das war mir nun direkt unangenehm, weil sie doch sicherlich den ganzen Abend kein Geschäft mehr machen würde, wenn wir ihr nun das Auto einsauten.

»Äh, wir setzen uns mal am besten nach hinten«, sagte ich aus diesem Gedanken heraus und zerrte Lars mit zu mir in den Fond. So hatte sie doch wenigstens vorne einen trockenen Sitz für Einzelfahrten.

Sie nickte und reichte uns aus dem Kofferraum eine Decke, die wir unter unsere nassen Hintern legen konnten. Am liebsten hätte ich mir allerdings die nassen Klamotten vom Leib gerissen und mich in die Decke eingewickelt. Aber da die eine Decke nicht für zwei Leute reichte, blieb ich solidarisch und nass.

»Seid ihr in den Teich gefallen oder unter einen Wasserwerfer gekommen?«, fragte sie.

Daraus schloss ich, dass sie eine von den Alt-68ern war, die ihr Studium durch Taxifahren finanzieren wollten und dann dabeigeblieben waren. Sollte es ja einige von geben.

Als ich Lars diese Theorie zuflüsterte, musste er lachen.

In der Jägerstraße angekommen, wollte ich Lars bitten, ihr etwas mehr Geld zu geben, aber das war nicht nötig, denn er hatte schon einen größeren Geldschein in der Hand und sagte großzügig: »Für die Innenreinigung des Autos.«

Na ja, dachte ich, kam ihn ja trotzdem noch billiger als das ruinierte Interieur seines Luxusautos.

Wir stiegen in die WG hinauf, aber natürlich hatte uns Frau Waschkowski durch den Türspion gesichtet und preschte sofort aus ihrer Wohnung ins Treppenhaus.

»Das müssen Sie aber gleich wegwischen, Fräulein Paula«, rief sie hinter uns her. »Jemand könnte in den Pfützen ausrutschen!«

Ich nickte ergeben. Aber als sie kopfschüttelnd zurück in ihre Wohnung schlurfte, musste ich lachen, denn sie murmelte: »Merkwürdig, wo hat es denn heute so einen Wolkenbruch gegeben?«

Als wir in die WG-Diele traten, die immer noch mit Kartons vollgestellt war, saß Melli dort in meinem Lieblingssessel und las.

»Geh doch am besten gleich in die Dusche«, sagte ich zu Lars und führte ihn hin, wobei ich versuchte, Melli mit einer unauffälligen Handbewegung klarzumachen, dass sie sich verdrücken sollte. Ich brauchte jetzt ein bisschen freie Bahn.

Aber sie kapierte offenbar nicht und blieb sitzen. Doch als ich mit Eimer und Lappen aus der Küche kam, um umgehend das Sicherheitsrisiko im Treppenhaus zu beseitigen, sah sie endlich von ihrem Buch auf und mich richtig an.

»Beim Klabautermann, wie siehst du denn aus? Es regnet doch gar nicht!«, rief sie bestürzt aus, und ich berichtete in knappen Worten.

Sie nahm mir den Eimer aus der Hand.

»Ich mach das schon«, sagte sie kameradschaftlich. »Schieb ab zu Lars unter die Dusche, nicht dass du noch einen Schnupfen kriegst!«

Ich liebte sie dafür!

Die Dusche war heiß und voller Dampf und weil sie wirklich super und neu renoviert war, machte es richtig Spaß, dort gemeinsam zu duschen. Eigentlich war doch alles total klasse gelaufen und mein Fuß tat auch schon nicht mehr so doll weh. In mir keimte neue Hoffnung auf und dann passierte es schneller, als die Polizei erlaubte – oder jedenfalls das Komitee für Safer Sex! Falls es das gab.

Wir schäumten uns gegenseitig mit dieser köstlich duftenden Duschlotion aus Mamas Salon ein, die man gleichzeitig zum Haarewaschen nehmen konnte, und als unsere Hände an unseren feuchten, glatten Körpern entlangglitten, konnten wir uns beide nicht mehr zurückhalten. Und so taten wir es gleich, sofort, geräusch- und hingebungsvoll und völlig kopf- und sorglos unter dem warmen Wasserstrahl der Dusche. Er war erst zärtlich und sanft, dann wild und gierig und auf jeden Fall unersättlich! Er war einfach alles, was sich eine Frau erträumte, und als ich schließlich wirklich nicht mehr auf meinem lädierten Fuß stehen konnte, nahm er mich auf seine starken Arme und schleppte mich tropfend in mein Zimmer. Keiner von uns dachte an Wasserflecken auf Polstern, Teppich, Bett… Wir dachten nur noch an uns, an die dampfende Erotik sich umschlingender nackter, nasser Leiber!

Ach was! Wir dachten gar nicht! Unsere Gehirne waren total ausgeschaltet. Wir fühlten nur und genossen… unendliche Lust!

Was für ein Mann!

Irgendwann gegen Morgen merkte ich, wie er leise aufstand, seine Sachen nahm und das Zimmer verließ. Hoffentlich waren die Klamotten wenigstens etwas getrocknet, dachte ich noch, dann sank ich wieder zurück in meinen wunderschönen Traum, in dem natürlich er die Hauptrolle spielte.

Als ich das nächste Mal aufwachte, stand Alix in der Tür, um mir mitzuteilen, dass Thomas da wäre, um mit mir meinen Umzug zu machen.

»Ich komme sofort«, sagte ich. »Setz doch bitte mal einen Kaffee auf.«

Ich schlüpfte in das Negligé, ging in die Küche hinüber und war Lars dankbar, dass er so dezent und rechtzeitig, bevor Thomas kam, gegangen war. Er hatte eben Stil.

♡ ♡ ♡

Katzenjammer

Thomas war also wirklich gekommen, um den Umzug mit mir zu machen. Das fand ich ja nun mal wieder ganz gewaltig lieb von ihm und umso schlechter war mein Gewissen. Ehrlich gesagt konnte ich ihm gar nicht in die Augen sehen nach dieser Nacht mit Lars, weil ich fürchtete, dass er mir meinen Seitensprung sofort ansehen würde. Ich konnte mich doch so schlecht verstellen.

Aber Thomas schien mit seinen eigenen Problemen vollauf beschäftigt zu sein und nahm mich darum ziemlich eindimensional wahr. Nämlich lediglich als die Frau, die aus einem ihm völlig unerfindlichen Grund seinen Heiratsantrag abgelehnt hatte. So standen wir uns denn also in der Diele reichlich verlegen gegenüber – unserer selbst und unseres Partners nicht mehr sicher.

»Ähm, ja«, ergriff Thomas schließlich als Erster das Wort. »Also wegen deinem Umzug. War doch richtig, dass wir uns für heute verabredet hatten oder hat sich da, äh ... was geändert an deinen Plänen?«

Nö, diesbezüglich eigentlich eher nicht. Ich schüttelte den Kopf und versuchte, einen Ausdruck von Normalität und Frohsinn in mein Gesicht zu zaubern, was mir aber, nach Thomas' irritiertem Blick zu urteilen, nicht so ganz gelang.

Auch Alix sah mich irgendwie fragend an.

»Nee«, sagte ich mit einer Extraportion Beschwingtheit in der Stimme. »Ist prima, dass du dran gedacht hast.« Ich bekam sogar bei den nächsten Worten ein Kichern hin: »Die Einweihungsfete hat uns ja alle ganz schön mitgenommen!«

Ups! Ob das nun der beste Einstieg war?

Alix fand das wohl nicht, denn sie schüttelte den Kopf und sagte ablenkend: »Kommt doch erst mal in die Küche. Ich glaube, der Kaffee ist durchgelaufen.«

Also folgten wir ihrem Vorschlag und setzten uns kurz zu einem Kaffee an den Küchentisch. Aus dem Radio klangen leise Charthits.

»Wie habt ihr euch das denn vorgestellt mit dem Umzug?«, fragte Alix dort auch gleich, um die Themen Einweihungsfete, Heiratsantrag und Ablehnung gar nicht erst aufkommen zu lassen. »Braucht ihr meine und Mellis Hilfe?«

»Ich glaube nicht«, lehnte Thomas sogleich dankend ab, aber ich wollte ja heute auf gar keinen Fall mit ihm alleine sein und nahm dankend an.

»Das wäre natürlich super, wenn ihr auch noch helfen könnt. Ich würde sagen, du kommst noch mit, Alix, und hilfst mir beim Einpacken, Thomas fährt die Sachen her und Melli fasst beim Ausladen mit an.« Ich schaute kurz zu Thomas rüber. »Oder?«

Der wirkte zwar etwas enttäuscht, weil er wohl gehofft hatte, mich mal alleine sprechen zu können, aber da konnte ich ihm nun auch nicht helfen, da ich genau das ja vermeiden wollte.

Er war also einverstanden und gab nur zu bedenken, dass die Arbeit in der Jägerstraße sicherlich etwas anstrengender sein würde, weil die Sachen immerhin in den vierten Stock raufgebracht werden müssten.

»Ich weiß nicht, ob ich da alleine mit Melli klarkomme, die Kräftigste scheint sie mir nicht zu sein.«

Gut, Melli war ziemlich dürr, aber zäh! Ich musste Thomas dennoch zustimmen. Für die beiden alleine war das zu viel.

Alix hatte jedoch gleich eine Idee. »Thomas könnte doch alles hierherfahren und erst mal im Treppenhaus stehen lassen. Das ist doch groß genug. Und wenn wir die letzte Fuhre hier haben, dann schaffen wir das alle gemeinsam nach oben. Ich wette, Jean-Paul packt auch noch mit an. Ich werde ihn gleich mal fragen.«

Schon war sie aus der Tür, um den Anlass zu nutzen, mal rasch bei ihrem Lover vorbeizuschauen. Tja, und dann saß ich nun doch alleine mit Thomas am Küchentisch. Ach Gott, war mir das peinlich. Ich hatte doch bestimmt mit fetten Buchstaben auf der Stirn geschrieben stehen: Ich habe dich betrogen!

Hm, wenn ich Glück hatte, vielleicht auf Arabisch, das konnte er ja dann nicht lesen. Da die Hoffnung zuletzt starb, baute ich also mal auf mein Glück und sagte erneut um Normalität und Freundlichkeit bemüht: »Äh ... danke für die schönen Rosen. Ähm ... wofür waren die denn?«

Na toll, was sollte denn diese blöde Frage? Hätte ein schlichter Dank nicht gereicht? Nein, ich musste es wieder kompliziert machen. Was sollte Thomas denn darauf jetzt wohl antworten, ohne uns beide doch noch in die Peinlichkeit der vorletzten Nacht zurückzukatapultieren? Sie sind ein Versöhnungsversuch, ein Abschiedsgruß, eine Erinnerung an unsere langjährige Beziehung?

Er sagte gar nichts dergleichen, sondern sah mich ein paar Minuten sehr ernst an. Dann meinte er leise: »Das solltest du eigentlich selber wissen.«

Aha! Immerhin eine sehr elegante Art, sich aus der Affäre zu ziehen.

»Äh, ja, stimmt. Also jedenfalls noch mal danke, sie sind wirklich sehr schön.«

Ich sprang auf, um weiteren delikaten Gesprächen zu entkommen, und sagte mit hektischem Aktionismus: »Tja, dann sollten wir am besten mal starten!«

Alix kam auch grade wieder rein, und so warf ich mich in meine Klamotten, und es konnte losgehen.

Der nächsten Sorge entgegen! Denn ich nahm eigentlich nicht an, dass meine Eltern mit guter Laune und strahlendem Lächeln meinem Auszug zusehen würden.

Und so war es auch.

Meine Mutter ignorierte uns nahezu, und mein Vater, der wenigstens bei den größeren Möbelstücken mit anfasste, jammerte in einem fort. Vermutlich hatte er Panik bekommen bei dem Gedanken, meiner Mutter nun völlig ausgeliefert zu sein.

»Ich liebe deine Mutter ja«, hatte er mir mal nach einem Streit um Nichts im Vertrauen gestanden. »Aber sie ist eine sehr dynamische Person, und man kann ihr wirklich wenig recht machen ...«

Das war noch sehr nett ausgedrückt, fand ich, denn ich hielt meine Mutter für sehr besserwisserisch und über alle Maßen von sich überzeugt. Da hatte jeder einen schweren Stand und so ein Leisetreter wie mein Vater natürlich ganz besonders.

Damals reifte in mir der Entschluss, so schnell wie möglich zu Hause auszuziehen, denn es reichte mir vollkommen, meine Mutter als Chefin jeden Tag im Frisiersalon genießen zu dürfen, nach Feierabend konnte ich gut auf sie verzichten. Leider fehlte es mir während der Lehre an den finanziellen Möglichkeiten, aber nun mit meinem Gesellenlohn und der günstigen Wohnsituation in der WG hielt mich natürlich nichts mehr. Dass sie mich deswegen für undankbar hielt, damit musste ich eben erst mal leben. Ich wusste, dass mein Auszug mit Dankbarkeit oder Undankbarkeit überhaupt nichts zu tun hatte, sondern die einzig sinnvolle Möglichkeit war, mich abzunabeln, bevor zwischen uns wirklich einmal ein Riesenkrach ausbrach. Dann würden nämlich unter Umständen Dinge gesagt werden, die Gräben aufreißen konnten, die sich vielleicht nie wieder zuschütten ließen. Nein, darauf wollte ich es nicht ankommen lassen. So wie es jetzt war, war es schon am besten. Mama würde das sicherlich irgendwann auch begreifen.

Im Moment sah es allerdings gar nicht danach aus, und als ich in die Küche ging, um für uns eine Flasche Wasser zu holen, machte sie mir gleich wieder ein schlechtes Gewissen.

Sie packte einen Schnellhefter auf den Tisch und sagte: »Den kannst du auch mitnehmen, da sind deine Handyrechnungen drin. Nur damit du mal siehst, was du so vertelefonierst.«

Ich hielt mich zurück und zwang mich zu einem besonders freundlichen Lächeln.

»Ach, gut, dass du das ansprichst. Ich werde die Handyrechnungen jetzt natürlich selber bezahlen. Steht dabei, wo ich die Änderung der Kontonummer für die Abbuchung beantragen muss?«

Ich weiß nicht, ob meine Mutter erwartet hatte, dass ich sie auf den Knien anflehen würde, doch weiterhin meine Telefonrechnungen zu bezahlen, jedenfalls wirkte sie etwas verwundert.

»Äh ... das weiß ich nicht, aber, äh ... frag doch mal deinen Vater, der macht ja die Überweisungen.«

Ich verkniff mir ein Grinsen. Mir gegenüber groß auftrumpfen wollen, aber Papa die Arbeit machen lassen. Na gut, sie hatte ja wirklich mit dem Laden genug zu tun und mein Vater kam schließlich schon jeden Tag um halb fünf nach Hause, da konnte er auch mal ein bisschen mehr tun, als nur vor der Glotze zu hocken.

Als mir das so durch den Kopf ging, konnte ich nur tief und erleichtert aufatmen, dass ich dem endlich entronnen war! Die Atmosphäre in meinem Elternhaus hatte mich in letzter Zeit wirklich total niedergedrückt. Und garantiert war auch dieser Frust, den ich beim Zusammenleben mit meinen Eltern erlebte, mit schuld daran, dass ich mir nicht vorstellen konnte, alleine mit Thomas in einer Dreizimmerwohnung zu leben. Jedenfalls nicht, bevor ich nicht erst einmal ein eigenes Leben geführt hatte.

»Paula? Paula! Was ist mit diesem schrecklichen Ungetüm von einem Kleiderschrank? Soll der auch mit?«

Es war Alix' Stimme, die mich aus diesen betrüblichen Gedanken riss. Genau, Schluss mit der Grübelei! Jetzt war erst mal Action angesagt.

»Kann ich das Wasser nun haben?«, fragte ich meine Mutter, und sie holte wortlos zwei Flaschen aus dem Kühlschrank und stellte ein paar Pappbecher dazu. »Wollt ihr auch was essen?«, fragte sie immer noch muffelig.

»Nö, danke, wir holen uns was bei McBurger. Mach dir keine Umstände.«

Ich nahm das Wasser und die Becher und eilte zu Alix in mein Apartment im ersten Stock. Thomas und sie tranken gierig.

Alix wischte sich mit dem Handrücken über die Lippen und fragte dann: »Was ist nun mit dem Schrank? Ehrlich gesagt ist er wirklich scheußlich.«

Das hatte ich zwar auch immer so empfunden, aber er war ein Erbstück von Großtante Henriette und Mama hatte darauf bestanden, dass er nicht weggeworfen wurde. Mich hatte er immer an ihr herrisches Wesen erinnert und an die Ängste, die sie in mir hervorgerufen hatte, als ich noch ein kleines Mädchen war. Sie hatte so dünne, lange Finger gehabt und die unangenehme Angewohnheit, mit diesen immerzu ermahnend auf mich zu zeigen.

»Du hast recht, Alix. Der Schrank ist hässlich und auch viel zu dunkel und groß. Der passt nicht in mein WG-Zimmer«, sagte ich.

Und in mein Leben auch nicht mehr, fügte ich in Gedanken hinzu. Es wurde Zeit, dass ich mich von Großtante Henriette und ihrem unseligen Einfluss befreite.

Da das Monstrum von Schrank das Letzte war, was noch zu transportieren gewesen wäre, hatten wir tatsächlich alles in einem Rutsch in dem Pick-up vom Autoverleih untergebracht. Super!

Ich brachte die leeren Wasserflaschen zurück in die Küche, wo meine Mutter immer noch am Küchentisch hockte und scheinbar konzentriert in einem Frisurenjournal las.

Ich warf die Pappbecher in den Müll und sagte: »Wir sind jetzt fertig, Mama. Den Schrank von Tante Henriette lasse ich dir da.« Mit einem kleinen gemeinen Grinsen setzte ich hinzu: »Du hängst doch so an diesem Erbstück.«

Ich trat zu ihr, beugte mich kurz runter und hauchte ihr ein Küsschen auf die Wange.

»Danke für deine Hilfe. Wir sehen uns dann morgen im Salon.«

Sie sagte nichts mehr, aber als ich vor das Haus trat, hatte ich einen leicht salzigen Geschmack auf den Lippen.

Wir zurrten die Plane des Pritschenwagens fest, dann

stieg ich vorne zu Thomas ein. Alix fuhr mit meinem Rad zurück in die Jägerstraße. Thomas setzte aus der Garageneinfahrt rückwärts auf die Straße, mein Vater winkte noch einmal, und wenig später sah ich mein Elternhaus nur noch im Rückspiegel.

Ich wischte mir ein paar unplanmäßige Tränen aus den Augen und ärgerte mich. Ich konnte weder mich noch meine Mutter verstehen. Warum heulten wir jeder für sich vor uns hin, statt uns anständig in die Arme zu nehmen und uns gegenseitig Glück zu wünschen?

In der Jägerstraße hatte Melli schon angefangen, mit Jean-Paul ihre eigenen Kartons aus dem Flur und der Wohndiele in ihr Zimmer zu schaffen, damit wir wenigstens ungehindert in mein Zimmer gelangen konnten. Mithilfe der beiden hatten wir bis zum Abend tatsächlich alles in den vierten Stock geschleppt.

Meine Güte, was man in einem so jungen Leben nicht schon alles an Kram angesammelt hatte! Das musste ich aber beim Einräumen noch einmal kritisch durchforsten. Das ging ja gar nicht, dass ich den Raum total zumüllte und mich nachher wie bei Thomas' Eltern fühlte. Nee, ich brauchte Luft zum Atmen. Ein Museum war für mich kein Ort zum Leben! Und was Tante Henriettes Schrank anbetraf, für den war echt kein Platz mehr. Gut, dass wir den dagelassen hatten.

Alix hatte einige Tüten Fast Food mitgebracht und nachdem wir unter den kritischen Blicken von Frau Waschkowski noch schnell das Treppenhaus gereinigt hatten, hockten wir uns in die Küche und futterten erst mal gemütlich. War ich froh, das überstanden zu haben! Thomas trank noch ein Bier und verabschiedete sich dann, weil er am nächsten Morgen Unterricht hatte, für den er noch etwas vorbereiten musste. Und weil auch Jean-Paul am Montagmorgen im Museum ein Expertengespräch zur Saurierforschung moderieren musste, brach er gleich mit ihm auf.

Mir war das ganz lieb, denn so konnte ich noch in Ruhe ein paar Kartons ausräumen und etwas Platz in meinem Zimmer schaffen. Bisher kam ich ja kaum bis zu meinem Diwanbett durch.

Ich brachte also Thomas und Jean-Paul zur Tür und verabschiedete mich von beiden mit einem Dankeschön und einem Küsschen auf die Wange, wie man es halt so unter Freunden tut. Dadurch ersparte ich mir Thomas gegenüber jede Peinlichkeit. Als ich die Tür hinter den beiden schloss, atmete ich daher erst mal total erleichtert auf.

Wunderbar! Es war geschafft! Ich war endlich bei mir selbst angekommen! Na ja, wenigstens in meinen eigenen vier Wänden! Na bitte, hatte doch alles bestens geklappt. Es schien in meinem Leben endlich mal wieder aufwärtszugehen. Heute der Umzug und gestern eine ultimative Liebesnacht! Was wollte ich eigentlich mehr?

So trat ich total glücklich in die Küche, wo Alix und Melli gerade die Spuren unseres Pappschachtelmenüs beseitigten. Ich fühlte mich total aufgekratzt und musste die beiden einfach mal in den Arm nehmen und knuddeln.

»Ihr seid die besten Freundinnen der Welt«, rief ich lachend aus. »Das Leben ist einfach super mit euch!«

♡ ♡ ♡

Es war mitten in der Nacht, als ich leicht panisch im Bett hochfuhr. Ich hatte von Lars geträumt und dabei war es mir dann aufgefallen. Oh, mein Gott! Das war mir ja noch nie passiert! Wie konnte mich die Leidenschaft so übermannen, dass ich wirklich alles vergessen hatte? Sogar das Kondom!

Was ... was tat ich denn jetzt bloß? Ich schaute auf die Uhr. Vier Uhr morgens! Nicht grade eine passende Zeit, um sich bei einer Freundin Rat zu holen. Aber es half nichts. Möglicherweise zählten Minuten! Ich kroch aus dem Bett, warf mein Negligé über und schlich zu Melli rüber. Die schien mir in sexuellen Dingen die meiste Erfahrung zu haben.

Auf mein zaghaftes Klopfen erhielt ich keine Antwort. Kein Wunder, die pennte bestimmt wie eine Tote und hatte möglicherweise im Traum ein Interview mit einem Vampir. Die musste ich erst mal langsam und behutsam aufwecken. Ich drückte vorsichtig die Klinke runter, und da Melli nie abschloss, ging die Tür mit leisem Knarren der Scharniere auf. Ich trat ein und stockte sofort, weil mir ein voller Karton den Weg versperrte.

Ihr Zimmer war immer wieder atemberaubend und auch jetzt nahm mich der Anblick des riesigen, bunten Jugendstilfensters, durch das der Mond sein silbernes Licht schickte, für einen kurzen Moment gefangen. Insgesamt war ihre Einrichtung ... hm, ja, etwas gewöhnungsbedürftig, eben künstlerisch. Sie hatte kein Bett, sondern schlief zwischen einem Haufen von Kissen auf einer marokkanisch anmutenden Matratzenlandschaft auf dem Boden, umgeben von zahllosen Staffeleien mit angefangenen Gemälden unterschiedlicher Größe und Stilrichtungen. Fertige Bilder, leere Leinwände, Farbkartuschen und Eimer standen auf einem schmalen, langen Tisch unmittelbar neben der Tür. Melli in dem Gewühl von Kissen und Decken auf ihrer Schlafstätte zu finden, war nicht ganz einfach. Ich hockte mich im Schein des Mondes an den Rand ihres Traumschiffs und rief leise ihren Namen.

»Melli … Melli, wach auf! Bitte, wach auf! Es ist … *lebenswichtig*!«

Sie grunzte im Schlaf, rührte sich ansonsten aber nicht.

»Wir … wir haben es dreimal getan und … und … ich … ich habe nicht ein einziges Mal ein Kondom benutzt!«

Sie fuhr hoch wie von der Tarantel gestochen.

»Was willst du denn hier? Geht es dir noch gut?«

»Na ja, eigentlich schon, sehr gut sogar … aber …«

Sie klang ziemlich wütend, als sie sagte: »Wieso pennst du überhaupt mit Thomas, wo du grade seinen Heiratsantrag abgelehnt hast und dir nicht mal klar darüber bist, ob du die Beziehung weiterführen willst?«

Da hatte sie aber was völlig missverstanden.

»Nicht Thomas«, korrigierte ich also. »Lars. Ich meine Lars … Ich, ich … also es ist da in der Dusche so über uns gekommen und … oh Scheiße, Scheiße, Scheiße, dann habe ich total vergessen, Gummis zu benutzen!«

Melli konnte meine Aufregung immer noch nicht ganz nachvollziehen.

»Okay«, meinte sie. »Das ist zwar nicht optimal bei einem One-Night-Stand, aber ich glaube, bei Lars gibt es da keine Probleme, wenn du dir jetzt Sorgen wegen Aids oder Geschlechtskrankheiten machst.«

»Das ist es ja nicht«, stammelte ich immer noch völlig von der Rolle. »Äh, meinst du, es … es könnte was passiert sein?«

»Passiert? Was soll denn passiert sein? Ich denke, du nimmst die Pille – schon wegen Thomas …«

»Äh, ja, im Prinzip schon …«

»Was heißt im Prinzip?« Mellis grüne Augen glitzerten im Schein des Mondes in ihrem bleichen Gesicht.

»Na ja, weil doch bei uns in letzter Zeit nichts mehr

gelaufen ist. Also, da dachte ich, es ist vielleicht eine gute Gelegenheit, mal mit der Pille auszusetzen ...«

»Das hast du nicht wirklich gemacht?«, sagte sie stöhnend. »Was für ein Schwachsinn! Wozu überhaupt aussetzen? Das ist doch völlig überholt. Das bringt doch nur den ganzen Hormonhaushalt durcheinander. Kein Mensch setzt heute mehr mit der Pille aus, es sei denn, er will ein Kind!« Sie sah mich durchdringend an. »Willst du?«

»Um Gottes willen, nein!«

Wir schwiegen einen Moment. Schließlich konnte Melli ihre Neugier nicht mehr zurückhalten.

»Äh, wir haben gestern gar nicht darüber gesprochen. Ähm, wie ... wie war er denn? Lars. Hat Alix zu viel versprochen?«

Na, wenn sie das noch nicht mitgekriegt hatte, dann pennte sie wohl noch halb. Ich schüttelte den Kopf.

»Nein, nein, er ist echt ein Traumtyp. Echt!« Aber ob er nun gleich der Vater meiner Kinder werden musste?

»Was ... was mache ich denn nun?«, brach es verzweifelt aus mir raus.

»Vielleicht ist ja gar nichts passiert«, versuchte Melli mich zu trösten.

»Da würde ich mich bei meinem sprichwörtlichen Glück besser nicht drauf verlassen!«

Melli hievte sich aus ihrer Kissenburg. »Lass uns mal Alix wecken, so spontan fällt mir nämlich auch nichts ein.«

Wir pilgerten zu Alix rüber, und die nahm die Sache gleich total ernst.

»Wonach bestimmst du deine fruchtbaren Tage?«, fragte sie.

»Nach dem Mondkalender.«

»Und?«

»Ja, könnte leider sein ...«

»Dann hilft nur die Pille danach«, sagte sie. »Wenn es mal nicht schon zu spät dazu ist.«

»Zu spät? Es war doch erst gestern Nacht!«

»Ja, ja, aber man soll sie ja eigentlich dann gleich am nächsten Morgen nehmen. Ich habe gar keine Ahnung, wie lange die wirksam ist!«

»Oh Gott!«

Es schien ja wirklich um Stunden, wenn nicht gar um Minuten zu gehen.

»Wir ... wir müssen ganz schnell zu einer Apotheke fahren«, rief ich erregt und sprang von Alix' Bett auf.

»Apotheke wird nicht reichen«, sagte sie. »Dafür brauchst du garantiert ein Rezept.«

»*Nein*!«

»Doch, das glaube ich auch«, teilte Melli Alix' Meinung.

»Aber, aber ... das geht nicht. Meine Frauenärztin hat doch nicht mitten in der Nacht auf!«

Melli stand ebenfalls auf und schob mich in die Diele. Sie setzte sich in einen der Sessel und griff nach der Wochenendzeitung. Ging es der noch gut?

»Wie ... wie kannst du dich jetzt seelenruhig da hinsetzen und Zeitung lesen!«, raunzte ich sie total aufgebracht an. Das war ja wohl eine Unverschämtheit!

»Ich lese nicht Zeitung, ich suche nach einem gynäkologischen Notdienst.«

Ja, ja, das war es! Melli, diese coole Frau, hatte mal wieder genau die richtige Idee.

»Zieh dich am besten schon mal an. Wenn ich was gefunden habe, fahre ich dich mit der Vespa hin.«

Ich stürzte in mein Zimmer, riss eine Jeans und ein T-Shirt aus einem der Klamottenkartons und schlüpfte schnell hinein. Erwartungsvoll trat ich wieder in die Diele, wo Melli noch telefonierte.

»Aber es ist ein Notfall! Sind Sie eine gynäkologische Ambulanz oder nicht? Es wird doch wohl irgendeinen diensthabenden Arzt geben, der die Pille danach verschreiben kann! Wie, darüber können Sie keine Auskunft am Telefon geben? Na gut, dann kommen wir eben in die Klinik. Wie, die ist nur für Notfälle offen? Ich sage doch, das ist ein Notfall ...« Melli knallte den Hörer auf.

»Scheiße! Diese dumme Tusse in der Telefonzentrale hat doch einen Schaden! Jedenfalls hat die offenbar keinen Dunst.« Sie stand auf und drückte mir die Zeitung in die Hand. »Such schon mal mit Alix eine Nachtapotheke raus! Ich zieh mich auch eben an.«

Ich hockte mich in meinen Lieblingssessel und hielt die Zeitung in meinen flatternden Fingern.

»So kann man gar nichts lesen«, sagte Alix. »Gib mal her und beruhige dich. Garantiert ist überhaupt nichts passiert. Alles, was wir hier tun, ist nur eine vorsorgliche Maßnahme.«

»Und ... und wenn es schiefgeht?«

Nun grinste Alix frech. »Dann solltest du dir überlegen, ob ein Kind von Lars wirklich so schlecht wäre ...«

Ich hätte sie in diesem Moment erwürgen können.

Es war gut, dass ich es nicht tat, denn wenig später drückte sie mir einen Zettel mit zwei Apotheken in die Hand, die Nachtdienst hatten.

»Eine wird ja wohl die Pille haben!«

Das war anzunehmen, aber erst einmal brauchte ich ja das Rezept.

»Das holen wir uns jetzt!«, sagte Melli mit dem ihr eigenen Optimismus. »Los, Paula! Auf geht's!«

Aber ganz so einfach, wie Melli es sich vorgestellt hatte, ging es dann nicht.

Als wir in der Frauenklinik ankamen, mussten wir erst zur Anmeldung, und da hockte jene dumme Tusse, die Melli schon am Telefon zur Weißglut getrieben hatte.

»Nehmen Sie bitte im Wartezimmer Platz«, sagte sie. »Der Doktor hat einen echten Notfall.«

»Und was ist ein *echter* Notfall?«, begehrte Melli zu wissen.

»Jedenfalls keine GV-Panne«, sagte die Tusse, der so etwas schon deswegen nicht passieren würde, weil sie bei ihrem Aussehen bestimmt kein Typ anfassen würde.

»Aha«, sagte ich. »Und was ist es dann?«

Sie sah mich giftig an. »Eine Sturzgeburt. Das kann aber dauern.«

Es dauerte tatsächlich. Und dabei legte doch eigentlich der Ausdruck Sturzgeburt einen etwas schnelleren Vorgang nahe.

Endlich kam ein übernächtigt aussehender Jungmediziner ins Wartezimmer und sagte mit matter Stimme: »Wollte noch jemand zu mir?«

»Ja, wir!«, sagte Melli und sprang auf. »Meine Freundin …« Sie brach abrupt mitten im Satz ab.

»Robert?«, fragte sie unsicher.

Und auch der Arzt schien sie zu erkennen. »Melli?«

Wenig später lagen die beiden sich in den Armen.

»Das gibt es ja nicht!«, tönte Melli. »Du bist schon fertig mit dem Studium?«

»Assistenzarzt …«

»Wahnsinn!« Sie knuddelte den Typ noch einmal. »War schon eine geile Zeit mit uns, damals!«

Er grinste. »Das war es.« Er schaute zu mir rüber. »Was kann ich denn für euch tun?«

»Ja, also, meine Freundin Paula …«, hob Melli an, als die dumme Tusse von der Anmeldung einen weiteren Notfall ins Wartezimmer brachte.

»Die Dame hat plötzliche Blutungen«, sagte sie zu Dr. Robert und mit einem Blick zu uns fügte sie hinzu: »Vielleicht sollten Sie sie vorziehen.«

»Nein, nein!«, wehrte ich erregt ab. »Bei mir ist es auch ganz nötig, äh … ich meine, notfällig … äh, dringend jedenfalls!«

Robert grinste, und ich konnte froh sein, dass Melli ihn offenbar gut kannte, und er sie auch in positiver Erinnerung behalten hatte, denn er meinte: »Also dann gehen wir am besten mal eben in mein Sprechzimmer.«

Dort angekommen, schilderte ihm Melli in knappen Worten die Situation.

»Ja, und deswegen brauchen wir jetzt dringend die Pille danach!«

Er stützte den Kopf in die Hände und sah mich nachdenklich an. »Ohne Untersuchung kann ich das aber nicht machen.« Merde! »Mach dich doch mal frei und setz dich da auf den Untersuchungsstuhl.«

Oh nein! Was für ein Albtraum! Der wollte mich doch nicht mitten in der Nacht gynäkologisch untersuchen. Klar wollte er das, er war ja schließlich Gynäkologe.

Total nervös pellte ich mich hinter einem dünnen Vorhang aus der Jeans, schmiss den Slip auf einen abgewetzten Hocker und kletterte mit zitternden Beinen auf den Untersuchungsstuhl. Melli stand schweigend neben der Tür und sah ein wenig blass um die Nasenspitze aus. Ihr Kreislauf war auch nicht der beste und so aus dem Bett gerissen zu werden und ohne Kaffee gleich voll in Action zu sein, nahm sie wohl ziemlich mit.

Robert machte einen Abstrich und setzte sich damit an ein Mikroskop.

»Hm, sehr viril«, sagte er, und ich fragte mich, was er damit wohl meinte. Er machte noch einen Ultraschall und erklärte es mir, nachdem ich mich wieder angezogen hatte.

»Gut, ich kann natürlich bezüglich einer möglichen Schwangerschaft noch nichts sagen. Aber bei dem Restsperma handelt es sich um sehr virile Samen, das heißt, um außerordentlich gute, zeugungsfähige Spermien. Daher besteht ein ziemlich großes Risiko für eine Schwangerschaft, denn wie wir aus dem Ultraschall ersehen konnten, hat auch eine Ovulation stattgefunden.«

Häh? Was hat stattgefunden?

»Ein Eisprung.«

Oh Scheiße!

»Was ... was heißt das?«

»Nun, dass es vermutlich ein Junge wird!«

»Mach keine Witze«, schaltete sich Melli ein, die sah, wie ich blass wurde und fast vom Stuhl kippte. Sie trat neben mich und legte ihren Arm um meine Schulter. »Schreib ihr die Pille danach auf und dann ist gut.«

Robert nahm seinen Rezeptblock und schrieb.

»Wann, sagtest du, Paula, war der erste und letzte GV?«

Ich sagte es ihm.

Wieder stützte er den Kopf nachdenklich in die Hände und sah mich an. »Eine Garantie übernehme ich nicht für die Wirksamkeit. Zeitlich ginge es grade so, aber hundertprozentig wirkt die Pille danach nur in der Zeit *vor* dem Eisprung, denn ihre Einnahme verhindert ihn. Aber du hattest ja bereits einen Eisprung ...« Er schwieg und grübelte einen Moment. »Also, ich gebe dir trotzdem ein Rezept«, sagte er schließlich. »Aber am besten gehst du in zwei Tagen noch mal zum Arzt und lässt einen Test machen. Versprich mir das!«

Ich versprach es, er händigte uns das Rezept aus und

wendete sich der Dame mit der Spontanblutung zu, kaum dass wir dankend sein Sprechzimmer verlassen hatten.

Wir wedelten der dummen Tusse vom Empfang noch kurz triumphierend mit dem Rezept vor der Nase herum und rannten dann durch die Halle zum Haupteingang, wo die Vespa geparkt war.

Draußen hatte inzwischen ein heftiger Regen eingesetzt, und als wir auf der Vespa losknatterten, waren wir in null Komma nichts total durchgeweicht. Die Schrift auf dem Rezept war kaum noch zu lesen, als ich das feuchte Teil durch die Nachtluke in die Apotheke reinreichte.

Entsprechend misstrauisch reagierte der kurz vor dem Ruhestand stehende Apotheker.

»Wie heißt der Doktor, der das Rezept ausgestellt hat?«, fragte er durch das Kläppchen.

Ja, wie hieß der denn? Ich kannte nur seinen Vornamen. Robert und? Ich sah Melli an, die zuckte die Schultern.

»Keine Ahnung, habe nie nach seinem Nachnamen gefragt.«

»Er ist diensthabender Arzt in der Frauenklinik, Dr. Robert irgendwas ...«, sagte ich also.

Wenn der Apotheker jetzt da anrief und die dumme Tusse vom Empfang dran hatte, dann sah ich schwarz ... Das bitte nicht auch noch, flehte ich gen Himmel.

Aber der Apotheker sagte tatsächlich: »Dann werde ich da mal eben anrufen, die Unterschrift ist wirklich nicht mehr zu identifizieren ... einen Mo...«

Er brachte den Satz nicht mehr zu Ende, denn ich stieß einen gurgelnden Laut aus und sackte zusammen. Melli fing mich noch grade rechtzeitig auf, sonst wäre ich voll auf den Bürgersteig geknallt.

Mehr unterbewusst bekam ich noch mit, wie sie schrie: »Nun machen Sie doch was, in Gottes Namen, sonst zeige ich Sie wegen unterlassener Hilfeleistung an.«

Als ich wieder zu mir kam, hatte ich einen Eisbeutel auf der Stirn und sie die Packung mit der Pille in der Hand. Der Apotheker sah mittlerweile genauso blass aus wie wir und war sichtlich erleichtert, als ich aufstehen konnte und mit Melli seine Apotheke aufrecht und selbstständig gehend verließ.

Melli und ich bretterten mit der Vespa heim, wo ich Alix total fertig in die Arme fiel. Melli riss die Packung auf, las die Anwendungshinweise vor und schluck, hatte ich das Ding endlich im Bauch. Und sonst hoffentlich nichts!

Wir wankten in unsere Betten, und ich schickte seit langer Zeit einmal wieder ein Nachtgebet zum Himmel. Weil mir nichts Gescheiteres aus meinen Kindertagen einfiel, betete ich: »Ich saß in meiner Laube, da flog mir was ins Auge. Ich dacht es wär ein Kieselstein, da war's das liebe Jesulein.« Bevor mir vor Erschöpfung die Augen zufielen, fügte ich noch hinzu: »Entschuldige, lieber Gott. Es ist vielleicht nicht das, was du so gemeinhin erwartest, aber es ist nett gemeint von mir. Es wäre wirklich sehr freundlich, wenn du machen könntest, dass ich nicht schwanger werde. Danke!«

♡ ♡ ♡

Ich war die nächsten zwei Tage völlig durch den Wind. Jede Regung meines Körpers interpretierte ich als verdächtiges Signal für eine Schwangerschaft. Konnte ich nicht einfach meine Regel kriegen und alles war klar? Diese Warterei war grauenhaft.

Und die Nächte waren die reinsten Albträume. Großtante Henriette, die offenbar im Jenseits nicht verwunden hatte, dass ich mich von ihrem Kleiderschrank getrennt hatte, erschien mir mit zuverlässiger Schadenfreude und legte mir nahe, Thomas auf Knien anzuflehen, mich doch noch zu heiraten.

»Dann seid ihr wenigstens versorgt, du und das Baby.«

Ich fuhr schweißgebadet hoch, trank fast einen Liter Wasser, hielt das anschließend für ein untrügliches Zeichen einer Schwangerschaft und heulte mich in den nächsten Albtraum.

Wie konnte mir so etwas nur passieren?, fragte ich mich wieder und wieder.

Klar, ich war mit Thomas fünf Jahre zusammen und natürlich liebten wir uns ohne Kondom, denn wir waren uns treu – das wollte ich jetzt auch mal von Thomas annehmen. Es war also außer der Pille kein besonderer Schutz nötig und mitunter war selbst das gefühlsechteste Kondom doch ein Fremdkörper.

Thomas jedenfalls stand da nicht so drauf und hatte schon bald gesagt: »Also wenn Gott gewollt hätte, dass die Menschheit mit Überzieher poppt, dann hätte er sicherlich gleich einen mit eingebaut.«

»Klar, mit Reißverschluss«, hatte ich darauf nur geantwortet.

Also, wie gesagt, die Pille hatte völlig gereicht, und ich hatte sie ja auch bis vor zwei Monaten regelmäßig genommen. Aber als ich mich dann mit Thomas ziemlich zerstritten hatte, weil er im letzten Moment einen Rückzieher gemacht hatte und nicht mit in die WG einziehen wollte, da kam unser Sexualleben so komplett zum Erliegen, dass mir die ständige Hormonschluckerei total überflüssig vorkam. Außerdem hatte ich ohnehin die Pille im Verdacht, an meiner vollschlanken Figur einen erheblichen Anteil zu haben. Zu viel Östrogen sollte ja fett machen. Ich konnte also damit mein Verhalten etwas entschuldigen, aber unverzeihlich dämlich war es trotzdem!

Oh merde, merde, merde! Da hatte ich mich aber total in die Gülle geritten! Wie kam ich da bloß wieder raus?!

Ob ich Lars …? Nein, das ging ja gar nicht! Also verwarf ich den Gedanken sofort wieder. Aber Thomas ein illegitimes Kind unterzuschieben, wie es offensichtlich zu Großtante Henriettes Zeiten üblich war, das ging natürlich noch viel weniger!

Melli meinte dazu nur: »Wenn es nun wirklich schiefgeht, musst du halt abtreiben.«

Ja, klar! Für sie war das kein Ding. Sie sah ja immer nur sich und verfolgte stringent ihre Lebensziele. Davon ließ sie sich durch nichts und niemanden abbringen. Was da nicht reinpasste, wurde eben beiseitegeräumt.

Aber das war nicht meine Art. Ich überlegte schon, warum mir bestimmte Dinge passierten und was sie vielleicht für einen Sinn hatten. Und auch jetzt fragte ich mich natürlich, ob mich das Schicksal dafür bestrafen wollte, weil ich Thomas so schlecht behandelt hatte? Weil ich auf den Rat meiner Freundinnen gehört hatte, statt auf mein Gewissen, das mich vor einem Seitensprung ausdrücklich und mehrfach gewarnt hatte. Vermutlich hatte der Versucher höchstpersönlich Lars zu mir geschickt, um mich nun anschließend gleich zur Kasse zu bitten. Seele her und ab damit ins Fegefeuer!

Wieder schreckte ich aus dem Schlaf hoch und diesmal waren Hände, Füße und Stirn eiskalt und das, obwohl ich mich doch schon in der Hölle schmoren sah.

Natürlich kaufte ich gleich am Montag in der Apotheke einen Schwangerschaftstest, was ich reichlich peinlich fand. Die Apothekerin wohl eher nicht, denn sie wollte mir doch tatsächlich in aller Öffentlichkeit seine Anwendung erklären. Gab es keinen Beipackzettel oder hielt sie mich für eine Analphabetin?

»Der ist ganz neu«, sagte sie. »Und zuverlässig und schon zwei Tage nach dem Geschlechtsverkehr liefert er ein hundertprozentig sicheres Ergebnis.« Na super.

Also kaufte ich den Megatest. Aber weil ich in wirklich existenziellen Situationen dazu neigte, erst mal gar keine Entscheidung zu treffen, sondern mich vorübergehend einzuigeln, ließ ich ihn noch bis Dienstag liegen.

Aber am Mittwoch gleich nach dem Aufstehen machte ich den Test dann doch und kriegte sofort die Krise. Völlig aufgelöst und panisch rannte ich zu Alix in ihr Zimmer.

»Alix, Alix! Es ist grauenvoll! Ich bin schwanger!«, jaulte ich.

»Häh?« Sie war nicht gleich im Bilde. »Wie kommst du denn jetzt da drauf? Ich denke, du hast die Pille danach genommen?«

»Ja, ja, habe ich, aber ... aber sie hat scheinbar nicht gewirkt ... weil es doch nach dem Eisprung war ... Ich ... ich habe grade einen Test gemacht ...« Ich jaulte erneut auf, dass jeder räudige Kater die Flucht ergriffen hätte. »Ich bin schwanger!«

Alix wälzte sich aus dem Bett und war tatsächlich etwas blass geworden. Na ja, ein Baby in der WG wäre ja auch nicht ganz ohne! Sie ging schnurstracks ins Bad, wo ich den Teststreifen entsetzt ins Waschbecken fallen gelassen hatte. Sie nahm ihn heraus und las sich auch noch einmal die Beschreibung in der Anleitung durch.

»Wo bist du denn da schwanger?«, fragte sie danach einigermaßen verwundert.

»Wie, wo bin ich schwanger?«

»Na, meines Erachtens geht aus dem Ergebnis deutlich hervor, dass du *nicht* schwanger bist.«

»Nicht? Aber da stand doch, wenn der Streifen blau ...«

Alix schüttelte verzweifelt den Kopf.

»Hier steht, wenn er rot ...«

»Ehrlich?« Ich glaubte es ja nicht!

»Kannst du nicht lesen?«

Also doch Analphabetin! Meine Güte, war ich so nervös, dass ich alles durcheinandergebracht hatte?

»Und, du meinst, ich ... ich bin wirklich nicht schwanger? Definitiv nicht?«

Alix griente. »Sieht echt so aus, als wärst du noch mal davongekommen. Schade, das Gesicht von Lars hätte ich gern gesehen, wenn du ihm das erzählt hättest ...«

»Kannst du vergessen!«, sagte ich. »Ich hätte es ihm nie gesagt! Eher wäre ich eine alleinerziehende Mutter geworden.«

»Womöglich noch in unserer WG?« Das schien Alix gar nicht toll zu finden, und so neckte ich sie ein bisschen.

»Klar, du und Melli, ihr hättet hervorragende Tanten abgegeben. Na ja, vielleicht beim nächsten Mal ...«

Alix sah mich finster an und sagte dazu natürlich nur eins: »Lass es!«

»Geh besser trotzdem noch mal zu deiner Frauenärztin«, riet Melli später. »Ich weiß nicht, ob die Pille danach nicht vielleicht das Testergebnis verfälscht. Du siehst aus wie ausgespuckt.«

»Wirklich? Wie furchtbar!« Sahen Schwangere in den ersten drei Monaten nicht auch immer ganz elend aus?

»Jetzt hör endlich auf, dir über ungelegte Eier Sorgen zu machen«, grummelte Melli, nahm sich einen Tee und verschwand wieder in ihr Zimmer.

Puh, hatte das Mädchen ein Aroma! Ölfarbe, Terpentin … Offenbar malte sie grade mal wieder an was Größerem. Ihr Statement fand ich auch nicht grade sehr passend.

Alix war da schon hilfreicher. »Wenn du deinem Test nicht traust, dann geh endlich zur Frauenärztin«, sagte sie und hielt mir auch gleich ihr Handy hin. »Los! Ruf an und vereinbare einen Termin. Am besten heute noch.«

»Aber es ist Mittwoch, da ist nachmittags zu.«

»Dann geh vormittags!« Es klang, als würde sie allmählich die Geduld mit mir verlieren.

»Ich … ich weiß aber die Nummer nicht auswendig«, sagte ich, obwohl ich die natürlich im Kopf hatte. Vermutlich wollte mein Unterbewusstsein den ultimativen Moment der Wahrheit noch hinauszögern.

Das erkannte Alix natürlich. »Du bist wirklich feige. Es ist immer wieder diese Feigheit, durch die sich Frauen ins Unglück stürzen. Egal, was es ist. Sie ignorieren unangenehme Dinge so lange, bis sie nicht mehr rückgängig zu machen sind.«

Da ich nicht feige sein wollte, wählte ich unter Alix' Kontrollblick die Nummer der Frauenarztpraxis und verabredete für zwölf Uhr dreißig einen Termin. Meine Mutter musste dann im Frisiersalon halt mal kurz ohne mich auskommen.

Wer weiß, ob ich jemals wieder in den Frisiersalon gehen würde. Vielleicht würde das Ergebnis meines Arztbesuchs so niederschmetternd ausfallen, dass ich doch den Freitod vom Hochhaus suchen würde. Ersaufen hatte ich ja inzwischen aus meiner Liste mit den hundert besten Arten sich vom Dies- ins Jenseits zu befördern gestrichen – Opa zuliebe.

»Kannst du mitkommen, Alix?«, flehte ich angesichts dieses deprimierenden Gedankens.

Sie zögerte, aber nur kurz. »Na, okay, dann lasse ich die Kiesling-Vorlesung mal ausfallen. Wird meinen Prof zwar nicht freuen, denn er legt Wert darauf, dass seine Assistenten und Studentischen Hilfskräfte immer dabei sind, aber ich lasse mir eine Entschuldigung einfallen. Wir treffen uns dann vor der Praxis.«

Was war ich froh, ihren Beistand zu haben. Sie war schon eine Superfreundin.

Beistand hätte ich allerdings auch im Frisiersalon gebraucht, denn meine Mutter war noch immer total unerträglich und wollte mir nicht mal eine Stunde freigeben.

»Und was mache ich mit der Kundschaft?«, nörgelte sie. »Du bist für dreizehn Uhr eingetragen. Frau Haberkorn!«

»Kann Irene die nicht mal übernehmen? Oder Carmen? Ich bin krank. Ich muss zum Arzt. Da gibt es doch gar nichts zu diskutieren! Glaubst du, ich gehe aus Spaß?«

Wenigstens kam Irene mir zu Hilfe. »Du siehst auch wirklich ziemlich schlecht aus«, sagte sie. »Ich wollte um eins eh Mittagspause machen, da kann ich doch die Haberkorn für dich übernehmen.«

Anstatt dass meine Mutter nun zufrieden gewesen wäre, sagte sie ziemlich arrogant: »Normalerweise mache ich die Einteilungen …«

Weil dann aber die ersten Kunden kamen, brach sie das Gespräch ab und gab widerwillig ihre Zustimmung.

Meine Güte, was hatte ich ihr bloß getan? Nur wegen meines Umzugs konnte sie mich doch nicht ständig so mies behandeln.

Ich sah sie unauffällig im Spiegel an, als ich der ersten

Kundin die Haare für einen Trockenschnitt bürstete. Sie sah nicht gut aus. Unter dem perfekten Make-up schienen dunkle Augenringe durch. Hm, vermutlich hatte sie es so alleine mit meinem Vater auch nicht grade leicht.

Es war dann wirklich gut, dass Alix dabei war, denn mit wem hätte ich sonst meine ungehemmte Freude ausleben sollen?

Ich küsste und knuddelte sie und tanzte trotz meines noch leicht lädierten Knöchels so halsbrecherisch die Treppe vor der Praxis runter, dass ich mich bestimmt auf die Nase gelegt hätte, wenn Alix nicht ihre schützenden Hände über mich gehalten hätte.

Natürlich freute sie sich genauso tierisch wie ich, als sie hörte, dass ich definitiv nicht schwanger war. Aber dennoch bremste sie: »Nun komm mal wieder runter, Mädchen!«

Doch ich wollte nicht runterkommen. Ich sah auf die Uhr.

»Los, ich lade dich zu einem Rieseneisbecher ein. Das wenigstens muss noch drin sein, bevor ich wieder malochen gehe!«

Natürlich hatte ich mir gleich für drei Monate die Pille verschreiben lassen und kaufte außerdem noch den halben Kondomvorrat der Apotheke auf. So! Damit konnte mir nun nichts mehr passieren. Was immer auch das Leben mit mir vorhatte, ich war gewappnet!

Wenig später saß ich dann mit Alix bei Coco vor einem Monstrum von Eiskreation mit Sahne, Karamellsoße, Krokant und Schokosplittern – eine Megakalorienbombe, die ich nur im Zustand periodischen Irreseins hin und wieder zu mir zu nehmen pflegte. Also eher selten und nur in solchen Momenten des Lebens, wo mir so ziemlich alles – insbesondere meine Figur – egal war. Wo ich mich nur nach einem sehnte: purem, harmlosen Genuss – ohne Reue!

Das erinnerte mich allerdings wieder an die Nacht mit Lars und so fragte ich Alix: »Und du glaubst nicht, dass Lars vielleicht doch mal sein Singleleben aufgeben würde?«

»Etwa für dich?«

Mir fiel der Löffel aus der Hand, er klatschte ins Eis, und Sahne und Eierlikör spritzten uns ins Gesicht.

»Pass doch auf!«, schnauzte Alix mich an, sprang auf und stürzte zum Damenklo.

Ich schaute ihr versteinert nach, nahm dann eine Serviette und tupfte mir das Gesicht ab.

Gut, sie hatte das bestimmt nicht böse gemeint, aber ihre Frage vermieste mir dennoch die gehobene Stimmung. Warum schloss sie so offensichtlich aus, dass zwischen mir und Lars mehr als nur ein One-Night-Stand passieren könnte? Unser Sex war doch absolut toll gewesen. Das hatte er doch sicherlich auch so empfunden. Oder? Andererseits hat er sich aber heimlich aus dem Zimmer geschlichen und sich nicht mehr bei mir gemeldet.

»Vielleicht hat er ja meine Nummer gar nicht.«

»Wer, Lars?«, fragte Alix, weil ich offenbar mal wieder unbewusst vor mich hingeredet hatte. »Der ruft nie eine Frau danach an, das kannst du vergessen. Der ist ein absolut professioneller Single.«

Egal, dachte ich, dann werde ich ihn einfach mal anrufen. Seine Nummer würde ich Alix schon irgendwie abluchsen.

Ich futterte den Rest des Eisbechers und trennte mich dann von Alix, um nun doch wieder ziemlich beschwingt zur Arbeit zurückzukehren.

Das erzeugte bei meiner Mutter allerdings sofort wieder Misstrauen. »Scheint ja ein Wunderdoktor zu sein, bei dem du warst, oder war es eine Spontanheilung in der Eisdiele?«

Mist, wie hatte sie das denn nun schon wieder spitzgekriegt? Mütter gehörten – insbesondere als Dienstherrinnen – mitunter einfach abgeschafft.

In einer kurzen Kaffeepause blätterte ich im Personalraum unkonzentriert in der Tageszeitung, als das Schicksal erneut zuschlug.

Mein Blick fiel ganz beiläufig auf eine Annonce: *Staatstheater sucht für die Aufführung des Musicals Hair nette(n) Friseur(in) zur Verstärkung des Teams. Bewerbungen unter ...*

Vielleicht war es das unfreundliche Verhalten meiner Mutter, das mir den für mich untypischen Mut gab, die angegebene Telefonnummer spontan zu wählen. Vielleicht war es aber auch die Freude darüber, dass ich noch einmal eine Chance bekommen hatte, mein Leben neu zu sortieren. Zwar zitterten mir gehörig die Eingeweide, als sich ein Herr aus der Personalabteilung des Theaters mit ziemlich leidenschaftsloser Stimme meldete, aber ich brachte es wirklich fertig, mein Interesse an der Stelle in einigermaßen passende Worte zu kleiden. Und so vereinbarten wir tatsächlich einen Vorstellungstermin.

»Bringen Sie Ihre Bewerbungsunterlagen und vor allem ein paar Referenzen mit«, meinte der Typ jetzt schon etwas freundlicher. »Dann schau'n wir mal. Versprechen kann ich natürlich nichts. Sie können sich ja denken, dass Sie nicht die einzige Bewerberin für diese Stelle sind.«

Klar, da gab es bestimmt viele, die gerne am Staatstheater arbeiten wollten, und ich fragte mich sofort sorgenvoll, warum sie also ausgerechnet mich nehmen sollten?

Als ich am Abend nach Hause kam, war die WG leer. Sowohl Alix als auch Melli waren ausgeflogen. So fühlte ich mich vom Schicksal zu etwas verleitet, von dem ich gedacht hatte, dass ich bei meinen hohen moralischen Standards nie in der Lage wäre, es zu tun. Ich schlich in Alix Zimmer, um nach der Handynummer von Lars zu suchen. Ehe ich aber wirklich ihre Intimsphäre verletzen konnte, war mir das Glück erneut hold, denn mein Blick fiel auf einen pinken Klebezettel in Herzform, der auf dem Boden vor ihrem Schreibtisch lag. Direkt neben dem Papierkorb. Ich hob ihn auf und konnte mein Glück wirklich kaum fassen, denn flüchtig hingeschmiert stand darauf: Lars für Paula ... und seine Handynummer.

Sofort war mein schlechtes Gewissen wie weggeblasen, denn offensichtlich war der Zettel ja mal für mich bestimmt gewesen. Ich trug ihn also hocherfreut wie ein unerwartetes Geschenk in mein Zimmer, warf mich auf mein Diwanbett, auf dem ich mit Lars die ultimative Liebesnacht verbracht hatte, und rief ihn sofort an. Vielleicht konnten wir uns ja sogar für heute noch verabreden. Das wäre wirklich cool, wo ich doch in so einer super Stimmung war und einen Energieschub in mir spürte, der keine negativen Gedanken zuließ.

»Ja?«, meldete er sich knapp und ohne Namen, aber ich erkannte seine samtige, dunkle Stimme sofort. Mein Gott, was für ein Mann. Ich merkte, wie mein ganzer Unterleib sofort anfing zu vibrieren.

»Lars? Äh, hier ist Paula ...«

»Wer?«

»Paula, vom Schwanenspiegel.«

»Ach ja, was gibt es?«

Seine Einsilbigkeit machte mich total verlegen und die mutige Dynamik war bereits dabei, sich wieder von mir zu verabschieden.

»Äh, ja, ich dachte, äh ... ich rufe dich mal an.«

»Was du ja auch grade tust. Gibt's einen Grund oder einfach so?«

»Ja, eigentlich ... äh ... einfach so, weil ich dir sagen wollte, dass ich es ... äh ... ziemlich geil fand mit uns.«

Grundgütiger, was stammelte ich denn da für einen Blödsinn?

Ich hörte ihn lachen.

»Stimmt«, sagte er.

»Äh. Meinst du, wir könnten ...?«

Er erriet sofort meine Gedanken, vermutlich war ich nicht die erste Frau, die ihn wiedersehen wollte. Mist!

»... noch mal? Sorry, Paula, das ist nicht drin. One-Night-Stand ist One-Night-Stand, ob mit Bad im Schwanenspiegel oder ohne. Da gibt es keinen Nachschlag bei mir. Das hat nichts mit dir zu tun, wirklich nicht, du warst wirklich sehr süß, aber ich habe meine Prinzipien. Sei so nett und ruf nicht mehr an.«

Und da es wohl auch zu seinen Prinzipien gehörte, seine Prinzipien mit niemandem und schon gar nicht mit einer Frau zu diskutieren, legte er nach diesen Worten sofort auf.

Du warst sehr süß! Das Süßholz hätte er sich wirklich sparen können. Vermutlich sagte er das jeder, die ihn nach einer Liebesnacht noch mal anrief. Ich kam mir total dämlich vor und ärgerte mich, dass ich ihm überhaupt die Chance gegeben hatte, mich derart abzuwimmeln. Alix hatte doch klar gesagt, wie der Typ gepolt war. Diese Niederlage hätte ich mir wirklich nicht einhandeln müssen. Tja, vielleicht sollte ich in Zukunft doch wieder auf meine Freundinnen hören.

Ich ärgerte mich so total über Lars' Abfuhr, dass ich den einzigen Mann anrief, dem ich bisher in meinem Leben eine Abfuhr erteilt hatte: Thomas!

»Hör zu!«, sagte ich relativ strikt und herb. »Wenn das mit uns noch was werden soll, müssen wir an unserer Beziehung arbeiten. Bist du dazu bereit?«

»Klar«, sagte Thomas. »Immer! Sofort! Für dich tue ich alles, Paula.«

Wart's ab, dachte ich, sagte aber nur »okay« und sonnte mich kurzzeitig in dem Gefühl, dass es wenigstens einen Typen auf dieser Erde gab, der an Pummel-Paula echtes Interesse hatte.

Und wie um meine Gedanken zu bestätigen, brummte er ins Handy: *»Für dich schiebe ich die Wolken weiter, sonst siehst du den Sternenhimmel nicht …«*

Himmel! War dem was auf den Kopf gefallen? Der Himmel war doch noch an seinem Platz! Diese Kitschoffensive war mir nun doch etwas unheimlich!

»Ich melde mich«, sagte ich darum nur kurz angebunden und beschloss, die Sache mit der Paarberatung lieber erst noch einmal mit meinen Freundinnen zu besprechen.

Zu schade, dass Thomas so gar nichts von Lars hatte. Ich zuckte die Schultern, legte das Handy zur Seite und rollte mich auf den Rücken. Ich schaute das Wandbild aus dem Tarot an, das Melli mir so liebevoll und genial an die Wand gemalt hatte, und leise summte ich mit einem letzten Gedanken an Lars: *»Es war 'ne geile Zeit, es ist vorbei …«*

♡ ♡ ♡

Unverhofft kommt oft

Am nächsten Abend lenkte mich erst mal das Karaoke im Irish Pub ab. Ich sang ein paar aktuelle Hits aus den Charts und bekam dafür wie immer viel Beifall. Als ich von der Bühne ging, nahm Melli mich beiseite und zeigte unauffällig auf einen der hinteren Tische, an dem ein Typ vor einem leeren Pint saß.

»Kennst du den?«

Ich schüttelte den Kopf. Nicht, dass ich wüsste.

»Der ist in letzter Zeit jedes Mal da, wenn Karaokeabend ist, und ich habe ihn heute mal genauer beobachtet. Der verschlingt dich ja geradezu mit seinen Blicken.«

»Echt? Mach keine Witze!« Ich schaute nun genauer hin. Was Melli sagte, stimmte. Den Typ hatte ich wirklich schon öfters da sitzen sehen, aber dass er ausgerechnet mir besondere Aufmerksamkeit schenken sollte, das war mir noch nie aufgefallen.

»Doch, glaub es mir«, blieb Melli beharrlich. »Der Knabe hat nur Augen für dich.«

Hm? So schlecht sah der gar nicht mal aus. Vielleicht ein bisschen viel Gel in seinen dunklen Haaren, aber ansonsten …

Ich schob den Gedanken beiseite.

»Und wenn ihm die Augen aus dem Kopf kullern! Ich habe mich entschlossen, Thomas und mir eine letzte Chance zu geben.«

»Ach je!« Das schien Melli gar nicht zu gefallen. »Und wie soll die aussehen? Liebesschule?«

»Ich, ähm, werde eine Paarberatung mit ihm machen … also jedenfalls etwas … äh … in dieser Richtung …«

»Na, hoffentlich ist das dann keine Einbahnstraße in die Sackgasse!«

Melli ging wieder hinter den Tresen und zapfte Bier. Ich folgte ihr und setzte mich auf einen Hocker genau an der Zapfsäule.

»Doch, wirklich. Ich will es zumindest mal probieren. Das bin ich ihm irgendwie schuldig. Und wenn es doch nicht nur uns betrifft, sondern viele Paare nach ein paar Jahren mit ihrer Sexualität nicht mehr zufrieden sind, dann gibt es bestimmt Gruppen, wo man sich mit anderen Betroffenen austauschen kann.«

Irgendwie schien Melli sich was anderes für mich überlegt zu haben, denn sie wirkte von meinen Worten eher angeödet. Und kaum hatte ich den letzten Satz gesprochen, schob sie mir ein Bier über den Tresen und flüsterte mit einem schelmischen Glitzern in ihren grünen Katzenaugen: »Und keine Lust, den Typen dahinten mal anzugraben? Nur so aus Spaß?«

Ich schüttelte den Kopf. Das hatte ich ja nun grade hinter mir. Seitensprung aus Spaß … Na ja, geplant war der ja ursprünglich aus therapeutischen Gründen! Trotzdem …

»Nee, lass mal, Melli. Ich habe mich jetzt erst mal für Thomas entschieden …«

»Und weswegen nun genau?«

Hm, ja, die Frage war wirklich nicht ganz unberechtigt. Warum eigentlich? Weil Lars mir einen so offensichtlichen Korb gegeben hatte? Weil ich den damit verbundenen Schmerz ganz schnell irgendwie übertönen musste?

»Wegen, äh, der fünf Jahre halt …«, sagte ich.

»Na gut, mach es«, sagte Melli am nächsten Nachmittag.

Sie stand an einer ihrer Staffeleien und spachtelte zentimeterdick Farbschichten übereinander auf eine riesige Leinwand. Ich hatte mich auf einen von ihr künstlerisch verfremdeten Leopardensessel gesetzt und diskutierte noch einmal mit ihr und Alix die Sache mit der Paarberatung. Das war mir auch deswegen wichtig, weil ich wirklich nicht einschätzen konnte, wie Thomas auf einen solchen Vorschlag reagieren würde.

»Eine Paarberatung ist eigentlich doch ganz cool«, meinte Melli für mich völlig überraschend. »Habe neue Infos, nach denen das total in ist!«

Ach nee, auf einmal? Dabei ging es mir ja eigentlich weniger ums In- und Cool-Sein, und das sagte ich auch. Etwas heftiger, als es nötig gewesen wäre. Aber Mellis Art, immer alles auf die leichte Schulter zu nehmen, nervte mich manchmal ganz schön.

»Mir geht es darum, meine Beziehung zu retten, und nicht, irgendeinen modischen Trend mitzumachen!«

»Ach, sei doch nicht zickig!« Melli ließ sich ihren Frohsinn nicht verderben. Woher nahm das Mädchen den nur immer? »Ich wollte damit doch nur sagen, dass es heute total normal ist, bei einer Beziehungskrise professionelle Hilfe in Anspruch zu nehmen.«

»Na, ob Thomas das auch so sieht?«, meldete Alix Zweifel an. »Da bin ich mir keineswegs sicher. Was das Zurschaustellen von Gefühlen angeht, ist er ohnehin etwas verklemmt, und dann soll er in so einer Therapiegruppe einen Seelenstriptease hinlegen? Ich weiß nicht, ich weiß nicht …«

Ich zog die Knie enger an den Körper und kuschelte mich an den plüschigen Leopardenbezug des Sessels. Angesichts der Tragödie meines Lebens brauchte ich ganz dringend Wärme und Halt.

»Vermutlich wird Thomas wirklich erst mal nicht begeistert sein«, gab ich auch meine Zweifel zu. »Aber wenn ich ihm klarmache, dass unsere Beziehung nur so zu retten ist, wird er schon in den sauren Apfel beißen.«

Alix blätterte in einem Lifestylemagazin aus dem Frisiersalon meiner Mutter. Plötzlich hielt sie inne und sagte: »Der soll sich wirklich nicht so anstellen! Hier steht, dass die Frage, ob man in einer Beziehung bleiben soll oder nicht, heute zum modernen Beziehungsalltag gehört wie Kondome mit Himbeergeschmack. In deutschen Großstädten wird schließlich jede zweite Ehe geschieden, von all den Beziehungen, die ständig in die Brüche gehen, gar nicht zu reden.«

»Genau!« Melli nickte. »Das habe ich auch gelesen. Und das heißt offensichtlich, dass man heutzutage immer mal wieder an seiner Beziehung arbeiten muss. So blöd kann Thomas ja wohl nicht sein, dass er die Notwendigkeit nicht einsieht.«

Hm, die kannten meinen Thomas schlecht.

»Klar wird er einsehen, dass was geschehen muss. Aber er wird nichts dafür tun. Eher fängt er an, die Dias vom letzten Urlaub zu katalogisieren oder eine neue Unterrichtseinheit vorzubereiten!«

Bei dem Gedanken grauste mir ganz unbeschreiblich, und ich war nur noch wenige Atemzüge von der Frage entfernt, was mich eigentlich bei einem solchen Typ noch hielt, als Alix das Damoklesschwert der Trennung kurz vorm Niedersausen noch einmal abwehrte.

»Wenn er das wirklich macht, Paula, dann hast du jeden Grund, ihm endgültig den Laufpass zu geben.« Sie grub einen Zettel aus der Gesäßtasche ihrer knallengen Jeans und schob ihn mir zu. »Aber wenn er doch mitmacht, dann habe ich hier eine Adresse von einer

Selbsthilfegruppe, die von einer wirklich guten Therapeutin geleitet wird.«

Ich starrte auf den Zettel.

Nicht mit dir und nicht ohne dich – aktives Paartraining in Beziehungskrisen. Leitung Diplom-Psychologin Dr. Agneta Schmidt.

Hm, war das nicht ein bisschen zu dick aufgetragen? Aktives Paartraining? Was sollte das überhaupt sein?

Alix zuckte die Schultern.

»Weiß ich so genau auch nicht, aber Dorothee, die aus meiner Parcourslauf-Gruppe, schwört auf diese Frau Doktor und besonders die Gruppensitzungen.« Um Alix' Mund bildeten sich ein paar Lachgrübchen. »Sie meint, diese Frau Dr. Schmidt sei besonders auf Sexualberatung spezialisiert. Das ist doch genau das, was ihr braucht, oder?«

Die musste mich ja mal wieder für sehr bedürftig halten. Andererseits hatte sie ja recht. Es war schon ein ziemlich wichtiger Punkt. Und nachdem ich diese Nacht mit Lars hatte, nahm ich es noch viel wichtiger.

»Und euch geht es wirklich nicht alleine so. Die Paartherapeuten verzeichnen einen unheimlichen Zulauf, steht hier.«

»Ja, ja, ja!« Ihr ständiges Zitieren aus der Zeitschrift machte mich langsam bussig. Hatten wir hier ein Frauengespräch oder eine Vorlesestunde? Ich rupfte ihr das Heft aus der Hand und pfefferte es auf eins von Mellis in der Nähe stehenden Regalen. »Ich lese es heute Abend selbst. Danke!«

»Nun bleib mal sportlich«, sagte sie und schaute dem durch das Zimmer segelnden Magazin konsterniert hinterher. »Kann ich den Artikel dann gelegentlich mal zu Ende lesen? Natürlich nur, wenn du ihn nicht mehr brauchst.«

Himmel! Jetzt nicht noch die verständnisvolle Tour. Heute war ich wirklich mehr auf Krawall gebürstet. Alix merkte es natürlich sofort, schließlich kannte sie mich schon lange genug.

»Paula, du musst jetzt so schnell wie möglich mit Thomas reden. Es hat keinen Sinn herumzueiern. Ich könnte so einen Spannungszustand auch nicht aushalten.« Sie stand auf. »Komm, wir joggen eine Runde durch den Stadtpark und dann rufst du ihn an und verabredest dich mit ihm noch für heute Abend.«

»Äh, heute noch?« Da war ich aber gar nicht drauf eingestellt.

»Doch, doch. Keine Widerrede. Heute noch. So was lässt man nicht lange auf der Flamme stehen, sonst brennt es wirklich an.«

Melli grinste und hielt mir ihr Handy hin.

»Kannst ihn aber auch gleich anrufen, ohne Umweg über den Stadtpark. Gehen Sie direkt über Los oder ziehen Sie eine Ereigniskarte ...«

»Nee, danke«, sagte ich. »Ich glaube, Alix hat recht. Ich laufe mir wohl besser erst mal das Gehirn frei. Bei so einem Gespräch kann ein klarer Kopf sicher nicht schaden.«

Beide nickten einträchtig, und als wir Mellis Zimmer verließen, schaute Alix auf die Uhr und schlug vor, sich eine Viertelstunde später in der Diele zu treffen. Ich nickte.

Okay, dann ... Paula rennt!

Der kleine Lauf hatte mir wirklich gutgetan und in Bezug auf emotionale Stabilisierung und Entschlussfreudigkeit wahre Wunder gewirkt. Als Alix und ich auf der Bank am Stadtweiher ein wenig verschnauft hatten, zog ich daher ohne Zögern mein Handy heraus und wählte die Nummer von Thomas. Als er sich dann auch prompt meldete, fehlten mir jedoch für einen Moment total die Worte. Sämtliche Vokabeln einschließlich der deutschen Grammatik waren mir einfach aus dem Gehirn geweht. Wie peinlich.

Schließlich kriegte ich wenigstens eine Begrüßung hin: »Hey, Thomas.«

Offenbar hatte er schon länger auf meinen Anruf gewartet, denn er sagte: »Ich dachte schon, du meldest dich gar nicht mehr.« Daran schloss er jedoch gleich eine ziemlich komplexe Frage an: »Sind wir eigentlich noch zusammen?«

Himmel! Was war denn mit dem? Wie lange hatte er denn wohl über dieser Frage gebrütet? Die kam ja so was von schnell, wie aus der Pistole geschossen.

Ich hielt die Hand übers Handy und flüsterte Alix zu: »Er will wissen, ob wir noch zusammen sind. Was soll ich ihm antworten?«

Alix zuckte die Schultern. Na gut, nicht auf jede Frage bekam man immer sofort eine Antwort.

»Ähm, das ist im Moment gar nicht das Thema«, eierte ich ein wenig herum. »Ich wollte mich eigentlich mit dir verabreden.« Aber dann machte ich gleich mal ein bisschen Druck. »Heute noch.«

»Heute? Du meinst heute Abend?«

»Jahaaa«, meinte ich. »Spricht was dagegen?«

»Nö, eigentlich nicht, wann denn?«

»Wann du möchtest.«

»Geht es auch noch nach dem Fußballspiel?«

Ich starrte Alix an. »Halt mich fest, oder ich kriege 'ne Krise!«, flüsterte ich erregt. »Ich will unsere Beziehung kitten, und der Typ denkt nur an sein Fußballspiel!«

»Nun lass doch, Männer sind eben so. Hauptsache er kommt.«

Na, meinetwegen. Ich stimmte also einem Treffen nach dem Fußball zu.

»Aber nicht in eurer Vereinskneipe!«, verlangte ich kompromisslos.

»Warum nicht? Da ist immer saugute Stimmung.«

Ja, die kannte ich, besonders wenn seine Mannschaft verloren hatte und das Bier in Strömen floss.

»Wir treffen uns bei Manuel.«

»Aber das ist ein Speiselokal.«

»Ich weiß.«

»Wollen wir speisen?«

»Nein, aber in Ruhe reden.«

Er klang nicht begeistert. »Na gut, aber der hat nur Flaschenbier.«

Ich drückte Alix das Handy in die Hand, sprang auf und rannte eine Extrarunde um das Buchsbaumrondell. Der Typ machte mich wahnsinnig. Flaschenbier! Flaschenhirn!

»Äh, hallo, Thomas«, schaltete Alix sofort. »Ich bin's, Alix. Paula kann grade nicht. Es bleibt also bei eurer Verabredung heute am Abend … ja, bei Manuel … nach dem Fußballspiel, so um halb zehn. Gut, sage ich ihr. Nein, nein, ihr fehlt nichts, sie ist nur grade von einer ehemaligen Lehrerin angesprochen worden. Ja, ich grüße sie. Ciao.«

Sie drückte ihn weg und gab mir das Handy zurück, als ich wieder bei ihr ankam.

»Sag mal, bist du noch ganz richtig?« Sie konnte sich eine Bemerkung zu meiner Spontanaktion doch nicht verkneifen.

»Entschuldige«, sagte ich nun wieder entspannter. »Aber ich glaube, ich hätte die Verabredung in die Tonne getreten, wenn ich nicht ganz schnell für Triebabfuhr gesorgt hätte.«

Ich atmete ein paarmal tief durch. »Ich mache mir Gedanken über unsere Beziehung und er über Flaschenbier!«

Alix grinste. »Passt doch«, sagte sie. »Frauen sind von der Venus und Männer aus dem Hofbräuhaus!«

Es war dann eine wirklich schwere Geburt.

Thomas hatte die Niederlage seiner Mannschaft zwar reichlich begossen, aber noch keineswegs weggesteckt. Also nicht die allerbesten Voraussetzungen für ein Gespräch über unsere Beziehung bei einem gemütlichen Glas Rotwein und ein paar Tapas.

Ich hatte mich passend zum Ambiente im Jennifer-Lopez-Look gestylt. Warum auch nicht? Da Thomas meinen Po ohnehin immer mit ihrem verglich, konnte ein Make-up in ihrem Stil ja nicht verkehrt sein. Ich hatte silberfarbenen Lidschatten bis unter die Augenbrauen aufgetragen und dann ein dunkles Grau um die Augen herum. Ein fetter Kajalstrich auf dem oberen Lid und eine feine Linie unter dem Auge gaben meinen braunen Augen einen glänzenden, katzenartigen Ausdruck.

Ha, Thomas würde wie magisch von diesen Augen angezogen werden. Natürlich gehörten auch schöne rote Lippen dazu mit einer extra Portion glänzendem Gloss. Wenn ihn das nicht heiß auf meine Küsse machte …

Zunächst war er jedoch nur heiß auf ein Bier. Als es in der Flasche kam, betrachtete er diese zwar missmutig, verkniff sich aber jede weitere Bemerkung.

»Du könntest doch jetzt auch mal auf Wein umsteigen«, schlug ich vor. »Wein auf Bier, das rat ich dir …«

»Nee.« Er schüttelte den Kopf. »Niederlagen ersäuft man in Bier, jedenfalls in Deutschland!«

Ups, jetzt bloß nicht politisch unkorrekt werden, dachte ich und schaute mich sichernd nach Manuel um.

Aber der war grade in die Küche abgetaucht, um die Tapas zu holen. Die passten zum Bier zwar auch nicht richtig, aber so weit, dass ich für Thomas jetzt einen Hamburger bestellte, wollte ich mich nun doch nicht auf die deutsche Fußballerseele einlassen.

Und überhaupt: Kreisliga! Unser Beziehungsdrama spielte in einer ganz anderen Liga! Darum ging es jetzt und nicht um so einen Pokelverein.

Oje, das hätte mir jetzt aber mal wieder nicht rausrutschen sollen, denn Thomas ging ab wie eine frisierte Vespa!

»*Pokelverein*! Meinst du den PSV 98 damit?«

Schon, aber das behielt ich jetzt besser für mich.

»Nein, natürlich nicht. Ich meine die anderen, die ... die schlagt ihr doch normalerweise immer. Tut ihr doch, oder?«

»Klar machen wir das! Sonst stünden wir ja schließlich nicht auf dem sechsten Tabellenplatz!«

Sechster Tabellenplatz? War das jetzt gut oder nicht? Wie viele Tabellenplätze gab es überhaupt in der Kreisliga?

Zum Glück brachte Manuel grade die Tapas und riss mich so in die Wirklichkeit zurück. War ich denn bekifft, dass ich mir Gedanken über Fußballtabellen machte, während meine Beziehung in Scherben lag? Ich schob mir drei Datteln im Speckmantel hintereinander rein und bereute es kein bisschen, auch wenn sie süß und ungesund waren. Im Gegenteil, es war genau der Energieschub, den ich brauchte, um nun endlich zur Sache zu kommen.

»Thomas«, fragte ich ohne Umschweife. »Bist du bereit, eine Paarberatung zu machen? Ja oder nein?«

War er nicht wirklich. Hätte ich mir ja denken können.

Meine Freundinnen mit ihren genialen Ideen. In und angesagt! Püh! Ich wusste doch gleich, dass es Schwierigkeiten geben würde. Keine Ahnung hatten die von der männlichen Psyche. Paarberatung hieß für einen Mann nicht, eine gemeinsame Zukunftsperspektive für eine gefährdete Beziehung finden. Nein! Für einen Mann hieß das in erster Linie Kritik an seiner Person. Irgendjemand wagte zu behaupten, dass er etwas falsch gemacht hatte. So was ging ja schon mal gar nicht.

Thomas reagierte also genau nach Lehrbuch erst mal ablehnend. »Wozu? Ist doch alles in Ordnung bei uns.«

»Für dich vielleicht«, sagte ich nicht gerade diplomatisch.

»Ach ja, und für dich ist unsere Beziehung die Hölle?«

Musste er so übertreiben? »Nein, so ist es ja nun auch nicht.«

»Was soll dann der ganze Aufriss?« Er leerte die Bierflasche und orderte die nächste. Ich hatte den Eindruck, dass er nicht nur eine Fußballniederlage runterspülen wollte.

Cool bleiben, Mädchen, redete ich mir gut zu, obwohl ich am liebsten sofort das Lokal verlassen hätte, bevor Thomas uns noch mehr blamierte.

Manuel schaute ohnehin schon höchst interessiert zu uns herüber.

»Der Aufriss soll unsere Beziehung retten«, zischte ich leise. »Du machst mir einfach überraschend einen Heiratsantrag …«

»… den du ebenso überraschend ablehnst …«

»… und hast gar nicht gemerkt, dass unsere … äh … Liebe längst nicht mehr so ist wie am Anfang unserer Beziehung.«

»Das ist ja wohl normal«, sagte Thomas und wirkte immer noch kein bisschen diskussionsbereit.

»Aber Thomas, wenn man heiratet, muss man doch sicher sein, dass die Liebe stark genug ist und dass eine solche Bindung auch wirklich noch eine Weile hält.«

»Ich habe da keine Probleme mit. Du?«

Meine Güte, war der Typ sperrig! Und was mich inzwischen am meisten ärgerte, war die Tatsache, dass er mit seinen rhetorischen Tricks aus dem Lehrerseminar das Gespräch so drehte, dass es aussah, als sei ich diejenige, die schuld an unserer Beziehungskrise sei. Dabei ging es doch eigentlich um sein Versagen im Bett, seine spießigen Zukunftsvorstellungen und seine Egozentrik, die unsere Beziehung belasteten. Wie brachte ich ihm das denn nur schonend bei?

»Paula, ich möchte jetzt Sex mit dir«, sagte Thomas plötzlich aus heiterem Himmel und natürlich so laut, dass es das halbe Lokal mithören musste.

Ich kriegte vermutlich einen Kopf wie ein Feuermelder, denn die Peinlichkeit schoss heiß in mir hoch. War der denn noch zu retten?

Ich sprang auf.

»Und ich … ich möchte auf gar keinen Fall Sex mit dir«, zischte ich so leise es ging zurück. »Der ist nämlich total öde! Ohne Sexualberatung läuft mit uns gar nichts mehr. Klar!?«

Ich ging mit wenigen kleinen Schritten zum Ausgang, dort drehte ich mich noch einmal kurz um.

»Zahl bitte für mich, ich gebe dir das Geld bei Gelegenheit wieder!«

War mir nun auch egal, ob diese Gelegenheit noch mal kommen würde oder nicht!

♡ ♡ ♡

»Ich hab's vermasselt«, sagte ich zu meinen Freundinnen, die in unserer Wohndiele vor dem Fernseher saßen. »Ich habe es schlichtweg versemmelt.«

Und als ich erzählte, was abgelaufen war, konnte ich nicht verhindern, dass mir ein paar zornige Tränen über die Wangen liefen. So ein Arsch aber auch!

»Hm«, meinte Alix. »War vielleicht auch nicht der optimale Zeitpunkt für so ein Gespräch, wo er doch schon wegen der Fußballniederlage mies drauf war.«

Aber Melli ergriff meine Partei. »Fußball! Wenn das dem Typ wichtiger ist, dann sollte Paula ihn abhaken. Der lohnt doch die ganze Mühe nicht.«

»Es war ja nicht nur wegen dem Fußballspiel«, versuchte ich zu erklären. »Er hat mich überhaupt nicht an sich rangelassen. Ich meine das Thema ... Er hat voll abgeblockt.«

»Klar, sonst hätte er ja zugeben müssen, dass es auch an ihm liegt, dass in eurer Beziehung was schiefläuft. Aber vermutlich beißt der sich eher in den Schniedelwutz!«

»Melli!«, tadelte Alix. »Nun bleib mal ernst.«

»Das war ernst. Eher geht ein Rhinozeros zum Ballett als ein Mann freiwillig zur Sexualtherapie! Das gibt doch keiner zu, dass er im Bett ein Versager ist.«

»Er ist ja kein Versager. Ich meine, nicht so total, wie du das jetzt darstellst«, sagte ich, weil ich es auch peinlich fand, wie Melli ihn runtermachte.

»Ach, komm, Paula! Immerhin schwächelt er so, dass du ihn lieber nicht heiraten willst. Es hat doch keinen Sinn, drumherum zu reden.«

»Aber es hat auch keinen Sinn, ihm das einfach vor den Kopf zu knallen. Dann wird er bockig, und es passiert gar nichts.«

Alix brachte dann mal wieder durch eine kluge Analyse etwas mehr Klarheit in die Sache.

»Also, wenn ich das jetzt alles richtig verstanden habe, geht es doch darum, dass Thomas plausibel gemacht wird, dass er mit Paula zu dieser Paarberatung gehen soll. Weil sie anderenfalls die Beziehung beenden wird.«

Werde ich? Na gut. Ich nickte.

»Wir müssen also einen Weg finden, Thomas zu verklickern, dass so eine Therapie nötig und sinnvoll ist. Nötig, weil es in eurer Beziehung eine ganze Menge kritische Punkte gibt, also nicht nur sexuelle Probleme, und sinnvoll, weil durch eine Therapie diese Dinge erkannt und ausgeräumt werden können und die Beziehung dadurch wieder neue Impulse erhält.« Sie grinste. »Vielleicht läuft es danach dann wirklich wieder so gut, dass ihr doch heiraten könnt.«

Melli sah sie entrüstet an. »Bloß nicht!«

»Und wie mache ich ihm das nun klar?«

»Hier!« Melli warf mir eine Zeitschrift rüber. »Da ist der ultimative Beziehungstest drin.«

Ich schlug das Heft auf. Tatsächlich – wie für mich gemacht. Eine ganze Seite Testfragen zum Thema: *Ist meine Beziehung noch in Ordnung?* Wie geil! Ich sag's doch: Wo findet eine Frau die beste Lebenshilfe? Genau! In einer Frauenzeitschrift!

Auch Alix war entzückt. »Super! Den nimmst du zum nächsten Date mit Thomas mit und wenn ihr beide die Fragen ehrlich beantwortet, wird sich das mit der Therapiegruppe schon ganz von selbst ergeben. Dann schiebst du ihm das einfach unter. Soll ich euch schon mal anmelden? Das geht nämlich nur mit Connections, weil die Schmidt eine unendliche Warteliste hat.«

Das ging mir ja nun schon wieder ein bisschen zu schnell, aber wenn es so schwierig war, einen Therapieplatz zu bekommen, dann war es vielleicht wirklich ganz gut, schon mal vorzufühlen. Auch wenn es mir mindestens genauso peinlich war wie Thomas. Aber da mussten wir jetzt durch!

Ich nickte also, riss die Seite mit dem Testbogen aus der Zeitschrift und versprach, Thomas gleich am nächsten Tag zu treffen, um mit ihm die Fragen durchzuarbeiten.

Vielleicht, klammerte ich mich an einen ganz dünnen Strohhalm, vielleicht stellte sich ja dann heraus, dass unsere Beziehung gar nicht so schlecht war, und wir konnten uns den ganzen Therapiekram sparen.

Tja, die Hoffnung stirbt zuletzt, eine Beziehung leider viel eher.

Aber am nächsten Tag hatte ich erst mal das Vorstellungsgespräch beim Staatstheater. Wieder musste ich meine Mutter bitten, mir außerplanmäßig freizugeben, was sie natürlich wieder giftig kommentierte. Aber da sie sich inzwischen mit meinem Auszug abzufinden schien und mein Vater offenbar einer Initiativgruppe für verwaiste Eltern beigetreten war und da gute Tipps abstaubte, wie er mit meiner Mutter in einen zweiten Frühling nach der Familienphase starten konnte, besserte sich ihre Laune zusehends. Dem zickigen Kommentar folgte dann nämlich doch die Genehmigung für eine Freistunde.

So raste ich, das Mäppchen mit den Bewerbungsunterlagen in meiner Schultertasche, zum Bus, um noch rechtzeitig zu meinem Termin zu kommen.

Ich steuerte hastig auf den Personaleingang des Theaters zu, aber als ich eilig eintreten wollte, krachte ich mit jemandem zusammen, der genauso eilig austreten wollte.

Äh, ich meine, nicht im üblichen Wortsinne, so wegen

einem dringenden Bedürfnis, deswegen nicht. Das heißt, eigentlich doch deswegen, also wegen einem anderen Bedürfnis allerdings, einem Lungenbedürfnis. Der wollte eben eine rauchen, aber da ich ihm dabei in die Quere geraten war, musste er erst mal seine Nase sanieren. Mit der war er nämlich voll gegen die Tür gebrettert, die ich grade nach innen aufgestoßen hatte.

Holla, hatte der Typ denn keine Augen im Kopf? Doch, hatte er ... oh, Himmel, waren die süß! Richtige Teddybäraugen! Aber der Rest des Kerls! Der sah ja so was von fertig aus. Wie Johnny Depp in diesem komischen Gruselschocker ... Hm, kam grade nicht auf den Titel.

Ich hielt ihm eine Packung Papiertaschentücher hin, die ich aus meiner Umhängetasche gefummelt hatte. Aber da er keine Anstalten machte, sie zu nehmen, und irgendwie etwas benommen wirkte, zog ich ein Taschentuch aus der Packung und tupfte ihm damit vorsichtig das Blut ab, das ihm aus der Nase lief. Es war nicht viel und es war auch kein richtiges Nasenbluten, aber immerhin Blut. Und Blut weckte in mir ja sofort das Mutter-Teresa-Syndrom.

»Kann Mami dem Kleinen mal woanders die Nase putzen!«, raunzte mich ein Bulle von einem Kerl an und schob uns beide aus der Tür. Dabei wurden wir getrennt und als ich dennoch mein mildtätiges Werk an der Nase des Typs fortsetzen wollte, winkte er ab, nahm mir das segensreiche Stück Zellstoff aus der Hand und tupfte nun selbst noch ein bisschen an seinem Rüssel herum.

»Danke, geht schon«, murmelte er, wobei er auf mich aber einen äußerst geistesabwesenden Eindruck machte. Vermutlich war er das eben schon gewesen, denn sonst hätte er mich ja sicherlich gesehen und den Zusammenstoß seiner Nase mit der Tür verhindert. Sie hatte immerhin eine ziemlich große Glasscheibe für eine klare Durchsicht. Aber die fehlte ihm wohl im Moment … die klare Durchsicht!

Oder sollte er doch mehr abgekriegt haben als einen Nasenstüber? Waren vielleicht deswegen Blick und Geist getrübt? Ich grübelte noch darüber nach, wie ich ihm weiterhelfen konnte, ohne meinen Termin zu verpassen, als er mit fahriger Bewegung eine Schachtel Roth-Händle aus seinem etwas labbrigen Sakko hervorholte und sich mit zittrigen Fingern einen Suchtstängel ansteckte. Grundgütiger!

Aber kaum hatte er die Zigarette zwischen den Lippen, die übrigens für einen Mann ziemlich wohlgeformt waren, ließ seine Hektik deutlich nach. Das heißt, sie erstreckte sich nur noch auf das hastige Einsaugen und Ausblasen der Schadstoffe, vor welchen die Gesundheitsminister der EU so einfallsreich warnen. Meine Herren, was musste der inwendig eingeteert sein. Melli war auch so ein wandelnder Lungenkrebsaspirant.

Ups, hatte ich das jetzt mal wieder laut vor mich hingeblubbert?

Vermutlich ja, denn er fragte: »Wer ist Melli?«

Ich erklärte es ihm.

»Und wer bist du?«

»Paula, äh, ich bin Paula.« Wie nett, dass er danach fragte.

»Sprichst du heute auch vor, Paula?«

»Vorsprechen?«

»Ja, bewirbst du dich auch für eine Rolle in dem Musical?«

»Du … du meinst *Hair*? Ob ich da mitspielen will?«

Jetzt veräppelte er mich aber. Sah ich vielleicht aus wie ein Musicalstar?

Er zog sich die nächste Dosis Lungenkrebs rein. »Also, zielst du auf eine bestimmte Rolle ab oder willst du nur so allgemein im Tribe singen?«

Hm, so gut kannte ich das Musical nicht, dass ich das hätte sagen können. Aber ich fand es total schmeichelhaft, dass er mich für eine Schauspielerin hielt, und das bei meiner bescheidenen Körpergröße. Und so baute sich, ohne dass ich es wirklich beabsichtigte, in mir eine Blockade auf, die verhinderte, dass ich ihm direkt sagte, dass ich mich nur als Theaterfriseurin vorstellen wollte. Dann war die Zigarette aufgeraucht, er sah auf seine Armbanduhr und entfaltete sofort wieder diese nervöse Hektik, die mir von Anfang an bei ihm aufgefallen war. Und wieder fand ich, dass er ganz schön fertig aussah, und fragte mich, ob Schauspieler wirklich ein so stressiger Beruf war.

»Wir müssen rein«, sagte er, ergriff meine Hand und zog mich mit ins Haus. »Wenn die uns nehmen, haben wir erst mal für ein Jahr ausgesorgt.«

So? Hatten wir?

»Was, äh, zahlen die denn so?«, fragte ich dezent an.

Sein Blick war vernichtend, und er erinnerte mich plötzlich an Melli, die jedes Mal, wenn es um den Verkauf eines ihrer Bilder ging, so tat, als sei es ehrenrührig, Kunst mit Geld überhaupt nur in Beziehung zu setzen. Aber auch Künstler mussten ja schließlich leben und die Miete der WG bezahlte sich nicht von alleine – schon gar nicht, wenn auch noch ein Zimmer leer stand.

»Du denkst an Geld?«, schob der Typ auch prompt nach.

»Machst du es für lau? Schön, wenn du so reiche Eltern hast, die dich durchfüttern«, sagte ich zickig, weil ich mich über so viel Standesdünkel ärgerte.

Wir stiegen gerade eine schmale Steintreppe in einem

kahlen, kalten Treppenhaus hinauf. Der Typ stoppte abrupt, sodass ich fast in ihn hineingelaufen wäre.

Er dreht sich zu mir um und sagte: »Ich habe niemanden, der mich unterstützt! Für die Schauspielschule habe ich gejobbt und was meine Eltern betrifft, die sind tot.« Es klang nicht einmal bitter.

Trotzdem, da war ich ja wohl mal wieder voll ins Fettnäpfchen gelatscht. Am besten machte ich jetzt mal allmählich den Abflug, sonst kam ich doch noch zu spät zu meinem Vorstellungsgespräch.

»Äh, ich glaube, ich muss noch mal für kleine Mädchen«, sagte ich. »Also dann viel Glück!«

»Dir auch! Man sieht sich ja sicherlich noch.«

»Sicherlich.«

»Wenn alles klappt, trinken wir mal einen Kaffee zusammen, okay?«, sagte der Typ, und ich nickte.

»Klar, machen wir, wenn alles klappt.«

Er ging hinauf zur Probenbühne, und ich bog in einen Flur ab, in den ein Hinweisschild zum Personalbüro wies. Nun begann auch mich Nervosität zu ergreifen, denn plötzlich wurde mir bewusst, dass ich diesen Job unbedingt haben wollte. Nicht nur, weil ich dann meiner Mutter beweisen konnte, dass ich auch beruflich auf eigenen Füßen stehen konnte, sondern auch, um da zu arbeiten, wo dieser merkwürdig kaputte Typ mit den Teddybäraugen arbeitete.

Verdammt! Jetzt hatte ich doch tatsächlich vergessen, ihn nach seinem Namen zu fragen.

Im Vorzimmer des Personalchefs saß eine hochtoupierte, blondierte Person undefinierbaren Alters und feilte ihre Fingernägel. Nun ja, Büro war offensichtlich Büro, da spielte es keine Rolle, ob man im Theater war oder in einer Firma für Industrieautomaten. Und Vorzimmerdame blieb immer und überall Vorzimmerdame.

Ich stellte mich vor und sagte, dass ich einen Termin beim Personalchef hätte.

»Das ist ein Irrtum«, sagte sie aber gleich. »Herr Meyer ist nicht da. Aber um diese Dinge kümmert er sich sowieso nicht. Am besten gehen Sie gleich in die Masken- und Kostümbildnerei zu Frau von Raven. Die ist da die Chefin und entscheidet, wer noch eingestellt wird.«

Ich bedankte mich und fragte nach dem Weg. Sie beschrieb ihn mir, und ich fand, dass es sich kompliziert anhörte. Erst ging es wieder hinunter, dann durch einen langen Flur hinter der Hauptbühne entlang, dann wieder nach oben, dann links, dann rechts und wieder geradeaus, eine kleine Treppe hinauf, eine größere bis zur Hälfte wieder hinunter ... Mir wurde schon beim Zuhören ganz wirr im Kopf.

Aber sie lachte nur und sagte: »Es ist wirklich ganz einfach zu finden.« Na denn.

Erst klappte es noch ganz gut, also jedenfalls glaubte ich das, aber nachdem ich mich im Gang hinter der Hauptbühne in den Bereich des Hängebodens verirrt hatte und über mir mächtige Bühnenteile an Ketten und Seilen schwebten, war mir doch etwas unheimlich. Als ich dann in ein anderes schmales Treppenhaus kam, fand ich, dass man diesem Theater doch anmerkte, dass es schon mehr als zwei Jahrhunderte alt war. Ich stieg also hinauf und dann wieder bis zur halben Treppe herunter. Dann hörte ich Stimmen hinter einer Tür und atmete auf. Ich klopfte, aber niemand antwortete, also drückte ich die Klinke vorsichtig herunter und trat hindurch.

Herrje! Was war denn das? Ein greller Scheinwerfer, der direkt auf mich gerichtet war, blendete mich. Es dauerte ein paar Schrecksekunden, bis ich merkte, dass ich auf einer kleinen Bühne stand! Ich war doch hoffentlich nicht in eine Probe reingestolpert?

»Dann fangen Sie doch jetzt bitte an!«, sagte eine etwas ungeduldige Männerstimme, die von irgendwo aus dem Dunkel hinter dem Scheinwerfer kam. »Der Auftritt sollte eigentlich nicht durch die Kulissentür, sondern auf der anderen Seite erfolgen. Aber wenn Sie nun schon mal da sind. Was singen Sie?«

Wie bitte? Ich? Singen? Moment mal, die hielten mich doch nicht für eine Schauspielerin? Ich war doch nicht etwa in das Vorsingen für das Musical geraten? War ich offenbar doch.

Ach, du Schreck. Was nun?

»Ähm, ich ...«, sagte ich und wollte grade erklären, dass ich mich verlaufen hatte, und nach dem richtigen Weg fragen, als der Mensch mit der ungeduldigen Stimme sagte: »Sie dürfen jetzt anfangen oder wieder gehen.«

Und weil ich plötzlich so einen Schiss vor dem Typen hatte, dachte ich, dass es wohl einfacher wäre, mal schnell ein paar Takte aus dem Musical zu singen und dann wieder zu gehen, als ihm lang und breit zu erklären, dass ich nur durch einen Irrtum hier vor ihm stand. Also redete ich mir ein, ich wäre beim Karaoke, und sang einfach drauflos.

Die Melodie hatte ich ja noch ganz gut im Ohr, aber textsicher war ich nicht, na egal, die sollten mich ja auch nicht nehmen.

»*When the moon is in the seventh house and Jupiter aligns with Mars* ...«

Ich sang, soweit ich es noch im Gedächtnis hatte, und grade als ich merkte, dass ich das letzte Wort Text sang, dass ich noch kannte, sagte der Mann im Dunkel: »Okay, reicht. Machen Sie mal *Frank Mills*!«

Wie bitte? Noch ein Lied? Dafür hatte ich jetzt aber eigentlich gar keine Zeit mehr. Ich musste dringend in die Kostümbildnerei. Das sagte ich dann auch.

»Da können Sie gleich noch hin«, sagte der Typ jedoch. »Jetzt singen Sie erst mal.«

Na, wenn er meinte. Er schien hier ja was zu sagen zu haben, und da wollte ich es mir mit ihm auch nicht verderben. Diesmal setzte sich sogar ein langer, dürrer Typ ans Klavier, um mich zu begleiten. Ach herrje. Nun wurde ich aber doch etwas unsicher. Und den Song hatte ich wirklich nur noch ganz entfernt im Ohr, weil wir das Musical als typisches Beispiel der Flower-Power-Generation mal kurz im Musik-LK behandelt hatten.

»Ähm«, wagte ich eine dezente Anfrage. »Könnte, ich … äh … vielleicht mit in die Noten gucken?«

»Von mir aus.«

Ich trat an das etwas ramponiert wirkende Klavier und stellte mich schräg hinter den Typen, um über seine Schulter auf das Notenblatt schauen zu können. Dann spielte er auch schon die ersten Takte, und ich verpasste fast meinen Einsatz.

»*I met a boy called Frank Mills* …«, sang ich und konnte mir auch nicht erklären, warum mir dabei dieser Typ mit den Ringen unter den Augen in den Sinn kam. »… *on September twelfth right here in front of the Waverly, but unfortunately I lost his address* …«

Meine Güte, war ich froh, dass ich in der Musik-AG das Singen vom Blatt gelernt hatte, denn viel war von dem Song wirklich nicht in meinem Gedächtnis haften geblieben.

»Danke«, sagte der Typ im Dunkeln dann unvermittelt. »Geben Sie uns bitte Ihren Bewerbungsbogen. Sie hören dann von uns.«

Bewerbungsbogen? Hatte ich nicht. Nun war wohl doch eine Erklärung fällig.

»Ähm, also ich habe keinen Bewerbungsbogen …«

»Dann lassen Sie sich im Sekretariat noch einen geben. Normalerweise sollen die ausgefüllt mitgebracht werden. Aber ich denke, wir machen mal eine Ausnahme. Wie heißen Sie?«

»Paula«, sagte ich nun völlig verwirrt.

»Gut, Paula.« Nun hörte ich ein unterschwelliges Kichern im Dunkeln. »Wir möchten Sie gerne für das Musical engagieren. Ihre Stimme ist noch nicht reif, aber sie gefällt uns. Reichen Sie also bitte alle Unterlagen umgehend im Besetzungsbüro ein. Danke.«

Jemand brüllte »Der Nächste!«, und ich verdrückte mich wieder durch die falsche Tür.

Als ich sie hinter mir geschlossen hatte, lehnte ich mich erst einmal einem Zusammenbruch nahe gegen die kalte Wand des Treppenhauses.

Das war doch eben nicht wirklich passiert? Ich war doch nicht wirklich völlig verwirrt in das Vorsingen für ein Musical gestolpert und war dann auch noch engagiert worden? Ich kniff mich in den Unterarm. Autsch! Das tat weh, also träumte ich nicht und das alles war wirklich passiert.

Was machte ich denn jetzt bloß? Und wo zum Kuckuck war nur diese dumme Masken- und Kostümbildnerei?

»Da hinter der nächsten Ecke«, sagte plötzlich eine weibliche Stimme neben mir. »Ich muss da auch hin. Kannst mich begleiten.«

»Ist denn die Frau von Raven da?«

»Bestimmt. Heute sollen sich ein paar Friseurinnen vorstellen, die unser Team für die *Hair*-Aufführung verstärken sollen.«

»Na, dann bin ich ja endlich richtig«, sagte ich erleichtert. »Ich wollte mich nämlich auch um den Job bewerben.«

»Na dann, viel Glück!«, sagte die junge Frau. »Da geht es rein. Ich muss in die Schneiderei.«

Ich klopfte an eine schwere und sehr schalldicht aussehende Eisentür, und als erwartungsgemäß niemand öffnete, trat ich einfach ein.

In einem mit Unmengen von Stoffen, Kostümen und Accessoires vollgestopften Raum standen zwei Frauen und beugten sich über eine Mappe, in der sich offenbar Kostümentwürfe befanden. Eine der beiden, von Erscheinung und Auftreten zu schließen eine wirkliche Dame, blickte bei meinem Eintreten auf.

»Ja, bitte, was gibt es?«

»Ähm, ich, äh, suche Frau von Raven …«

»Das bin ich.«

»Ja, ähm, guten Tag! Ich habe mich um die Stelle als Theaterfriseurin beworben und sollte mich heute vorstellen.«

»Ach, dann sind Sie sicherlich Paula«, sagte Frau von Raven und lächelte mich sehr freundlich an.

»Wir dachten schon, Sie seien im Hängeboden verloren gegangen.«

Nun musste ich auch lächeln, als ich daran dachte, wie ich tatsächlich dort orientierungslos herumgeirrt war.

»Fast«, sagte ich darum. »Aber man hat mir dann freundlicherweise den Weg gezeigt.«

Meinen kleinen unplanmäßigen Abstecher auf die Probenbühne erwähnte ich besser nicht.

»Haben Sie denn Ihre Zeugnisse und Referenzen mitgebracht?«

Ich reichte ihr meine Bewerbungsmappe. Sie enthielt meinen Werdegang, Abiturzeugnis und Gesellenbrief und zahlreiche Fotos von Frisuren, die ich gemacht hatte. Natürlich hatte ich auch den Zeitungsartikel mit dem Foto von Alix beigelegt, mit der ich das Schaufrisieren gewonnen hatte.

»Setzen Sie sich doch«, sagte Frau von Raven und deutete auf einen roten Plüschsessel, der sicherlich mal in einem Theaterstück eine Rolle gespielt hatte.

Ehrfürchtig hockte ich mich auf seine Kante, während Frau von Raven die Unterlagen durchsah.

Als sie schließlich von der Mappe aufsah, war ihr Lächeln noch eine Spur wärmer geworden.

»Ausgezeichnet, Paula. Und Sie arbeiten im Salon Ihrer Frau Mutter?«

Ich nickte.

»Und sie wird wirklich auf Sie verzichten können?«

»Ich denke schon. Es ist, glaube ich, ganz wichtig, dass ich nun nach der Lehrzeit lerne, auf eigenen Füßen zu stehen. Eine Weile jedenfalls, später werde ich ja sicherlich in den Salon zurückkehren, aber ich finde, die Gesellenzeit sollte heute wie früher eine Wanderzeit sein, in der man viele neue Erfahrungen sammelt.«

»Und da möchten Sie also gerne am Theater beginnen?«

»Es wäre wunderbar«, sagte ich. »Ich liebe das Theater, und es war schon immer mein Traum, einmal als Hairstylistin und Visagistin hier zu arbeiten.«

»Maskenbildnerin heißt das bei uns. Sie wissen vielleicht nicht, dass es ein eigener Ausbildungsberuf ist.«

»Wirklich?« Mich befiel Panik. »Dann habe ich gar keine Chance?«

»Doch, Kindchen, doch, die haben Sie. Jedenfalls erst mal für das Musical. Ich glaube, Sie passen sehr gut in unser Team, und ich werde Sie dem Personalbüro für die ausgeschriebene Stelle vorschlagen. Eine abgeschlossene Friseurlehre ist übrigens eine ausgezeichnete Einstiegsvoraussetzung in die Maskenbildnerei, falls es Ihnen denn Spaß bei uns machen sollte. Sie hören von uns, danke.«

Damit war ich entlassen. Und wieder stand ich neben einer schweren Eisentür und musste mich an die Wand lehnen, um nicht umzukippen.

Wenn ich das jetzt richtig verstanden hatte, hatte ich plötzlich Chancen auf zwei Jobs am Theater. Einen als Musicalsängerin und einen als Theaterfriseurin. Grundgütiger!

Da nahm ich mir am besten mal eine Auszeit, um das zu verkraften. Ich irrte also auf der Suche nach einem Ausgang durch ein paar Flure und dann stand ich plötzlich in der Theaterkantine und wen sah ich da? Diesen Typ mit den Teddybäraugen. Er rauchte und trank einen Kaffee.

Da er mich auch entdeckt hatte, winkte er mir zu, und so holte ich mir auch eine Tasse Kaffee und setzte mich zu ihm.

»Und? Wie ist es bei dir gelaufen?«, fragte ich neugierig.

Er grinste, und die Zigarette in seiner Hand zitterte überhaupt nicht mehr.

»Ich hab's geschafft. Ich krieg die Rolle des Claude.«

Er sah mich aus seinen süßen Augen an, dass ich ihn sofort hätte knuddeln können.

»Hat es bei dir auch geklappt?«

Das konnte man wohl sagen. Ich nickte.

»Das ist cool«, sagte er. »Dann sehen wir uns ja bald öfter.«

»Wie heißt du denn eigentlich?«, fragte ich. Noch mal wollte ich es nicht versäumen, ihn nach seinem Namen zu fragen. Und so verriet er mir, dass er Justin hieß und extra aus Düsseldorf angereist war.

»Ich muss jetzt natürlich dringend hier eine Wohnung finden«, meinte er. »Du hast da nicht zufällig einen Tipp?«

Tja, und dann erzählte ich ihm von der WG, in der ich wohnte, und dass da noch ein schönes Zimmer leer stünde. Und weil er das total cool fand, wollte er gleich mitkommen, um es mal anzusehen.

Hm, eigentlich musste ich ja in den Frisiersalon, aber andererseits …

»Warte mal einen Moment!«, sagte ich. »Ich habe noch kurz was zu klären.«

Ich ging vor die Tür, rief meine Mutter an und meldete mich krank. So etwas tat ich eigentlich eher selten, aber irgendwie stand mir der Sinn im Moment gar nicht nach Frisiersalon und schlechter Laune. So ein Erfolg schrie doch förmlich nach einer Feier mit netten Menschen!

»Ist okay«, strahlte ich Justin wenig später entschlossen an. »Kannst mitkommen in die WG!«

♡ ♡ ♡

Meine Freundinnen saßen in der Küche und bereiteten Salat und Pizza für das Abendessen vor, als wir in der WG ankamen.

»Das ist Justin«, stellte ich vor. »Er ist Schauspieler und wird ab nächsten Monat hier für *Hair* am Staatstheater proben. Er würde gerne das vierte Zimmer mal ansehen.«

Alix hörte nur »Schauspieler« und war weg und alle. Was sie betraf, gab es nur ein Fazit: Justin kam, sah und siegte! Sie lud ihn auch gleich noch ein, mit uns zu Abend zu essen.

Melli jedoch legte eine seltsame Zurückhaltung an den Tag, was außer mir aber niemand zu bemerken schien. Sie musterte Justin die ganze Zeit über eher skeptisch, und als er im festen Glauben gegangen war, das Zimmer zu bekommen, sagte sie für uns reichlich irritierend: »Ihr wollt doch nicht wirklich diesen total fremden Typen in unsere WG einziehen lassen?«

»Doch natürlich, warum nicht?«, sagten Alix und ich wie aus einem Munde.

»Das gibt nur Stress«, muffelte Melli. »Ein Mann und drei Frauen – das kann nicht gut gehen. Außerdem ist er Sänger. Das heißt, er wird uns ständig die Ohren volljaulen, weil er üben muss. Mir reicht schon Paulas Gezwitscher! Kein Mensch hält zwei von der Sorte aus! Ich jedenfalls sehe mich außerstande, unter solchen Umständen kreativ zu sein!«

Ich schaute sie total verblüfft an, denn ich hatte bisher nicht den Eindruck gehabt, dass sie sich von mir gestört fühlte.

»Habe ich auch nicht!«, schwächte sie ihr herbes Statement etwas ab. »Aber eine Lerche reicht, wir müssen uns nicht auch noch einen Kuckuck ins Nest setzen!«

»Und es ist wirklich wegen dem Singen?«, fragte Alix ungläubig. »Nicht doch, weil er ein Mann ist?«

Melli lief leicht pink an, sprang auf und sagte unwirsch, bevor sie in ihr Zimmer verschwand: »Herrgott noch mal! Wenn ihr unbedingt wollt, dann soll er halt einziehen. Ihr seid die Mehrheit.«

Hm, so eine Entscheidung ohne ihre Einwilligung zu treffen, gefiel mir ja nun gar nicht. Aber da Melli kein wirklich überzeugendes Gegenargument gebracht hatte, beschlossen Alix und ich ausnahmsweise auch mal gegen ihren Willen etwas zu tun und Justin das Zimmer zu geben.

»Es ist schließlich nur für die Theatersaison«, sagte ich zu Alix. »Wenn es nicht klappt, ist er ja schnell wieder raus.«

Und bei mir dachte ich: Wird schon werden.

Ich rief Justin also an und sagte ihm, dass er das Zimmer haben könnte. Mellis Gegenstimme verschwieg ich ihm allerdings.

»Super!«, sagte er, und man hörte ihm die Freude an. »Dann ist es also abgemacht. Die Miete ist kein Problem. Jetzt werde ich ja ein regelmäßiges Einkommen haben.«

Und ich auch, dachte ich, und spekulierte auf etwas mehr als meinen schmalen Gesellenlohn. Am Theater bezahlten die doch bestimmt besser als in einem stinknormalen Frisiersalon? Wobei ich noch nicht genau wusste, welchen der beiden Jobs ich denn nun annehmen würde.

Melli muckelte zwar den Rest des Abends weiter, aber zumindest Alix hatte Lust auf einen entspannenden Yogi-Tee bei mir und ich erzählte ihr, was mir mal wieder total Abgefahrenes im Theater passiert war.

Sie glaubte es erst nicht, aber als ich alles ganz genau geschildert hatte, kam sie aus dem Staunen und Lachen nicht mehr raus. Sie war sofort der Meinung, dass ich natürlich die Chance als Sängerin in einem Musical mitzuwirken der Arbeit als Theaterfriseurin vorziehen sollte.

Aber ich fand das Frau von Raven gegenüber nicht ganz fair. Sie wirkte freundlich und kompetent, und ich konnte mir die Arbeit in ihrem Team total schön und kreativ vorstellen. Außerdem war ich mir sicher, dass ich wahnsinnig viel bei ihr würde lernen können.

»Dann geh zu ihr und besprich das mit ihr. Vielleicht gibt es eine Chance, beides zu verbinden«, meinte Alix schließlich.

Das glaubte ich zwar kaum, aber ich konnte es ja mal versuchen. Ich mal wieder mit meinen ständigen Befürchtungen! Aber diesmal wollte ich mir den Schneid nicht abkaufen lassen. Dazu war das alles viel zu cool gelaufen und einmal musste es doch auch bei mir wieder bergauf gehen!

Und tatsächlich: Es ging!

Wo es allerdings weiterhin nur äußerst zäh weiterging, das war in meiner Beziehung zu Thomas. Dass es so schlimm um uns stand, hätte ich wirklich nicht gedacht.

Thomas war natürlich zunächst alles andere als begeistert, aber wegen seiner notorischen Neugier konnte er einfach nicht anders. Es juckte ihn so sehr in den Fingern, den Beziehungsfragebogen als unwissenschaftlich zu entlarven, dass er sich geradezu daraufstürzte.

So saßen wir am nächsten Abend, nachdem ich den Frisiersalon ausgefegt hatte, zwischen den Frisierstühlen in der kleinen Warteecke und konfrontierten uns mit unserem Beziehungsdrama.

Himmel, was die alles wissen wollten! Warum hatte ich mir nicht noch einen Tag Zeit gelassen und erst mal in Ruhe den Fragebogen selbst beantwortet? Das hätte jedenfalls mehr Sinn gemacht, als gestern Abend noch in diese neue Disko zu gehen.

Obwohl, wenn ich es so recht bedachte, war es eigentlich ganz nett gewesen und hatte mich endlich mal auf andere Gedanken gebracht. Genau das war es auch, was Melli bezweckt hatte, als sie vorschlug, da doch mal hinzugehen. Sie kannte dort eine Menge Leute, und Alix war natürlich sofort umlagert, als sie ein paar Fotos für das Stadtmagazin *Nightlife* machte, für das sie ja schon lange arbeitete.

Die Disko war wirklich nicht übel. Sie hieß *Charade* und war so ein bisschen im Stil der frühen Sechziger aufgemacht. Retro war echt in. Und es waren auch wirklich ganz interessante Leute da. Allerdings bekam ich davon nach der ersten Stunde nicht mehr allzu viel mit, denn ich hatte ziemlich rasch hintereinander zur Feier des Tages ein paar Bacardi Breezer geschlürft, was nicht nur ein Heidengeld gekostet, sondern auch meine Sinne etwas umnebelt hatte. Aber das war mir ganz recht, denn so konnte ich meinen Stress mit Thomas mal komplett vergessen, und als ich zu etwas fortgeschrittener Stunde im Arm eines ganz schnuckeligen Typen auf der Tanzfläche herumstand, war mir das ebenfalls recht. Wer weiß, was noch alles passiert wäre, wenn Alix und Melli mich nicht irgendwann wieder nach Hause geschleppt hätten.

Hey, was soll das?

»Nicht mal geknutscht haben wir«, schimpfte ich auf dem Heimweg. »Wieso müssen wir eigentlich schon gehen?«

»Weil wir alle morgen zu arbeiten haben und du nicht knutschen sollst!«, gab Alix die Gouvernante.

»Und warum nicht?«, fragte ich mit nicht mehr ganz fester Stimme. »Ich ... ich bin eine freie Frau!«

»Freifrau vielleicht, aber eine freie Frau bist du erst, wenn du die Sache mit Thomas anständig beendet hast«, meinte Melli.

»Und warum kann ich sie nicht beenden? Jetzt sofort, hier auf der Stelle! Dann kann ich wieder zurückgehen und mit diesem süßen Typ knutschen ...«

»Red keinen Unsinn! Du triffst dich morgen mit Thomas, und dann macht ihr diesen Test, und wenn noch was zu retten ist, dann geht ihr zu dieser Paarberatung, und dann schaun wir mal. Und falls du es vergessen haben solltest: Das war dein eigener Wunsch!«

Tja, und nun saßen Thomas und ich über diesen ziemlich komplizierten Fragen und wussten oft gar nicht, was wir antworten sollten.

Wie sah es denn aus mit der Spontaneität in unserer Beziehung? Oder der gegenseitigen Akzeptanz? War es ein Zeichen von Toleranz, dass Thomas nicht eifersüchtig war, oder war es ein Zeichen für mangelndes Interesse? Lagen die Gründe für meine Eifersucht in meinen überzogenen Besitzansprüchen oder war ich einfach noch total verliebt?

Letzteres wohl eher weniger. Aber es stimmte schon, nach einer anderen Ische sollte er sich auch nicht umsehen. Ich glaube, das würde ich an einer Trennung am schlimmsten finden, wenn er schon wenig später eine andere am Arm hätte! Ein einfach grauenvoller Gedanke, der natürlich an meinem Selbstwertgefühl nagte. Noch hielt ich mich allerdings für unersetzlich, aber wer weiß ...

Gut – oder weniger gut –, wir waren jetzt bei dem Fragenkomplex »Attraktivität des Partners«. Hm ...

»Findest du mich nicht zu pummelig?«, fragte ich vorsichtig.

»Nö. Ich hab gerne was in der Hand.«

Na, schön doch.

»Auch der Po? Okay?«

Er grinste. »Ich liebe deinen süßen Hintern und deine prallen Schenkel und deine dicken Möpse, und ich könnte ständig reinbeißen! Zufrieden?«

Ich starrte ihn misstrauisch an. Jetzt nahm er mich aber auf den Arm, oder?

»Quatsch! Ich mag dich so, wie du bist. Ehrlich! Auch wenn ich das nicht immer sage.«

»Und ich törne dich immer noch an? Nach fünf Jahren?«

Er lachte noch mal.

»Ja, machst du, und wenn du es schon ansprichst, ich mache gerne Sex mit dir. Ich habe gern so ein pralles Häschen wie dich in meinem Bettchen!«

Hm, ich schaute ihn mir jetzt etwas genauer an. Hatte er eine kleine Dröhnung genommen? Sonst war der doch nicht halb so gesprächig. Ich beugte mich etwas zu ihm rüber und schnupperte, ob er nach irgendeinem Fusel roch.

»Du wirfst aber keine Pillen ein?«, fragte ich, als der Geruchstest ergebnislos verlief.

»Paula! Ich bin zwar Technofan, aber mit Drogen fang ich nichts an. Du weißt, ich bin Lehrer.«

Aha, da hatte er sicherlich auch schon einen Karteikasten für eingerichtet. Aufschrift: Was ich als Lehrer alles nicht machen darf. War bestimmt eine ganze Menge. Gut, das interessierte jetzt aber eher weniger. Denn zu meiner Zufriedenheit waren wir nach allerlei weitschweifigen Fragen nun zum Kern unseres Beziehungsproblems vorgestoßen: dem Sex.

Er fand ihn mit mir also nach wie vor gut, das verschaffte mir schon mal die Poleposition.

»Du findest mich also noch erotisch?«, vergewisserte ich mich noch einmal.

»Du stellst Fragen, Paula. Warum, glaubst du, habe ich dir einen Heiratsantrag gemacht?«

Da war er ja genau beim Punkt und noch bevor ich richtig darüber nachgedacht hatte, rutschte es mir raus:

»Und warum, glaubst du, habe ich ihn wohl abgelehnt?«

Holla, das war jetzt vielleicht doch ein bisschen hart.

Er schluckte und sah mich sichtlich betroffen an. »Du ... du meinst ...«

Himmel, war mir das jetzt peinlich. Wirklich komisch, da war man fünf Jahre mit einem Typen zusammen und hat praktisch nie mit ihm über die eigenen und seine sexuellen Bedürfnisse gesprochen. Na ja, eigentlich lief ja auch alles so weit ganz gut …

Mach dir doch nichts vor, verlangte ich Ehrlichkeit von mir selbst. Jetzt schon wieder die Nebelkanonen anzuwerfen, hatte wirklich keinen Sinn. Dennoch versuchte ich die Wahrheit etwas in Watte zu packen.

»Schau mal, Thomas«, sagte ich. »Irgendwie ist Sex bei uns immer gleich. Da … da ist nicht mehr so richtig Schwung drin. Du musst das echt nicht auf dich beziehen, das ist einfach so bei Paaren, die so lange zusammen sind … Äh, da prickelt es dann irgendwann nicht mehr wirklich …«

»Aha«, sagte Thomas. »Es prickelt nicht mehr bei dir! Bei mir prickelt es noch genügend!«

»Aber in einer Beziehung sollten doch beide Partner Spaß beim Sex haben und … Sowieso, ich würde mir viel mehr Zärtlichkeit von dir wünschen, beim Sex und auch so … Ich glaube, wir sollten uns viel mehr Zeit nehmen für alles … und vielleicht auch mal was Neues ausprobieren …«

»Hast du einen anderen?«, fragte Thomas unvermittelt in mein Ringen um einen adäquaten Ausdruck für unser Problem hinein. Was ging denn mit dem ab?

»Wie bitte? Was soll das denn jetzt?«

»Na ja, bisher warst du doch immer ganz zufrieden. Kann doch gut sein, dass du durch einen Seitensprung plötzlich andere Ansprüche hast.«

Was waren denn das wieder für krude Gedankengänge?

Eine Antwort darauf zu geben, war mir also viel zu dumm. Oder sollte er auf irgendeine mysteriöse Art von Lars erfahren haben? Aber nein, das konnte nicht sein, bei dessen Diskretion.

»Du spinnst!«, sagte ich daher nur und hielt ihm den Zettel von Alix mit der Adresse der Therapeutin unter die Nase.

»Überleg es dir!«, setzte ich ihm die Pistole auf die Brust. »Wir können tausend solcher Tests machen. Wenn wir nicht ernsthaft an unserer Beziehung arbeiten wollen, dann trennen wir uns am besten gleich.«

Ich stand auf. »Das nächste Treffen der Selbsthilfegruppe ist übermorgen. Ruf mich an, wenn du mit mir hingehen willst.«

»Und wenn ich nicht anrufe?« Er sah mich spekulativ an.

Püh! Da gab es nichts zu spekulieren. Und frostig sagte ich: »Dann war das heute unser letztes Date.«

»Das hast du nicht wirklich gesagt?« Alix erstarrte vor Ehrfurcht. »Bist du aber mutig!«

»Nicht mutig. Nur konsequent. Ihr habt mir wirklich die Augen geöffnet, und ich habe echt keine Lust, so eine unbefriedigende Beziehung auch noch mit einem Trauschein festzuklopfen.«

Ich goss mir einen Prosecco ein und lümmelte mich vor den Fernseher, wo grade mein geliebter Günther Jauch lief. Was für ein Mann! So ein richtiger großer Junge und so klug und humorvoll!

»Glaubst du, Alix, er meldet sich?«

»Hundertprozentig.«

»Und wenn nicht?«

Sie grinste.

»Dann gehen wir angeln!«

♡ ♡ ♡

Nicht mit dir und nicht ohne dich!

Thomas war weich gekocht.

»In Gottes Namen! Ich tu's. Ich gehe mit dir zu dieser … äh … diesem Paartraining. Aber erst mal nur zur Probe, nur mal so zum Gucken, ganz unverbindlich. Einfach nur, weil es mich interessiert zu sehen, was das so für Leute sind, die so einen Kurs machen.«

»Aha, Leute wie du und ich, nehme ich an«, sagte ich und tat so, als ginge es mir ausschließlich um uns.

Aber ehrlich gesagt interessierte es mich schon, wer sich da so einfand. Es gehörte schließlich ganz schön viel Mut dazu, sich zu seinen Schwächen zu bekennen und sie gewissermaßen öffentlich zu machen. Für mich war es auch nicht eben ein kleiner Schritt, denn ich hatte zwar mein Problemmanagement jetzt einigermaßen im Griff, aber immer noch die Sorge, von anderen Menschen nicht wirklich gewürdigt zu werden.

Wenn zum Beispiel der Briefträger einen Brief für mich aus Versehen bei Frau Waschkowski einwarf, dann nahm ich es nicht einfach als seine Trotteligkeit hin, sondern vermutete eine Absicht dahinter. Vielleicht mochte er mich nicht und wollte mir dadurch eins auswischen, oder ich hatte ihn nicht freundlich genug behandelt? Hatte ich ihn nicht einmal fast über den Haufen gerannt, als er grade im Treppenhaus an die Briefkästen wollte? Das war bestimmt seine Rache dafür!

Ja, ähm, gut, das war jetzt aber nicht das Thema. Ich

wollte damit ja nur sagen, dass es auch für mich nicht so einfach war, nun mit Thomas zu diesem Kurs mit lauter fremden Menschen zu gehen, und ich hoffte, dass er es als Liebesbeweis auch wirklich zu würdigen wusste.

Alix hatte ihre Connections spielen lassen und weil Frau Dr. Schmidt gerade erst mit einem neuen Kurs gestartet war, konnten wir noch dazustoßen.

Der Kurs fand nicht etwa wie diverse Volkshochschulkurse, die ich besucht hatte, um vor dem Abi mein Englisch aufzupeppen, in irgendeinem ungemütlichen Klassenraum einer renovierungsbedürftigen Hauptschule statt, was ich eigentlich vermutet hatte, sondern in einem Wellnesshotel am Rande der Stadt. Als wir den Seminarraum betraten, hob es mich fast aus den Pumps. Das war aber mal eine echt innovative Atmosphäre – für so ein Paartraining jedenfalls.

Der Raum lag in einem Turm und hatte an allen Seiten bodentiefe Fenster mit einem kleinen französischen Balkon davor, die zum Teil weit geöffnet waren und frische Luft und das warme Licht der untergehenden Abendsonne hereinließen. Auf dem Boden lagen jede Menge dicke, gesteppte Sitzkissen und bunte Matratzen. Auf kleinen Tischen an den Wänden zwischen den Fenstern standen Getränke jeglicher Art.

Himmel! Was hatte Alix eigentlich gesagt, was der Kurs kosten sollte? Im Moment schien es mir, dass er mindestens die Kosten einer mittleren Kleinbürgerhochzeit verschlingen würde. Das hieße, er machte uns vielleicht fit für die Heirat, sie würde aber wegen Ebbe in der Kasse dann doch ausfallen.

Der Gedanke amüsierte mich, obwohl ich allen Ernstes daran zweifelte, dass wir uns als Gesellin im Friseurhandwerk und als Grundschullehrer eine so extravagante Paarberatung würden wirklich leisten können. Ich grübelte schon darüber nach, ob die erste Sitzung als kostenlose Schnupperstunde zählte oder ob wir uns mit unserer Teilnahme bereits verpflichtet hatten, diesen Kuschelkurs durchzuziehen, egal wie horrend die Gebühren waren? Alix würde auf jeden Fall was von mir zu hören kriegen ... Diese Parcourslauf-Sportsfreundin von ihr musste ja ganz schön was am Hacken haben, wenn die solche exklusiven Kurse empfahl.

Auch Thomas war relativ überwältigt in der Tür stehen geblieben. Sicherlich hatte auch er einen klassischen Tagungsraum mit anständiger Bestuhlung, Tischen und Flipchart wie in seinem Lehrerseminar erwartet und entwickelte angesichts der Kuschelpolster und dem über allem schwebenden Romantiktouch bereits Fluchtreflexe. Vielleicht hatte er aber auch an einen langen, gescheuerten Holztisch gedacht, so wie im Hofbräuhaus, wo auf der einen Seite die Männer und auf der anderen Seite die Frauen hockten und am Kopfende ganz klassisch die Therapeutin.

Na gut, das war reine Spekulation und wohl noch von meinem Zorn über seine Bierseligkeit nach dem verlorenen Kreisligafußballspiel beeinflusst. Immer war er ja nicht so, auch wenn sein Körper deutliche Anzeichen eines Bierbäuchleins entwickelte.

Okay, angesichts dieser Gedanken sagte mir der ... äh ... Versuchsaufbau von Frau Dr. Agneta Schmidt doch etwas mehr zu. Was die bereits versammelten Leute anging, hatte ich aber doch erhebliche Vorbehalte, und die relativ kleine Zahl der Teilnehmer – ich zählte lediglich noch fünf Paare außer uns – machte mir erneut bezüglich der Kursgebühren Bauchschmerzen. Wenn sich das für die Therapeutin lohnen sollte, würde pro Abend mindestens ein Hunderter fällig sein.

»Thomas«, sagte ich also. »Ich, ähm ... glaube, dass ist zu teuer für uns ... Wir ... äh ... sollten vielleicht lieber gehen und uns einen anderen Kurs, äh ... vielleicht bei der Familienbildungsstätte suchen ...«

Aber mein besorgter Vorschlag kam bei Thomas gar nicht mehr an, denn eine Superblondine mit dem Körper eines Baywatch-Stars stürzte sich gerade auf ihn und beglückwünschte ihn zur Wahl dieses ultimativen Kurses.

»Ich bin Silly«, sagte sie, und sie kam mir auch so vor. »Frau Dr. Schmidt ist ja so was von angesagt. Ihr habt wirklich Glück, dass ihr noch in den Kurs reingekommen seid. Das ist ja so was von exklusiv. Sie nimmt eigentlich immer nur fünf Paare ...« Nun wandte sie sich mir zu. »Und das ist deine Partnerin?«, fragte sie Thomas. Sie hätte ja auch mich fragen können. »Seid ihr verheiratet?«

Ich schüttelte den Kopf.

»Fast«, sagte Thomas.

Sie brach in gewaltiges, dröhnendes Gelächter aus angesichts dieser wohl als Joke aufgefassten Aussage.

»Süß, wirklich süß«, meinte sie und zeigte dann quer durch den Raum auf einen großen, athletisch wirkenden Typen, der aber bereits seine besten Jahre hinter sich zu haben schien, jedenfalls schrammte er hart das Rentenalter.

»Das ist mein Bobbele«, sagte sie. »Wir sind zehn Jahre zusammen.« Sie kicherte. »Da braucht es halt mal einen kleinen erotischen Kick!« Und hinter vorgehaltener Hand zog sie mich von Frau zu Frau ins Vertrauen. »Ich will ja schließlich nicht, dass er fremdgeht ...«

Hm, dachte ich, das Bobbele sah mir gar nicht so danach aus, während ich es mir bei ihr sehr wohl vorstellen konnte.

Silly jedenfalls hatte eine außerordentlich dynamische und kommunikative Art und schaffte es, uns noch vor dem Eintreffen unserer Kursleiterin mit den anderen Teilnehmern bekannt zu machen. Da war Josef, ein hagerer, sehr gestresst wirkender Manager mit dunklen Haaren und ebenso dunklen Ringen unter den Augen, mit seiner blässlichen Frau Raissa, die er wohl aus Russland importiert hatte und die mindestens zehn Jahre jünger war als er. Sie sprach nur sehr gebrochen deutsch, und so ging unsere Konversation über ein »Nett, dich kennenzulernen« nicht hinaus.

Steffen und Suzanne waren ein klassisches Jetset-Paar. Sie war Model und er Modefotograf. Die beiden waren genau wie Thomas und ich seit fünf Jahren zusammen und überlegten, ob sie ihre Beziehung nicht beenden sollten.

»Dieser Kurs«, sagte Suzanne und sah mich mit hungrigen Augen an, »muss es jetzt bringen, oder wir trennen uns.«

Ich nickte. »Ja, so sehe ich das auch. Hast du denn Hoffnung?«, fragte ich.

Sie fuhr sich nervös mit ihrer knochigen Hand durch die kurzen schwarzen Haare und wirkte dabei regelrecht verzweifelt.

»Ich brauche ihn. Wenn er mich verlässt, bringe ich mich um«, wisperte sie mit kaum hörbarer Stimme.

Ich schaute auf ihren magersüchtigen Körper und dachte dabei, dass sie schon auf dem besten Wege dazu war.

Steffen, klein und stämmig mit einer langen, blondierten Matte, die er im Nacken zu einem Zopf gebunden hatte, textete derweil Thomas zu. Worüber sie sprachen, konnte ich nicht verstehen. Ich sah nur Thomas des Öfteren nicken, was mir direkt Hoffnung machte, nachdem ich nun von Suzanne die Probleme dieses Paares erfahren hatte und der Ansicht war, dass sie den unseren ja im Grundsatz sehr ähnelten. Sollte Thomas das auch schon erkannt haben?

Silly zog uns weiter zu Richard und Margot. Die beiden sahen nach drei Wochen Mallorca-Urlaub aus und kamen auch tatsächlich frisch von der Insel.

»Wir haben dort ein kleines, bescheidenes Weingut bei Alaró«, sagte Margot. »Richard lebt ja nur noch für seine Weine.«

Womit gleich klar war, wofür er nicht mehr lebte, für seine Ehefrau Margot zum Beispiel.

Dem typischen Bild eines Weintrinkers entsprach Richard allerdings nicht. Er war sehr klein und dünn und wirkte eher wie ein verstaubter Privatdozent. Tatsächlich war er der reiche Erbe eines Chemiekonzerns, mit dem sein Vater Millionen umgesetzt hatte und dem er nun nur noch als Aufsichtsratsvorsitzender diente. Die beiden hatten drei erwachsene Söhne, die sich die Leitung des Unternehmens teilten, und waren damit frei. Die meiste Zeit ihres Lebens verbrachten sie auf der sonnigen Seite der Erdkugel zwischen prosperierenden Weinbergen und Golflöchern.

»Es ist ein ganz besonders edler Wein, den wir kultivieren«, begann Richard etwas weiter auszuholen, womit er aber bei dem notorischen Biertrinker Thomas nicht punkten konnte.

»Ähm, ja, er trinkt eher selten Wein …«, entschuldigte ich sein Desinteresse.

Dafür hatte nun Richard gar kein Verständnis, vielmehr war ihm ein Mensch, der keinen Wein trank, geradezu suspekt.

»Und was macht ihr beruflich?«, versuchte Margot die kritische Situation zu umschiffen.

Was nun? Sollte ich sagen, ich bin Friseurin und Thomas ist Grundschullehrer? Das war doch wohl etwas peinlich in diesem erlauchten Kreis von immerhin C-Promis unserer Stadt.

Also griff ich auf die Werbung zurück und sagte betont locker: »Ich arbeite in einem erfolgreichen, kleinen Familienunternehmen als Stylistin und Thomas studiert äh … Organisationswissenschaft …«

Thomas sah mich an, als hätte ich einen an der Klatsche, was wohl auch stimmte, und ich zerrte ihn schnell weg zum letzten Paar, mit dem wir uns noch nicht bekannt gemacht hatten.

»Was sollte denn das jetzt?«, zischte er mich an.

»Äh, nichts, äh … war nur ein Scherz! Findest du die hier nicht auch alle etwas … äh … na ja … übertrieben?«

Inwiefern übertrieben brauchte ich dann Gott sei Dank nicht mehr erläutern, denn Silly hatte sich wieder auf Thomas gestürzt und zerrte ihn zu Ute und Jürgen. Die beiden waren seit sieben Jahren verheiratet und hatten in der City ein gut gehendes Bekleidungsgeschäft für die seriöse Dame und den seriösen Herrn, wie sie unisono betonten. Mit einer Abteilung für Übergrößen vermutlich. Sie waren die besten Aushängeschilder für ihren Laden: seriös bis zur Langeweile und sie sprachen nur über Golf.

»Junge Menschen brauchen heutzutage zwei Dinge, wenn sie Karriere machen möchten«, sagte Jürgen zu Thomas, in dem er wohl alles außer einem Grundschullehrer vermutete. »Ein blendendes Examen und die Mitgliedschaft im richtigen Golfclub.« Womit er wohl seinen eigenen meinte.

Thomas fand die beiden gleich sympathisch, weil das sehr gesammelte Auftreten dieses Paares wohl seinen Ordnungssinn ansprach. Wenngleich ich mich des Eindrucks nicht erwehren konnte, dass er es auch genoss, von Silly ständig betatscht zu werden, wenn sie ihn zum nächsten Paar schob.

Ich schielte ihn misstrauisch an. Konnte es sein, dass er mich trotz seiner gegenteiligen Behauptung doch nicht mehr anziehend fand, weil er in Wirklichkeit auf große, schrille Blondinen stand? Vielleicht wollte er mich nur heiraten, um ein Hausmütterchen für sich und seine zukünftige Kinderschar zu haben und ansonsten anderenorts lustvoll zu wildern?

Paula, rief ich mich zur Ordnung, nun hör aber mal wieder auf!

Ich musste zugeben, dass das wirklich ein reichlich abwegiger Gedanke war, aber wer wusste schon, was in so einer männlichen Psyche vor sich ging?

Frau Dr. Agneta Schmidt wusste es natürlich. Sie machte jedenfalls von Anfang an keinen Hehl daraus, dass sie über die allumfassende Kompetenz verfügte, jedes der anwesenden Paare am Ende des Kurses in eine beglückende Partnerschaft zu entlassen.

Sie war erstaunlich groß, trug einen klassischen Pagenschnitt in gefärbtem Mittelblond mit hellen Strähnchen und eine schmale, dunkle Brille. Ihr Körper strahlte Vitalität aus, und ich mochte wetten, dass sie so manche Stunde im Fitnessbereich dieses Hotels verbrachte, um ihn jung zu erhalten. Sie trug einen interessanten Mix aus leger und Businesslook und wirkte dadurch sowohl seriös als auch nonkonformistisch. Ich war mir sicher, dass sie genau diesen Eindruck auch erwecken wollte. Jedenfalls kam sie rüber wie eine Frau, die genau wusste, was sie wollte: Geld verdienen! Es war mir absolut klar, dass sie ganz weit oben einsteigen wollte, um aus ihrer Profession so viel wie möglich für sich herauszuholen.

Sie legte eine dünne Mappe mit Seminarunterlagen auf eines der kleinen Tischchen, bat uns, auf den Kissen Platz zu nehmen, und stellte sich selbst mit dem Rücken zu uns an eins der offenen Fenster.

»Die ultimative Glücksformel für alle Paare lautet: Zufriedenheit«, sagte sie mit einer eindringlichen, aber sachlichen Stimme. »Wer ein zufriedenes Leben führt, ist auch dem Glück ganz nahe. Zufriedenheit mit sich und dem Partner ist das Lebenselixier, aus dem sich eine glückliche Beziehung dauerhaft speist.« Sie drehte sich abrupt um. »Ihr seid hier, weil euch diese Zufriedenheit abhanden gekommen ist. Weil ihr glaubt, etwas zu vermissen, weil ihr fürchtet, eurem Partner nicht mehr zu genügen, oder das Gefühl habt, selbst nicht genug in dieser Partnerschaft zu bekommen.«

Einige nickten.

»Ihr seid hier, weil ihr euch liebt. Nur jemand, der noch Liebe für seinen Partner empfindet, traut sich, eine Paartherapie zu machen.«

Wieder nickten einige, und Thomas war auch dabei.

»Ihr seid hier, weil ihr neugierig seid. Denn dieser Kurs ist ein Kurs für Paare, die neue Wege in ihrer Beziehung gehen wollen. Und ihr seid hier, weil ihr bereit seid, aktiv an eurer Beziehung zu arbeiten, denn dies ist die Grundvoraussetzung für eine aktive Paartherapie, wie ich sie in diesem Kurs praktiziere.«

Sie setzte sich nun im Yogasitz auf eines der komfortablen Sitzkissen, und wir ruckelten uns alle ebenfalls in diese Position.

»Ich arbeite mit den Methoden der Selbsthypnose, des Autogenen Trainings, der Meditation und der modernen Verhaltenstherapie. Alle diese Ansätze verlangen eure aktive Mitarbeit. Wer dazu nicht bereit ist, kann den Kurs jetzt noch verlassen.«

Das war ein cleveres, aber rein rhetorisches Angebot, denn auch mich hatte ihre suggestive Sprechweise längst schon auf meinem Kissen festgenagelt und ich war gar nicht mehr in der Lage, mich ihrer Wirkung zu entziehen. Das musste man Frau Dr. Schmidt lassen. Sie verstand es, sich zu inszenieren.

»Wir schließen jetzt einen Moment die Augen«, sagte sie nun. »Wir versenken uns in unseren Mittelpunkt und nehmen ihn ganz ein.«

Ah ja. War nur die Frage, wo mein Mittelpunkt denn wohl war?

Ich schloss die Augen und machte mich auf die Suche zwischen Herz, Magen und Leber. Hm? Vielleicht irgendwo da beim Sonnengeflecht? Davon hatte ich mal bei einer Schnupperstunde in Autogenem Training gehört. Aber wie nimmt man ein Sonnengeflecht ein und dann auch noch ganz?

Mein Sonnengeflecht ist strömend warm ... Mehr fiel mir dazu echt nicht ein. Ich hockte mit Thomas und den anderen Leuten auf dem Boden und versuchte, einen Sinn in dem Ganzen zu sehen, was mir ehrlich gestanden noch schwerfiel.

»Ich begrüße heute zwei neue Mitglieder in unserem Kreis«, sagte Frau Dr. Schmidt mit einlullender Stimme. »Thomas und Paula. Wollt ihr euch mal kurz vorstellen?«

Das hatten wir ja eigentlich informell schon hinreichend getan. Vielleicht konnte ich jetzt noch den Absprung aus diesem sicherlich sündhaft teuren Kurs schaffen.

»Ähm, ja ...«, hob ich also an. »Wir, äh, haben uns ja, bevor Sie kamen, schon etwas bekannt gemacht und, äh ... eigentlich wollten wir nur mal reinschnuppern, so unverbindlich ...«

Das gefiel Silly aber nun gar nicht. Sie wurde richtig stutenbissig, bleckte ihr Pferdegebiss und sagte mit ihrer unnatürlichen Stimme: »Unverbindlich geht hier nicht. Wir sind ein ganz intimer Kreis, da herrscht Offenheit und Vertrauen. Entweder ihr lasst euch ganz ein oder ihr geht wieder.«

»Na, na, Silly!«, rief Frau Dr. Schmidt sie zurück. »Ganz so ist es nun auch nicht. Natürlich müssen Paula und Thomas erst einmal sehen, ob sie bei uns mit ihren Problemen richtig sind.«

Ich hatte den Eindruck, dass sie etwas sauer war, weil Silly ihr mit diesem Zwischenruf die gute Einstiegsstimmung vermasselt hatte.

»Positive Energie, Silly!«, sagte sie denn auch und wandte sich dann an Thomas.

»Willst du uns denn schildern, warum du zu uns gefunden hast, Thomas?«

Der war von der ganzen Atmosphäre seltsam verwirrt und kam überhaupt nicht in die Gänge.

»Du musst keine Hemmungen haben, Thomas«, half ihm Frau Doktor auf die Sprünge. »Wir sind hier ein verschwiegener und vertrauenswürdiger Kreis.«

Thomas fing sich.

»Also ...«, sagte er und ergriff dabei meine Hand. »Wir wollen eigentlich heiraten, aber Paula meint, äh, dass es mit der, äh, wie Sie eben gesagt haben, Zufriedenheit nicht mehr so richtig ist ... also jedenfalls im Bett ...«

»*Thomas!*« Ich stieß einen unkontrollierten Schrei aus. Das ging doch nun wirklich nicht, dass er so was hier vor lauter fremden Leuten gleich rausposaunte. Hatte der denn gar kein Benehmen?

Aber Frau Dr. Schmidt und alle anderen fanden es natürlich supergeil. So ein Dödel belebt doch jede Therapiegruppe!

»Paula«, wandte sie sich an mich und schob mir gleich den Schwarzen Peter zu. »Warum ist dir diese wunderbare Offenheit von Thomas denn so peinlich? Kann es sein, dass du ein wenig prüde bist?«

Prüde? Ich? Das war doch wohl ein Scherz! Was hatte das mit Prüderie zu tun, wenn man nicht gleich mit der Tür ins Haus fallen wollte? Hatte der Weinbergbesitzer vielleicht sofort gesagt, ich finde meine Frau nur noch im Suff gut, aber dann kriege ich leider keinen mehr hoch? Nee, bestimmt nicht.

Ich war stocksauer auf Thomas und auf diese Frau Dr. Schmidt ebenfalls. Aber was sagte ich denn nun, ohne mich noch mehr zu blamieren und um gleich mal klarzustellen, dass nicht ich, sondern Thomas der Therapiebedürftige war. Na gut, wenn sie so viel Wert auf Offenheit legte, die konnte sie haben und Thomas, dieser Schwanzlurch, auch!

»Peinlich?«, sagte ich, sehr bemüht cool zu klingen. »Peinlich ist mir das ganz und gar nicht. Ich finde es sehr viel peinlicher, wenn sich jemand nach fünf Jahren Beziehung nur in total besoffenem Zustand zu einem Heiratsantrag durchringen kann. Es würde mich schon interessieren, was die Anwesenden in so einer Situation gemacht hätten! Ich jedenfalls war stark genug, ihn erst mal abzulehnen und stattdessen diese Paartherapie vorzuschlagen.«

Ich holte tief Luft und starrte Frau Dr. Schmidt herausfordernd an. So, dachte ich zufrieden, das wäre jetzt wenigstens erst mal klar.

Frau Dr. Schmidt jedenfalls bemühte sich auch sogleich, die negativen Energien wieder zu verscheuchen, indem sie nicht weiter auf Thomas' und meiner Beziehung herumritt, sondern einen taktischen Schlenker zurück zu den allgemeinen Zielen des Kurses machte.

»Das war eine sehr gute Idee, Paula«, sagte sie betont freundlich und stand auf.

Irgendwoher zauberte sie dann doch das unverzichtbare Flipchart und schrieb mit einer ausdrucksvollen Handschrift auf das jungfräuliche Papier: *Was sind wir?*

In klassischer Manier sammelte sie dann Statements der Teilnehmer, die von frustriert, unzufrieden bis sexuell angeödet und unglücklich reichten und schrieb sie darunter.

Dann begann sie ein neues Blatt: *Was wollen wir werden?*

Klar, dass nun alle unsere Bedürfnisse und Wünsche an die Partnerschaft geäußert wurden, egal, wie realistisch sie waren. Da stand dann zufrieden, ausgeglichen, geliebt, sexuell befriedigt, sicher ... bis hin zu glücklich.

Frau Dr. Schmidt stellte sich wieder mit dem Rücken zu uns ans Fenster und fragte: »Und was heißt das nun?«

Schweigen. Sie drehte sich wieder sehr plötzlich herum, sah uns mit herausfordernder Miene an und sagte sehr trocken und sachlich: »Üben, üben, üben!«

Sie ließ sich wieder auf dem Kissen am Boden nieder und erklärte: »Wir werden sofort anfangen, unser Ziel einer glücklichen, sexuell erfüllten und zufriedenen Partnerschaft in Angriff zu nehmen. Das heißt, wir beginnen Teilziele zu verwirklichen. Wir tragen Reizwäsche, ohne uns lächerlich vorzukommen. Wir sprechen über unsere Gefühle, ohne dass uns das peinlich ist. Wir sagen, was wir vom anderen erwarten, statt auf die Erfüllung unsere Wünsche zu verzichten und deswegen frustriert zu sein.« Sie schaute in die Runde. »Ist jedem klar, was das heißt?«

Offenbar nicht, denn genau wie ich fragten sich wohl

die meisten, warum das nun plötzlich funktionieren sollte, wo es doch offenbar seit Jahren nicht klappte.

»Ihr fragt euch, wie das funktionieren soll«, wandte Frau Dr. Schmidt dann auch geschickt die Spiegelmethode von Rogers an. Ich erkannte sie, weil wir in der Schule im Rhetorikkurs mal darüber gesprochen hatten.

Wir nickten, und Silly rief mit ihrem wunderprächtigen Organ: »Ja, wie soll es denn funktionieren? Sagen Sie es uns doch bitte!«

Das eher herbe Gesicht von Frau Dr. Schmidt wurde von einem nachsichtigen Lächeln übersonnt.

»Natürlich sage ich euch, warum es funktioniert. Es funktioniert, weil ich es euch sage.«

Verwirrtes Schweigen.

»Es funktioniert, weil ihr diesen sehr teuren Kurs besucht und alle wollt, dass sich die Ausgabe am Ende gelohnt hat. Und darum werdet ihr das, was ihr bisher in eurem Leben nur verändern wolltet, nun auf meine Anweisung hin tatsächlich verändern.«

Sehr clever, dachte ich und gleichzeitig durchzuckte mich der Schreck, weil wir uns offenbar wirklich blauäugig in die Schuldenfalle begeben hatten, die nun zuschnappte. Wenn Frau Dr. Schmidt schon selbst den Kurs als teuer bezeichnete, dann war er garantiert für Thomas und mich unbezahlbar.

Wieder dachte ich an Alix und bekam einen dicken Hals. Wie konnte sie mich in so eine Sache reinschwatzen, ohne sich zu erkundigen, ob ich mir das überhaupt leisten konnte! Was nützte es mir, dass dieser Kurs total in war, wenn ich bald überall out sein würde, weil ich nicht mal mehr den Eintritt in die Disko bezahlen konnte?

♡ ♡ ♡

»Da brauchst du dann doch nicht mehr hin«, versuchte Melli mich zu trösten. »Wenn die Therapie bei Thomas anschlägt, dann hast du doch alles auf der Couch vorm Fernseher, was du so brauchst.«

Wollte die mich veräppeln?

Ich hatte Melli grade völlig frustriert von der ersten Kursstunde erzählt und fand ihren Kommentar nun alles andere als hilfreich.

»Alix hat vermutlich überhaupt keine Ahnung davon, in was sie mich reingeredet hat!«

»Und? Gibt es keine Möglichkeit, da wieder rauszukommen? Wenn es für euch viel zu teuer ist, wird diese Frau Dr. Schmidt doch sicherlich ein Einsehen haben.« Melli versuchte mich nun doch ernst zu nehmen.

»Sie vielleicht, aber Thomas ist ja total auf die abgefahren. Der will das tatsächlich durchziehen.«

»Ach herrje!« Das schien Melli aber gar nicht zu gefallen.

Mir ehrlich gesagt auch nicht. Klar, wollte ich uns eine Chance geben, aber ich wollte mir weder von einer Frau Dr. Schmidt Binsenweisheiten erzählen lassen, noch mich dafür bis über beide Ohren verschulden. Aber wie es schien, gab es im Moment keinen Weg zurück.

»Ich hätte ein Taschenbuch kaufen und die Sache selbst in die Hand nehmen sollen«, seufzte ich, als Alix reinkam und gut gelaunt fragte: »Na, Paula? Wie war es? Schon erste Erfolge zu verzeichnen?«

Ich musste wirklich an mich halten, um ihr nicht an die Gurgel zu gehen.

»Wie viel Provision kriegt deine seltsame Freundin eigentlich?«, stieß ich wütend hervor.

Alix raffte natürlich nichts. »Provision? Wofür?«

»Na, dass sie Leute zu diesem schweineteuren Paarkurs überredet!«

Ich berichtete von unserer ersten Sitzung und weil Alix natürlich sofort ehrlich bestürzt war, konnte ich ihr nicht mal mehr böse sein.

»Sieh es mal so …«, schloss Melli das leidige Thema dann schließlich ab. »Du wolltest Thomas eine Chance geben, und das hast du jetzt getan. Wenn er sich da wohlfühlt, ist das doch die beste Voraussetzung dafür, dass ihr beide wirklich etwas von diesem Kurs habt. Und ich finde, dafür lohnt sich eine etwas höhere Ausgabe schon. Jedenfalls fände ich es wesentlich schlimmer, wenn ihr einen dieser unzähligen Kurse besuchen würdet, die zwar billig sind, aber nichts bringen. Das Geld wäre dann wirklich rausgeworfen.«

Ich sagte nichts mehr, denn auch ich wollte das Thema nun beenden. Bei mir dachte ich aber, dass Thomas' Begeisterung für Frau Dr. Schmidt ja nun auch noch keine Erfolgsgarantie war. Aber ich riss mich am Riemen und versuchte, wenigstens schon mal eine meiner Hausaufgaben zu machen und positiv zu denken.

Wird schon, dachte ich also. Wird schon werden.

Den Tipp mit dem positiven Denken und dem aktiven Angreifen von Problemen konnte ich auch gleich noch an anderer Stelle einsetzen. Ich musste nämlich meiner Mutter schonend beibringen, dass ich eine berufliche Neuorientierung wagen wollte und demnächst ihren Frisiersalon verlassen würde, um am Staatstheater zu arbeiten – in welcher Funktion auch immer.

Um sie milde zu stimmen, hatte ich mir vorgenommen, sie in die WG einzuladen und ihr was Leckeres zu kochen. Es war wirklich mal an der Zeit, das Kriegsbeil zwischen uns zu begraben, und was konnte diesen Akt besser einleiten, als ein Besuch bei mir. Wenn ich ihr die Tür so bereitwillig öffnete, würde sie sie mir wohl kaum ins Gesicht schlagen können.

Tat sie aber doch.

»Ich habe wirklich kein Interesse daran, dich auch noch in dieser Wohngemeinschaft zu besuchen. Ich habe gestern Thomas getroffen, und er hat mir gesagt, dass ihr nun doch bald heiraten werdet. Ich denke, dann ziehst du sowieso mit ihm zusammen, also ist diese Idee von dir, mit deinen Freundinnen zusammenleben zu wollen, ja nun Gott sei Dank nur eine Episode, die bald vorbei ist.«

Na, das wüsste ich aber, dachte ich und war äußerst wütend auf Thomas. Wie konnte er so etwas behaupten, wo doch keineswegs sicher war, ob der Kurs wirklich etwas brachte? Egal, das war jetzt aber nicht das Thema.

»Ich muss aber mal in Ruhe etwas mit dir besprechen«, sagte ich also zu meiner Mutter.

Ich hätte sie ja zum Italiener eingeladen, aber im Moment fehlte mir dazu echt das Geld. Hm, wenn ich nur einen Cappuccino trank?

»Äh, wollen wir vielleicht zum Italiener gehen?«, schlug ich also doch vor.

Da meine Mutter geradezu süchtig nach italienischem Essen war, konnte sie da einfach nicht Nein sagen. Also stieg ich nach Geschäftsschluss zu ihr ins Auto, und wir fuhren ins *Capriccio*. Und weil sie richtig tafeln wollte mit Vorspeise, Pasta und Hauptgericht und natürlich gutem Wein, musste ich auch etwas essen. Wenigstens konnte ich mich mit meiner Diät herausreden und beließ es bei einem Salat und einem Wasser. Durch meinen Auszug von zu Hause schien meine Mutter aber geradezu in ein kommunikatives Loch gefallen zu sein, denn ich kam den ganzen Abend kaum zu Wort und somit bis zur Nachspeise gar nicht dazu, mein Anliegen loszuwerden.

»Und Paula, ehe ich es vergesse, wir haben in drei Wochen wieder das Schaufrisieren um die goldene Schere der Innung. Ich zähle dabei auf dich. Kann eine von deinen Freundinnen vielleicht wieder dein Model sein?«

Ach je! Das nicht auch noch! Das hatte ich ja total vergessen.

Ich rechnete fieberhaft. Drei Wochen, drei Wochen … hm, das könnte noch hinhauen. Im Theater würde es erst im nächsten Monat losgehen, wenn ich mich für den Job bei Frau von Raven entschied. Nahm ich allerdings meine Chance als Sängerin wahr, hatte ich noch etwas mehr Zeit, meiner Mutter schonend beizubringen, dass ich bei ihr ausstieg.

Also atmete ich einmal tief ein und sagte: »Ich könnte Alix fragen. Die hat es doch bei meiner Gesellenprüfung schon so toll gemacht.«

Meine Mutter schien zufrieden, trank noch einen Espresso und ließ die Rechnung kommen.

»Ich lade dich ein«, sagte sie großzügig, und ich hätte mich in den Hintern beißen können, dass ich nicht mehr gegessen hatte.

Aber getreu dem Motto von Frau Dr. Schmidt stand ich diesmal zu meinen Gefühlen und reagierte auch schnell.

»Äh, kann ich vielleicht noch ein Eis haben?«, fragte ich ganz gegen meine sonstige Natur.

Meine Mutter sah mich zwar etwas seltsam an, ließ dann aber noch mal die Eiskarte bringen.

»Ach, weißt du«, sagte sie dann plötzlich ganz locker, »ich nehme auch noch ein Tartufo. Ich finde es gut, dass wir mal etwas Zeit hatten, uns auszusprechen.«

Ich bestellte den größten und teuersten Eisbecher, den es auf der Karte gab, und schlemmte ihn in mich rein. Dabei freute ich mich darüber, dass meine Mutter offenbar mit dem Abend zufrieden war. Allerdings war das Gespräch sehr einseitig verlaufen, und ich hatte mein eigentliches Anliegen nicht anbringen können. Sollte ich jetzt noch? Im Grunde war das Klima doch nun ganz günstig.

Also sagte ich, direkt und undiplomatisch: »Was ich übrigens noch sagen wollte ... Ich, äh, habe mich beim Staatstheater als Friseurin beworben ...«

Ich hätte auch sagen können, dass ich mir eine Bombe besorgt hätte und beabsichtigte, sie im Frisiersalon meiner Mutter hochgehen zu lassen. Die Wirkung jedenfalls wäre wohl keine andere gewesen. Meine Mutter starrte mich erst ungläubig an, und als ich dann auch noch sagte: »... ähm, ja, und die wollen mich auch nehmen ...«, bekam sie einen total roten Kopf und war kurz vorm Überkochen.

»Und das bekomme ich mal eben so beiläufig zwischen zwei Eisbechern serviert? Aber gut, ich halte dich nicht!«, schnaubte sie, sprang auf, raffte ihre Sachen zusammen und verließ ohne ein weiteres Wort das Restaurant.

Die Situation war in zweifacher Hinsicht tragisch. Zum einen wusste ich nicht, ob sie mich nun rausgeworfen hatte, und zum anderen war mir unklar, wovon ich das superteure Eis bezahlen sollte.

»Kann ich ein bisschen Geschirr bei euch abwaschen, Paolo?«, machte ich den Kellner auf meine klamme Situation aufmerksam. »Meine Mutter wollte mich eigentlich einladen.«

»Ein bisschen sauer, die Frau Mama?«, sagte er grinsend. »Ich frage Chef wegen Anschreiben, si?«

»Das wäre wirklich nett«, sagte ich und überlegte, ob ich meinem Vater mal einen Besuch abstatten sollte, um ihn anzupumpen. »Ich bringe das Geld morgen Abend vorbei.«

Aber leider kam Paolo mit betrübter Miene zurück und schüttelte den Kopf. »Ich leider kann nix machen«, sagte er und schien wirklich ehrlich deprimiert. »Ist Geschäftsprinzip von Principale, nix anschreiben.«

Ich nickte. »Okay, ich rufe meine Freundin an«, sagte ich und griff auch gleich zum Handy. Aber leider war Melli im Irish Pub unabkömmlich, und Alix hatte ihr Handy ausgeschaltet. Vermutlich teilte sie mal wieder mit Jean-Paul das Lotterbett. Es blieb mir also nichts anderes übrig, als Thomas anzurufen, und der zickte auch noch rum.

»Ich bin grade im Vereinsheim und habe gar keinen Bock auf Italiener. Stell dir vor, wir haben gewonnen!«

Ob ich nicht doch abwaschen konnte, überlegte ich einen kurzen frustrierten Moment. Dann beendete ich das Gespräch und rief meinen Vater an. Wenigstens war meine Mutter noch nicht zu Hause, und er war daher ganz unvoreingenommen.

»Du, Papa, es ist mir ja schrecklich peinlich, aber ich habe meine Geldbörse vergessen und sitze jetzt beim Italiener und kann nicht zahlen. Könntest du, äh, mich vielleicht auslösen, bevor, äh, die Mafia mich mit einem Betonblock an den Füßen in den Schwanenspiegel schmeißt?«

Das fand mein Vater ja nun richtig witzig. Jedenfalls lachte er ziemlich laut und versprach, mich umgehend aus meiner misslichen Situation zu befreien. Ich konnte nur hoffen, dass er nicht wie sonst üblich den ganzen Abend an der Bierflasche gehangen hatte und noch fahrtüchtig war.

Gut, das war er dann objektiv betrachtet nicht, aber er war in keine Polizeikontrolle geraten und hatte genügend Geld dabei, um das Essen zu bezahlen. Weil ich ihn in seinem Zustand aber nicht mehr fahren lassen konnte, setzte ich mich also hinter das Steuer und brachte ihn nach Hause. Und da ich nun schon mal ganz in der Nähe vom Irish Pub war, beschloss ich, noch mal reinzuschauen und zu warten, bis Melli Feierabend machte.

Sie freute sich sehr, mich zu sehen, gab mir ein halbes Pint Guinness aus und deutete gleich wieder auf einen der hinteren Tische im Lokal.

»Du, der Typ ist jetzt jeden Abend hier. Ich finde, du solltest den mal anquatschen. Vielleicht ist der ja 'ne gute Alternative zu einer teuren Paartherapie, bei der am Ende vielleicht doch nichts rauskommt!«

Ich schaute verstohlen zu dem Typ rüber, und genau in dem Moment blickte er von seinem Bier auf und sah mir direkt in die Augen. Er lächelte, und vor lauter Überraschung lächelte ich zurück.

Als ich später mit Melli durch die nächtliche Innenstadt nach Hause ging, kam sie noch mal auf den Typen zurück.

»Ich wette, der will auch gerne mal Karaoke singen und traut sich nur nicht. Willst du ihn nicht mal ansprechen und zu einem Duett einladen? Vielleicht platzt dann bei ihm der Knoten.«

»Niemals«, wehrte ich ihren Vorschlag sogleich ab.

Wo kamen wir denn dahin? Ich lud doch nicht einfach fremde Männer ein, mit mir zu singen. Wie sah das denn aus?

»Der würde das sowieso nicht machen.«

»Würde er bestimmt!«

»Würde er nicht!«

»Würde er doch!«

»Auf keinen Fall!«

»Wollen wir wetten?« Melli griente diabolisch, und ich wusste genau, dass ich jetzt am besten aufhörte mit dem Spielchen, aber stattdessen fragte ich: »Um was?«

»Um das kleine Bild von mir mit dem Sonnenuntergang, das dir so gut gefällt.«

Hm, das war ein echt verlockendes Angebot, denn ich versuchte es Melli schon seit Wochen abzuschwatzen.

»Okay«, sagte ich also. »Aber er wird es nicht tun!«

»Wird er natürlich. Aber, wenn du dich traust, kriegst du das Bild – egal, ob er ablehnt oder annimmt. Okay?«

Meine letzte Bastion stürzte ein, und ich stimmte endgültig zu.

♡ ♡ ♡

Er machte es!

Ich war beim nächsten Karaokeabend nach zwei Pints Guinness mit steifem Schaum ziemlich locker geworden und bereit, meine Wette mit Melli einzulösen. Das Sonnenuntergangsbild hatte es mir wirklich angetan, und ich hatte auch schon einen schönen Platz dafür in meinem Zimmer ausgeguckt. Also gab ich mir einen Ruck und sprach ihn tatsächlich an. Und was tat der Typ nach meiner Aufforderung, doch mal ein Duett mit mir zu singen? Er stand doch tatsächlich auf und kam zur Bühne rüber. Der war ja wohl durchgeknallt!

Also, nachdem der nun schon drei oder sogar vier Wochen an den Karaokeabenden hier auflief und immer nur zugeschaut hatte, war damit ja nun wirklich nicht zu rechnen gewesen. Die Wette hatte ich also schon mal verloren. Ich schaute den Typ etwas finster an. Ich wette ja selten, aber wenn ich es schon tat, wollte ich wenigstens gewinnen. Wie kam der Fuzzi dazu, mir alles zu vermasseln!

»Das willst du doch nicht wirklich machen?«, fragte ich daher reichlich unfreundlich, als er bei mir auf der Bühne ankam.

»Klar, wo du mich doch so nett gebeten hast.«

Er grinste breit und sah eigentlich ganz gut aus mit Jeans, dunkelblauem Pullover und Hemd darunter. Nur in seinen Haaren waren mindestens zwei Tuben Gel zu viel drin! Na gut, konnte mir ja egal sein, Hauptsache das Sonnenuntergangsbild war mein!

»Und was singen wir?«, fragte er.

Huch! Darüber hatte ich noch gar nicht nachgedacht, weil ich ja im Traum nicht geglaubt hätte, dass er es wirklich bringen würde. Wie außerordentlich peinlich! Ich kannte mehrere Dutzend Karaokesongs, aber welche Duette auf der Maschine sein könnten, fiel mir im Moment nicht ein. Nur mein Deo schoss mir durch den Kopf, denn mir brach am ganzen Körper der Schweiß aus. Hoffentlich hielt es, was die Werbung versprach!

Der Typ sah mich fragend und ein wenig irritiert aus dunkelgrauen Augen an.

Irre, so was hatte ich ja noch nie gesehen. Und dann diese langen Wimpern! Die wären bei mir viel besser aufgehoben. Da war dem lieben Gott bei unserer Grundausstattung wohl ein Fehler unterlaufen. Der verschwendete doch sonst keine Frauenwimpern an Typen. Lachhaft!

Trotzdem – wie der jetzt so in voller Größe vor mir stand, schlank und ziemlich gut proportioniert … Meine Güte! Noch mehr Schweiß strömte aus. Wenn der jetzt auf Schnüffelnähe rankam, fiel er sowieso in Ohnmacht und das Duett aus. Da musste ich mir wirklich nicht mehr unnötig Gedanken über einen Titel machen.

Das hatte ohnehin schon jemand anders für mich getan, denn es ertönten bereits die ersten Takte von *Something stupid* und der Text sprang ein.

Das war jetzt aber gar nicht witzig! Konnten wir nicht was von *Abba* oder so singen? Von mir aus auch sämtlichen Ballermannfrohsinn rauf und runter, aber doch nicht *das*! Damit blamierten wir uns doch tierisch.

Ich schaute wütend zur Karaokemaschine rüber. Na, klar! Da hatte Melli mal wieder ihre Finger im Spiel gehabt. Ich sah gerade noch, wie sie Pat verschwörerisch zulächelte und dann hinter den Tresen abtauchte, bevor ich ihr das Mikro ins Kreuz werfen konnte.

»Was soll ich machen?«, flüsterte mir der Typ zu.

Häh? Hatte der echt noch nie Karaoke gesungen?

Ich zeigte auf den Bildschirm. »Da! Den Text musst du singen.« Und belehrend fügte ich hinzu: »Am besten mit der richtigen Melodie. Den Song kennst du doch, oder?«

Er grinste frech. »Bin ja nicht vom Mond.«

»Na, dann mach auch«, schob ich ihn an. »Da kommt dein Einsatz!«

Ich hielt ihm das Mikro hin, und er machte tatsächlich den Mund auf, hing aber sofort ein paar Takte hinterher.

Mist, wenn das so weiterging, lief der ganze Song schief. Jetzt kam er auch noch mit dem Text ins Schleudern. Diese Anfänger! Grundgütiger, was starrte er denn so verkniffen auf den Schirm? War er kurzsichtig?

»Brauchst du eine Brille?«, zischte ich ihm nach dem nächsten Textpatzer zu. Er bekam rote Ohren. Das war mir schon öfters bei Kerlen aufgefallen, dass denen die Hitze nicht in die Wangen, sondern in die Ohren stieg. Seine Löffel standen ein bisschen ab, da fiel das natürlich besonders auf.

Er sang ziemlich zögerlich und leise. Feigling!

»I know I stand in line until you think you have the time to spend an evening with me«, jammerte er mehr, als dass er sang.

Das musste aber besser werden. So würden wir keinen Stich kriegen an diesem Abend, schließlich war die Konkurrenz stark, und wenn ich schon die Wette gegen Melli verloren hatte, dann wollte ich wenigstens heute Abend hier als Sieger vom Platz gehen. Also, du Robbie-Frankie-Boy-Verschnitt, dachte ich, komm mal in die Hufe! Fast hätte ich darüber meinen eigenen Einsatz verpennt.

»Then afterwards we drop into a quiet little place and have a drink or two.«

Na bitte, ging doch. Mit meiner Unterstützung kriegte der ja richtig den Mund auf und volle Töne aus der Kehle! Warum nur glotzte er mich denn so an?

»And than I go and spoil it all by saying something stupid like I love you!«

Das hatte er jetzt aber mal richtig mit Gefühl gesungen. Überhaupt schien ganz plötzlich der Knoten bei ihm geplatzt zu sein. Er fand sichtlich Gefallen an der Sache und wurde zusehends lockerer. Ja, er fing an, eine richtige Show aus unserem Auftritt zu machen. Seine Stimme war auch gar nicht mal schlecht und wo er nun nicht mehr so verklemmt war, traf er auch immer öfter die Töne. Die Stellen, wo er klang wie ein Eichkater, dem man auf den Schwanz gelatscht war, wurden sichtlich weniger. Aber am besten war immer noch, dass er mich anschmachtete, als wäre er Robbie Williams und ich Nicole Kidman!

Die geilste Szene war dann, als er dicht zu mir trat und mich bei den Worten »*your perfume fills my head*« wie ein rolliger Rüde abschnüffelte. Klar, gab das Sonderapplaus, und ich flehte innerlich: Bitte, liebe Deofee, beschütze mich noch ein bisschen!

Als dann bei *»oh the night's so blue«* auch noch jemand das blaue Bühnenlicht anwarf, standen wir mit beiden Beinen im Schmalztopf.

Was für ein Duett! Was für ein Applaus! Was für ein peinlicher Auftritt! Mit Melli war ich durch! Zornschnaubend ließ ich nach dem letzten Takt den Typ mit sabbernden Lippen auf der Bühne stehen, um mit ihr ein Wörtchen zu reden. Aber Alix, die immer noch wie alle anderen applaudierte, zog mich an ihren Tisch, an dem der Typ wenig später natürlich auch auflief.

Er war genauso begeistert wie Alix, und so blieb mir schließlich nichts anderes übrig, als ein drittes Guinness zu trinken und mich vom allgemeinen Frohsinn anstecken zu lassen. Das fiel mir mit einer größeren Dosis Bier im Bauch erheblich leichter. Wenn es so weiterging, wurde ich doch noch zur Alkoholikerin! Na ja, ab und zu musste auch eine Frau mal über die Stränge schlagen dürfen!

Alix warf sich sofort auf meinen Sangespartner. Klar, dass sie den Fisch nun nicht mehr von der Angel lassen wollte, und machte uns erst mal bekannt – frei nach dem Motto: Willst du einen Fisch zähmen, nenn ihn beim Namen!

Der Typ hieß Karlos.

»Mit K!«

Holla?

»Mein Vater konnte sich zwischen Karl dem Großen und Don Carlos als Namensgeber nicht entscheiden.«

»Und deine Mutter?«, fragte ich verblüfft. »Hatte die auch mitzureden?«

»Klar, die hat die glorreiche Idee mit dem K ja gehabt.«

»Dann hat dein Vater ja sicherlich große Erwartungen, was deine Zukunft betrifft«, meinte Alix augenzwinkernd. »Aber eins sage ich dir: So ein Platz in der Königsgruft will verdient sein!«

»Das stimmt«, sagte Karlos und sah mich mit einem irgendwie erotischen Blick an. »Karaokesingen bringt mich da vermutlich nicht wirklich weiter. Es sei denn, das Publikum erschlägt mich mit den falschen Tönen, die ich produziert habe! Dann hätte ich wenigstens das mit der Gruft schon mal erreicht!«

Alix kicherte und auch aus meiner Kehle gurgelte ein glucksendes Braunbierlachen!

»Hat es dir denn, äh, Spaß gemacht?«, fragte ich, von seinem Blick immer noch mächtig verwirrt.

»Sagen wir mal so, *du* hast mir Spaß gemacht.«

Ach herrje, wieder so ein Sülzkopf! Gab es eigentlich keine gut aussehenden Männer in meinem Alter, die nicht so ein Süßholz raspelten, wenn sie mit einer Frau ins Bett wollten? Denn dass der Typ mich bereits mit seinen Blicken auszog, war nun wirklich nicht mehr zu übersehen.

Er hatte wohl selbst gemerkt, dass sein Spruch nicht so ganz gut kam, denn er meinte entschuldigend: »Klingt vielleicht nicht so originell, entspricht aber der Wahrheit.« In leisem Singsang setzte er hinzu: *»For me it's true and never seemd so right before.«*

Liebes bisschen! Entweder war er ein gewiefter Frauenverführer oder wirklich total ehrlich. Hm, wenn Letzteres zutraf und wir ihn wirklich am Haken hatten ...

Och nee, da wollte ich mir jetzt lieber keine Gedanken drüber machen. Der würde schon noch innerhalb der nächsten zehn Minuten merken, dass er nicht wirklich Interesse an einer pummeligen Frau von ein Meter sechsundfünfzig hatte. Merkte er aber irgendwie nicht und er hockte immer noch an unserem Tisch, den Melli in regelmäßigen Abständen mit frischen Pints versorgte, als Pat um Mitternacht die Sieger des Karaokeabends ausrief.

»*Nein*!«, kreischten wir beide wie aus einem Mund und stürmten gemeinsam nach vorne, um die Flasche Sekt für unseren Sieg von Pat in Empfang zu nehmen. Wie verrückt war denn das!

Natürlich wurde die Flasche gleich geöffnet. Der Korken knallte effektvoll an die Decke, und Melli, Alix und ich stießen mit Karlos und Pat an.

»Könnt ruhig öfter mal zusammen singen«, lud Pat Karlos und mich ein.

Klar, Solisten gab es reichlich, Duette fast gar nicht, wenn man mal von der Mitte-Rechts-Koalition des FDP-Stadtrats und der CDU-Stadträtin absah, die hin und wieder mit dem Liedgut des Musikantenstadls den Pub unsicher machten!

»Würdest du das tun?«, fragte ich, allerdings ohne große Hoffnung.

Schließlich hatte ich ihn ja heute mehr oder weniger überrumpelt, und so wie er aussah, pflegte er bestimmt stilvollere Hobbys: Tennis, Golfen, Segeln ... Alles dem Herrn Papa zuliebe und ganz bestimmt im jeweils dazugehörenden Club!

Das hatte ich doch jetzt nicht laut gedacht? Offenbar ja – dummer Alkohol. Das war mir nun echt peinlich. Aber Karlos grinste nur total sexy.

Hilfe, für diesen Blick brauchte der Typ aber dringend einen Waffenschein!

Und während er mir weiter tief in die Augen sah, meinte er gelassen: »Mein alter Herr hat keine Ansprüche mehr zu stellen. Ihm zuliebe bin ich Banker geworden. Meine Hobbys suche ich mir selbst aus.«

»Und Karaoke ist ein Hobby von dir?«

Ich glaubte es ja nicht. So sah der wirklich nicht aus.

Er sah mich total ernst an. »Klar doch!« Pause. Pause. »Seit heute!«

Allseitiges Gelächter. Gott, war der süß!

»Werde beim Golfen dafür dann allerdings etwas kürzertreten müssen.«

Ich schielte von der Seite zu ihm rüber. Was war das prickelnd! Da hatte ich ja offenbar einen richtigen Goldfisch an der Angel! Das gab es ja wohl gar nicht! Jetzt musste der nur noch ein schickes Apartment sein Eigen nennen und mich dahin einladen und dann ...

Tat er leider nicht, obwohl ich nach Guinness und Sekt und einem *Basket of chips* grade die nötige Bettschwere hatte und mich gerne nach einem kleinen erotischen Nachtgebet neben ihm zur Ruhe gelegt hätte.

Ich stupste ihn mal kurz auf meine Bedürfnisse und malte ihm Fisches Nachtgesang von Christian Morgenstern auf den Bierdeckel.

»Na, wie wäre es? Auch Lust auf Nachtgesang?«

Irgendwie verstand er mich falsch. Auf Bett kam er jedenfalls irgendwie nicht. Aber als Alix mal kurz für kleine Mädchen war, fragte er, ob wir uns am nächsten Karaokeabend im Irish Pub wiedersehen würden. So von wegen Gesang vermutlich.

»Das liegt bei dir«, sagte ich ein bisschen angesäuert, weil er nicht zur Sache kam. »Ich bin immer hier.«

Doch plötzlich konnte ich den Gedanken leider nicht mehr ganz verdrängen, dass ich nun grade mit Thomas dieses hochinteressante Partnertraining begonnen hatte und es wirklich nicht angebracht war, auch noch fremdzuküssen oder gar ... bla bla bla!

Er hob das Glas. »Na dann, auf gute Zusammenarbeit.« Und seinem Namen alle Ehre machend, zitierte er: »Arm in Arm mit dir, so fordre ich mein Jahrhundert in die Schranken!«

»Der Pub wird erst mal reichen!«, sagte ich grinsend.

Aus einem unerfindlichen Grund fing er dann an, gesteigertes Interesse an meiner Person zu entwickeln und mich über meinen Background auszufragen. Ich hielt nach Alix Ausschau und hoffte inständig, dass sie nicht an Verstopfung litt! Besonders als Karlos sich irgendwie darauf zu versteifen schien, dass ich Studentin wäre.

Sah ich so aus? Wenn ich das jetzt richtigstellte, würde er bestimmt wissen wollen, welchen Job ich hatte. Warum war es mir plötzlich peinlich, dass ich Friseurin war? Weil jemand wie er bestimmt nicht auf Friseurinnen abfuhr? Natürlich konnte man das keinem Menschen wirklich ansehen und es war nur wieder eine meiner dummen Befürchtungen ... Aber wenn ich schnell Mellis Rat folgend den Realitätscheck machte, dann schien es mir doch verdammt realistisch zu sein, dass er kein Friseurinnentyp war. Banker und Golfer! Nee, der war ein Chefsekretärinnen- oder so grade noch Studentin-im-höheren-Semester-Typ. BWL oder Jura vermutlich.

»Und was, sagtest du, studierst du?«, fragte er auch prompt.

Ich schreckte aus meinen Gedanken.

»Äh, sagte ich, dass ich studiere?«, stotterte ich.

Er sah mich erstaunt an. »Nicht?«

»Do... do... doch ...«

»Und was? Oder ist es ein Geheimnis?«

»Nein ... äh ... ist es nicht ...«

»Was denn nun?«

Und weil mir nichts anderes einfiel, stieß ich völlig von Sinnen hervor: »Jura, sechstes Semester!«

Es machte klick, und die Falle schnappte zu.

War ich denn bescheuert? Ich brauchte echt eine Therapie, aber von einem wirklichen Profi! Dr. Dr. habil. mit mindestens zwanzig Jahren Berufserfahrung in einer geschlossenen Anstalt!

»Und? Ist der was?«, fragte Melli erwartungsvoll, als wir gemeinsam durch die nächtliche Stadt zur Jägerstraße pilgerten. Drei Göttinnen der Jagd nach getaner Arbeit, rechtschaffen müde und leicht angeschickert!

I'm still, I'm still Jenny from the Block …

Ich zuckte die Schultern. »Keinen Dunst.«

»Er hat sich nicht mir dir verabredet?« Sie klang ehrlich enttäuscht. »Eigentlich hatte ich ja erwartet, dass er dich gleich abschleppt, und nun nicht mal eine Verabredung?«

Das sah ich einerseits ähnlich kritisch, andererseits war ich aber beim Gedanken an Thomas ganz froh darüber. Denn schließlich bestand ja immer noch die Möglichkeit, dass das Programm von Frau Dr. Schmidt Erfolg hatte. Und so war es unfair, wenn nicht sogar Geldverschwendung, zu diesem Zeitpunkt etwas mit einem anderen Typ anzufangen. Allerdings …

»Er meinte, wir sollten jetzt öfters im Duett singen beim Karaoke.«

Melli fing ganz plötzlich an, den Bürgersteig rauf- und runterzuhüpfen, dabei quiekte sie: »Triumph, Triumph! Er zappelt am Haken!«

»Sah mir nicht so aus«, dämpfte ich ihren Enthusiasmus.

»Aber klar doch!« Alix empfand das genau wie Melli. Dennoch …

»Der überlegt sich das bestimmt noch. Ich wette, der taucht nie wieder auf. Für den war das mal ein Spaß, das ist aber auch alles. Ihr glaubt doch nicht, dass ein

Typ wie der auf solche vollschlanken Pygmäen wie mich steht!«

»Du spinnst!«, sagte Alix darauf ziemlich brüsk.

Wir waren inzwischen vor unserem Haus angekommen, und sie schloss die Tür auf.

»Der ist bestimmt total anspruchsvoll«, quengelte ich im Treppenhaus weiter. »Ich weiß wirklich nicht, was der an mir finden sollte. Außerdem waren wir alle nicht mehr nüchtern ...«

»Ist gut, Paula«, mischte sich Melli nun ein und schob mich in die Wohnung. »Karlos ist bestimmt ein ganz Abartiger, der nur auf potthässliche Weiber steht! Bei dem bist du also hundertpro richtig!«

In diesem Augenblick hasste ich ihre Art von Humor!

♡ ♡ ♡

Ausnahmezustand

»Was machst du da?«, wollte Thomas wissen, als wir am nächsten Nachmittag in seinem alten Opel zur Selbsthilfegruppe fuhren. Früher fand ich das Auto ja mal cool, aber inzwischen ... *Jeder Popel fährt 'nen Opel.* Ein wirklich cooles Image hatte er ja nicht. Da war Mellis Vespa echt stylisher! Ich seufzte und blätterte weiter in dem Buch, das ich las.

»Ich studiere Jura.«

»Häh?« Thomas stieg mal kurz und unmotiviert auf die Bremse.

»Äh, ich meine, ich lese das BGB.«

»Aha. Sattelst du um?«

Ich musste innerlich grinsen und vor meinem geistigen Auge wechselte ich im Galopp die Gäule. Vom Ackergaul Thomas auf den edlen Araber Karlos.

»Ja, so ungefähr.«

»Das ist aber nicht grade einfach«, sagte er und meinte die Rechtswissenschaft.

»Stimmt.« Ich nickte und meinte den Partnertausch.

Einfach war es wirklich nicht. Sowohl die Juristin zu mimen als auch zu testen, ob Karlos vielleicht mein Mr. Lover Lover werden könnte. Das Dumme war: Der Typ sah nicht übel aus, hatte Geld am Hacken und schien sich tatsächlich in mich verknallt zu haben. Leider wirkte er nicht unintelligent, was zur Folge hatte, dass ich höllisch aufpassen musste, damit mein Jura-Studentinnen-Image auch glaubwürdig rüberkam. Im sechsten Semester musste man da schon einiges draufhaben.

Er kam tatsächlich zum nächsten Karaokeabend und sang auch mit mir. Diesmal zur allgemeinen Gaudi *Schön ist es auf der Welt zu sein, sprach die Biene zu dem Stachelschwein.* Womit wir natürlich wieder den Siegersekt abräumten.

Er war total happy und relaxed, und man sah ihm an, dass es seiner Mentalität entsprach, zu den Siegern zu gehören. Bei mir war die Freude zwar auch groß, aber sie war ständig überschattet von der Sorge, dass meine Studentinnenlüge auffliegen könnte. Ich hatte es nicht über mich gebracht, Alix und Melli diese Dummheit zu gestehen, und so war die Wahrscheinlichkeit nicht gering, dass eine von ihnen unabsichtlich auf ein Haarthema zu sprechen kam und mich als Friseurin outete. Grundgütiger, ich würde auf der Stelle tot umfallen!

Damit das nicht geschah, drängte ich Karlos, nach der Proklamation der Sieger schnellstens die Location zu wechseln. Alix und Melli sahen es mit Missfallen. Aber da Melli ja ihren Arbeitsplatz nicht verlassen konnte und Alix sich offenbar schon ein erotisches Abenteuer zwischen Karlos und mir ausmalte, dem sie natürlich nicht im Wege stehen wollte, schafften wir tatsächlich relativ problemlos den Abgang.

Er schleppte mich ausgerechnet ins *Gerberstübchen*, wo ich bei jenem denkwürdigen Junggesellenabschied Thomas kennengelernt hatte. Das war mir unangenehm, aber andererseits war es vielleicht ein gutes Omen. Immerhin hatte ja die Beziehung zu Thomas fünf Jahre gehalten. Das gab doch in Bezug auf Karlos Anlass zu den schönsten Hoffnungen.

Halt, stopp! So weit waren wir ja nun doch noch nicht und da war ja auch noch Thomas, der sich in unserer Therapiegruppe wirklich rechtschaffen abrackerte, um unsere Beziehung wieder in Schwung zu bringen.

Ich seufzte und nippte an meinem Bacardi Breezer.

»Ist ein hartes Studium, Jura«, deutete Karlos meinen Seufzer mal wieder ganz falsch. »Aber mein Vater kann dir sicherlich etwas unter die Arme greifen.«

Wie bitte? Was ging denn mit ihm? Ich ließ mir von niemandem unter die Arme greifen ... Ups, hatte ich überhaupt die Achseln rasiert? Natürlich hatte er es nicht wörtlich gemeint.

»Mein Vater ist Prof für Öffentliches Recht«, fügte er zudem erklärend hinzu.

Nein, nicht wirklich? Schicksal, das ist jetzt aber alles andere als fair!

»Wenn der hört, dass du Jura studierst, hast du bei dem ein Heimspiel.«

Das glaubte ich eher weniger. Ich jedenfalls würde wohl kaum den Goalgetter abgeben. Öffentliches Recht? Was war das überhaupt? War nicht alles Recht öffentlich?

»Äh, ja, schön«, heuchelte ich Freude. »Aber ich möchte ja eher Jugendrichterin werden ...«

Immerhin hatte ich ja genügend Vorlesungen bei Fernsehrichterin Ruth Herz gehört! Ehrlich gesagt, waren meine Kenntnisse aus den Gerichtssendungen auch das Einzige, womit ich auf juristischem Gebiet punkten konnte.

»Wirklich?« Karlos sah mich erstaunt an. »Damit machst du aber nicht viel Kohle. Und dann diese schrecklichen asozialen Jugendlichen! Mit denen willst du dich doch nicht wirklich herumärgern?«

Hm, Jugendrichterin hatte in seinen Augen wohl nicht so ein besonders gutes Image. Da hätte ich ja auch gleich Friseurin sagen können. Sollte ich die Gelegenheit ergreifen und beichten? Aber ehe der Entschluss wirklich reifen konnte, kam mir irgendwie spontan dieser niedliche Anwalt mit den Löckchen in den Sinn, der sich beim Familiengericht immer so herrlich aufregte. Vielleicht stand Familienrecht bei Karlos höher im Kurs?

»Ja, das habe ich auch schon überlegt«, pflichtete ich ihm bei. »Eventuell spezialisiere ich mich doch eher auf Familienrecht.«

Das gefiel ihm aber auch nicht.

»Noch schlimmer«, sagte er und wurde in seinem Eifer, mir das auszureden, direkt ein bisschen laut. »Immer nur Ehestreitigkeiten, Scheidungen, Unterhaltsklagen, Erbauseinandersetzungen …« Er sah mir tief in die Augen. »Dafür bist du gar nicht der Mensch!«

So? War ich nicht? Hielt er mich für ein Weichei? Ich fand Familienrecht jedenfalls sehr brauchbar. Kam doch jeder mal in die Situation sich zu trennen oder was zu erben. Er doch auf jeden Fall! Warum wollte er mich das denn nicht studieren lassen?

»Was ist dein Problem mit dem Familienrecht?«, fragte ich also.

»Nichts, kein Problem! Außer dass ich finde, dass du für so was viel zu gut bist.«

Ich spürte, wie meine Wangen zu glühen begannen.

»Du … du kennst mich doch gar nicht, Karlos!«, rutschte es mir verstört heraus.

»Doch«, sagte er, gar nicht von sich überzeugt. »Ich kenne dich besser, als du denkst. Ich habe dich lange genug im Irish Pub beobachtet.«

Nein, der sagte doch nicht grade wirklich, dass er all die Wochen meinetwegen in den Pub gekommen war? Ich musste einen Hörsturz haben!

»Ich habe dich als eine Frau mit Stil, Charme und einer tollen Stimme und Ausstrahlung erlebt. Du brauchst eine andere Bühne als einen muffigen kleinen Gerichtssaal für Familienangelegenheiten!«

Ich blickte mich irritiert um. Zu wem sprach er eigentlich? Mich konnte er ja wohl kaum gemeint haben. Hatte er aber wohl doch, denn er schloss seinen enthusiastischen Lobgesang mit den Worten: »Wundere dich also nicht, dass ich mich in dich verliebt habe.«

Eine Ohrfeige hätte nicht lauter in meinem Ohr knallen können. Fang mich jemand auf, dachte ich noch, dann kippte ich vom Barhocker und sank ihm ohnmächtig vor die Füße. Das war ja auch wirklich etwas zu viel auf einmal. Erst kürzlich der Heiratsantrag von Thomas und jetzt eine Liebeserklärung von Karlos. Keinen Schimmer, wie ich damit nun umgehen sollte.

Die Welt ist völlig verrückt geworden, dachte ich noch, dann wurde es schwarz um mich.

Dabei musste ich gar nicht so schwarzsehen. Karlos hatte mich natürlich mit seinen starken Armen aufgefangen und auch ganz fürsorglich in seinem Cabrio nach Hause gefahren. Nicht mal Ansprüche noch mit reinzukommen stellte er. Er wollte nur sichergehen, dass sich auch jemand oben in der Wohnung um mich kümmern würde. Als er mich also bei Alix abgegeben hatte, ging er gleich wieder, aber nicht ohne mich zu einem Picknick eingeladen zu haben.

Ich konnte das genauso wenig wie alles andere fassen und wäre gleich wieder in Ohnmacht gefallen, wenn Alix mich nicht sofort mit neugierigen Fragen bedrängt und auf den Boden der Realität zurückgeholt hätte.

Sie fand zudem überhaupt nichts Ungewöhnliches an Karlos' Verhalten und forderte mich auf, endlich mal zu mir zu stehen und der Tatsache ins Auge zu sehen, dass es bestimmte Typen von Männern gab, die auch auf kleine, vollschlanke Frauen standen.

»Besonders, wenn sie so gut aussehen wie du!«

Danke, Alix! Ich drückte sie und schmatzte ihr ein Küsschen auf die Wange. Sie war wirklich eine tolle Freundin!

»Und du meinst, aus Karlos und mir könnte was werden?«

Sie grinste. »Aber hundertpro! Du glaubst doch nicht, dass wir den noch mal von der Angel lassen!«

Also saß ich wenige Tage später mit Karlos am Rande des Golfplatzes auf einer Picknickdecke, schlemmte unglaubliche Leckereien und schlürfte Champagner aus langstieligen Gläsern. Meine Herren! Natürlich war ich vom ganzen Drumherum wieder völlig verwirrt, und so schaffte ich es nicht nur, Karlos die halb volle Flasche Champagner durch eine ungeschickte Bewegung aus der Hand zu kicken, sondern mich auch gleich noch selbst in die dadurch entstandene Pfütze zu setzen.

Mal wieder typisch Paula! Gab es kein Fettnäpfchen, in das ich treten konnte, nahm ich auch gerne mal eine Champagnerpfütze. Ich schloss die Augen und stellte mich für einen Moment tot. Das war sicherlich das Beste. Im Ignorieren von grausamen Realitäten war ich wenigstens einigermaßen geübt.

Huch, was war denn das? Hatte da jemand an mir geleckt? Irgendein dahergelaufener Straßenköter womöglich? Ich schlug in Panik die Augen auf. Ich nahm einen großen, über mich gebeugten Schatten wahr ... Ja, nun beiß mir schon die Kehle durch, dachte ich, bis in die Eingeweide bibbernd. Dann bemerkte ich meinen Irrtum.

Angesichts meines Panikanfalls hielt Karlos beim Lecken inne und beeilte sich zu sagen: »Hm, lecker! Wir wollen doch nichts von dem edlen Tropfen verkommen lassen.« Er grinste frech. »So von deiner Haut genossen, schmeckt er übrigens noch sehr viel besser als aus dem Glas! Das sollten wir uns merken.«

Ich wusste ohnehin schon nicht, wie mir geschah, und seine gestelzte Art zu reden verunsicherte mich noch zusätzlich. Da war es wirklich Rettung in höchster Not, als er endlich zu einer klaren Ansage überging, mich in seine Arme zog und küsste!

♡ ♡ ♡

Okay, der Gau war also eingetreten. Ich hatte die Sache mit Thomas noch nicht endgültig geklärt und steckte schon mitten in einer neuen Liaison. Das war etwas, was einer anständigen Person mit moralischen Standards wie mir nicht passieren sollte! Nicht passieren durfte! Auf keinen Fall! Bei Alix hatte ich den Moralapostel gespielt und nun benahm ich mich selbst alles andere als korrekt. Das hatte weder Thomas noch Karlos verdient.

»Was mach ich nur, was mach ich nur?«

Ich rannte wie ein hysterisches Huhn, das sein Ei nicht rauskriegt, zwischen Diele und Küche hin und her, klapperte nach allen Regeln der Nachrichtentechnik mit dem Küchengeschirr, aber niemand reagierte auf die Botschaft. Mein Schrei nach Kommunikation verhallte unbeantwortet. Wo waren die denn nur alle?

»Alix, Melli! Wo steckt ihr? Ich brauche euren Rat! Dringend! Sofort!« Ich schaltete auf höchste Alarmstufe: »Es ist *lebenswichtig*!«

Wenn das jetzt nicht wirkte, wusste ich auch nicht

weiter. Dann musste ich mich wohl doch bei Frau Kallwass anmelden: Hilfe, mich lieben zwei Männer gleichzeitig!

Konnte nicht wenigstens Alix mal aus ihrer Bude kriechen? Der hatte ich schließlich bei ihren *lebenswichtigen* Problemen auch immer selbstlos geholfen. Hallo, jetzt war ich mal dran *geholfen zu werden*! Und was war? Nix! Keiner da! Unterstützung? Niente! In mir machte sich dumpfe Schwermut breit, und ich rannte wie Rilkes Panther an seinen Gitterstäben frustriert den Flur entlang.

Der weiche Gang geschmeidig starker Schritte, der sich im allerkleinsten Kreise dreht, ist wie ein Tanz von Kraft um eine Mitte, in der betäubt ein großer Wille steht.

Genauso drehten sich meine Gedanken in einem betäubten Gehirn im Kreis. Von Mitte allerdings keine Spur. Da hatte Frau Dr. Schmidts Pseudomeditation überhaupt nichts gebracht. Und so lief ich denn weiter. Hin, zurück und wieder hin und wieder zurück. Karlos, dachte ich, und Thomas und wieder Karlos und ...

Schließlich stoppte ich abrupt. Was machte ich hier eigentlich auf Drama? Im Vergleich zu der bescheidenen Situation der Raubkatze ging es mir schließlich noch prima. Niemand sperrte mich ein. Nur ich selbst errichtete das Gefängnis, in dem mein freier Wille betäubt und hilflos steckte. Kompetentes Problemmanagement war angesagt, nicht zaudernde Verdrießlichkeit! Nur mit Action konnte ich dem Hexenkessel freudloser Gedanken entkommen.

Also gut, die Situation war aussichts-, aber nicht hoffnungslos! Es gab genau gesagt zwei Möglichkeiten, der Lösung des Problems näher zu kommen. Entweder ich versuchte es mit Mellis Küchenpsychologie oder aber ich hielt es mit meiner Oma und befragte die Mächte des Schicksals gleich mal selber. Okay, die Entscheidung fiel mir leicht. Her mit den Tarotkarten!

Ich sauste in mein inzwischen endlich gemütlich eingerichtetes Zimmer, holte das Sandelholzkästchen mit meiner Tarotsammlung aus dem Regal und hockte mich vor meinen niedrigen indischen Tisch auf eins der Sitzkissen. Ich öffnete mit leicht nervösen Fingern das Kästchen, holte das blaue Seidentuch heraus und breitete es auf dem Tisch aus. Dann zündete ich Räucherstäbchen an, die den Raum sogleich in einen zarten Vanilleduft hüllten, und begann, die Karten zu sortieren. Ich wählte als Auslegemethode das keltische Kreuz, weil es mir am besten geeignet erschien, die Gesamtsituation zu erfassen, ohne eine konkrete Frage stellen zu müssen. Dennoch spukten mir natürlich während des Auslegens ständig Thomas und Karlos durch den Kopf und die Frage, bei welchem der beiden ich denn wohl mein Glück finden würde. Falls ich es denn überhaupt jemals finden sollte!

Zum Auslegen wurden nur die 22 großen Arkana, die Hauptschicksalskarten, benötigt. Die erste Karte, die ich in die Mitte des Tisches legte, war die *Hohepriesterin*. Sie symbolisierte mich als die Fragestellerin. Die restlichen Karten mischte ich und hob sie ab, insgesamt dreimal, so wie es die Regeln der Kartenlegekunst verlangten. Dann legte ich das Häufchen an den Rand des Tuches und begann, eine Karte nach der anderen von oben abzuheben und nach dem vorgegebenen Schema offen auszulegen.

Das Kartenbild verwirrte mich total. Wenn ich es richtig interpretierte, dann zeichneten sich in näherer Zukunft mindestens zwei Katastrophen ab, denn der *Brennende Turm* und der *Teufel* griffen in mein Leben ein.

Zwei ziemlich unangenehme Karten, um nicht zu sagen, der Horror schlechthin! Der *Brennende Turm* stand in jedem Fall für Unglück und Enttäuschung, wenn er auch nicht immer gleich den Ruin bedeutete. Jedenfalls konnte man ihn auch ganz im Sinne von *Einstürzenden Neubauten* interpretieren und auf meine Frage bezogen, schien in meinem Gefühls- und Liebesleben einiges vom Zusammenbruch bedroht zu sein.

Na denn! Wäre ich ja so spontan von alleine nicht draufgekommen. Okay, damit ließ sich also umgehen, aber der *Teufel*? Was zum Teufel machte der in meinem Kartenbild?

Ich kramte das Deutungsbuch aus dem Sandelholzkistchen und schaute sicherheitshalber noch einmal nach.

Hm, Teufel, Teufel … Da stand: *Verheerung, Gewalt, Heftigkeit, große Anstrengung, Kraft, Schicksalhaftigkeit, nicht unbedingt schlecht.*

Wenigstens der letzte Halbsatz beruhigte mich etwas. Dennoch sah ich die Karte mit sehr viel Unbehagen an. Das sah ja wirklich nach einem grundlegenden Umbruch in meinem Leben aus! Verbunden mit ziemlich viel Chaos und Stress. Merde! Das passte mir aber gar nicht. Nach dem Zoff mit meinen Eltern über meinen Auszug, dem Umzug und dem unpassenden Heiratsantrag von Thomas hatte ich eigentlich gehofft, mein Lebensschiffchen in etwas ruhigeres Fahrwasser steuern zu können. Danach sah es jedoch ganz und gar nicht aus.

Zwar winkten in ferner Zukunft *Die Liebenden*, was ja immerhin Raum für Hoffnungen ließ, aber dazwischen lag der *Eremit* und zwar auf dem Kopf. Fassungslos starrte ich auf die Karte und konnte nicht verhindern, dass mich nun doch eine gewisse Nervosität befiel. Diese Karte stand nämlich für übertriebene Vorsicht, falsche Taktik, Verheimlichung, Irreführung und Verrat. Und so, wie sie platziert war, gab es nur eine Möglichkeit, sie zu deuten: Sie war eine Warnung vor einer Liebe, die auf Lügen aufgebaut war.

Na, danke schön! So eine Prognose hatte ich gerade noch gebraucht. Das Schicksal war auch nicht mehr das, was es mal war. Wäre ja auch zu viel verlangt, wenn es mal was Positives für mich bereithalten würde. Mit einer zornigen Geste schob ich die Karten zusammen, stopfte sie wieder in die Schachtel und stellte das Sandelholzkästchen weg.

Humbug!, versuchte ich meine Besorgnis wegzuschimpfen, konnte aber nicht verhindern, dass mich stattdessen mein schlechtes Gewissen überkam, denn ich wusste zu gut, dass ich Karlos nicht hätte belügen dürfen. Was war denn auch so schlimm daran, Friseurin zu sein? Ich hatte mir den Beruf doch selbst ausgewählt, weil er mir Spaß machte und ich davon träumte, Theaterfriseurin und Visagistin zu werden. Und bestimmt hatte ich das Zeug dazu. Warum hatte ich das Karlos nicht einfach sagen können? Panik befiel mich. Wenn das die Lüge war, auf welche die Karten anspielten, dann musste ich sie ganz schnell aus der Welt schaffen, ehe die verheißenen Katastrophen eintreten konnten.

Du kriegst das hin, Paula, redete ich mir gut zu und beschloss, Karlos umgehend die Wahrheit über meinen Job zu sagen. Ich griff zum Handy und war schon dabei seine Nummer zu wählen, als ich innehielt.

Wer weiß, wo der jetzt war? Sicherlich in seiner Bank und vielleicht war er in einer wichtigen Konferenz, und es war ganz und gar unpassend, ihn mit meinen Problemen zu überfallen. Vielleicht beschwor ich durch eine solche übereilte Aktion erst die Katastrophe herauf, die ich verhindern wollte. Nein, so etwas musste in aller Ruhe geplant und durchgeführt werden, wenn es nicht im Chaos enden sollte. Ich musste ihn, vielleicht durch besonders schönen Sex, erst einmal milde stimmen, dann würde er mir diese kleine, unbedeutende Schwindelei garantiert verzeihen. Sie war doch für unsere Beziehung auch wirklich ohne Relevanz.

Ja, dachte ich, genau so werde ich es machen, trat an meine Kommode und durchsuchte sie nach ein paar besonders reizvollen Dessous von *Victoria's Secret*, die ich mir mal im Outletcenter gegönnt hatte. Ich fand ohnehin, dass es allmählich an der Zeit war, etwas intimer miteinander zu werden. Tja, und dann wollte ich doch mal sehen, ob ich dem Schicksal nicht ein Schnippchen schlagen und ein gutes Karma für meine Liebe zu Karlos heraufbeschwören konnte.

Ich stockte. Liebe? Hatte ich tatsächlich im Zusammenhang mit Karlos an Liebe gedacht? Einen Moment fühlte ich mich regelrecht von mir selbst überrumpelt. Mit solchen starken Vokabeln und besonders mit den zugehörigen großen Gefühlen pflegte ich inzwischen sehr sorgfältig und zurückhaltend umzugehen.

Und wenn schon ... Wenn der Kopf es auch noch nicht ganz akzeptieren wollte, mein Bauch sprach da eine ziemlich eindeutige Sprache, wenn ich dieses unterschwellige Grummeln als einen kurz vorm Ausschwärmen stehenden Schmetterlingsschwarm deutete und nicht als Verdauungsprozess für eine Zwiebelsuppe!

Ich grinste innerlich. Tja, der Typ hatte es tatsächlich geschafft ... Ich war in Karlos verliebt!

Und Thomas? Ganz war die Moralistin in mir nicht zufrieden.

Ich zuckte die Schultern und getreu Mellis Ratschlag,

dass nicht jedes meiner Probleme sofort gelöst werden musste, verschob ich dieses erst mal auf morgen. Da war ohnehin wieder Gruppentherapie angesagt. Der richtige Zeitpunkt also, um eine Entscheidung zu fällen.

♡ ♡ ♡

Thomas machte mir wirklich Sorgen! Er ging mit zunehmendem Enthusiasmus zur Gruppentherapie und ich hatte den Eindruck, dass er sich allen Ernstes etwas davon versprach, was ich von mir so ohne Weiteres nicht behaupten konnte. Vermutlich war ich einfach nicht neugierig genug. Ehrlich gesagt, ging mir dieser ganze aktionistische Ansatz reichlich auf die Nerven. Besonders, wenn Frau Dr. Schmidt mal wieder Hausaufgaben verteilte.

»Bestreichen Sie die erogenen Zonen Ihres Partners mit Nutella und lecken Sie sie möglichst genussvoll ab.« Oder: »Kaufen Sie sich einen Vibrator und probieren Sie aus, wann und wie Ihre Partnerin zum Höhepunkt kommt.«

Es war eine weitere Aufgabe von ihr, eine Nacht der romantischen Zärtlichkeit einzulegen, in der wir uns gegenseitig verwöhnen sollten, aber keinen Sex miteinander haben durften. Besonders diese letzte Aufgabe fiel Thomas nicht schwer, denn schließlich waren wir ja zur Paartherapie gegangen, weil Thomas meist über Kuschelsex nicht mehr hinauskam und weil wir so viel kuschelten, dass es zum Gähnen langweilig wurde. Er war total süchtig nach Streicheleinheiten, während ich es gerne mal etwas knackiger hätte. Ich strebte vollkommen zum Höhepunkt der Lust, während Thomas zunehmend auf halbem Wege dorthin stecken blieb.

Ähm, ja, das war jetzt wohl nicht ganz der treffende Ausdruck …

Also, wie gesagt, Thomas begann mir Sorgen zu machen, denn er wollte natürlich den Klassenprimus abgeben und immer brav seine Hausaufgaben machen. Wofür ich eigentlich gar keine Zeit hatte, denn erstens wollte ich in meiner spärlichen Freizeit lieber etwas mit meinen Freundinnen unternehmen und zweitens die Wohnung weiter einrichten.

Ja, ich gebe es zu, das interessierte mich im Moment deutlich mehr als Thomas mit seinen verordneten Sexspielchen. Die führten ohnehin nie in den verheißenen, kreativen Lusttaumel, weil dazu die Vorgaben unserer, wohl selbst reichlich therapiebedürftigen Frau Dr. Schmidt einfach nicht praxisnah genug waren, und cool waren sie auch nicht grade!

Wirklich bizarr wurde es aber, als sie, offenbar endlich ihre geheimen Lüste rauslassend, ein Rollenspiel von uns verlangte, in dem die Partnerin die Domina spielen sollte, um ihre unterdrückten autoritären Triebe gegenüber dem Partner auszuleben und ihm die Möglichkeit zu geben, zu seiner schwachen und abhängigen Seite zu stehen.

Meine Herren! Da gingen aber einige unserer frustrierten Pärchen plötzlich ab. Besonders Ute und Jürgen, die ich für die Spießer schlechthin gehalten hatte, hingen mit heißen Ohren und feuchten Augen an Frau Dr. Schmidts Lippen. Und auch die blasse, kühle Raissa schien sich bereits lustvoll den sich am Boden vor ihr windenden Josef vorzustellen. Jedenfalls waren ihre schmalen, sonst leicht verkniffen wirkenden Lippen bei den Ausführungen unserer Kursleiterin zusehends weicher geworden und schließlich sogar erwartungsvoll geöffnet. Himmel, die schien es ja nötig zu haben!

Aber ich? Brauchte ich das wirklich, dass Thomas mit mir nun auch noch seine dunkle Seite auslotete? Als ich dann die Buchtipps hörte, war ich drauf und dran, die Flucht zu ergreifen und Thomas Frau Dr. Schmidt zu überlassen: *Die Kunst der weiblichen Dominanz, Sklave der Lust, Peitsche und Stiletto, Die Wahl der Qual – Handbuch für Sadomasochisten und solche, die es werden wollen*!

Natürlich kaufte Thomas sofort das Letztere, angeblich, weil nur das im Buchhandel vorrätig war, es nur 8,90 Euro kostete und Frau Dr. Schmidt es ganz besonders empfohlen hatte – wegen der spannenden Erfahrungsberichte und der praktischen Infos!

»Echt saugeil«, meinte Thomas, und ich begann zu fürchten, dass er über kurz oder lang, von dieser Lektüre angeregt, die Sau tatsächlich rauslassen würde.

»Kommst du mit einkaufen?«, fragte er denn auch zwei Tage später per Handy an.

Da ich annahm, dass er mal wieder eine Stilberatung brauchte, sagte ich nichts Böses ahnend zu.

»So, was brauchst du denn? Hose, Hemd, Sakko?«, fragte ich also, als wir uns in der Stadt trafen.

»Keine Klamotten!« Er kicherte verschämt. »Spielsachen!«

Wie bitte? Der hatte doch einen Platten im Gehirn!

»Geht es dir noch gut oder willst du Verwandtenbesuche machen und die lieben Nichten und Neffen beschenken?«

»Nee, du weißt doch … unsere Hausaufgabe …« Erneutes verklemmtes Kichern. »Erotische Spielsachen …«

Ach herrje! Wollte der mich jetzt zu Beate Uhse schleppen? Schlimmer! Er hatte einen absoluten Gruselschuppen im Rotlichtviertel aufgetan, in dem aber auch wirklich alles, was ein Perverser so braucht, feilgeboten wurde: Latexklamotten, Fetische jeder Art, Halsbänder, Peitschen, Bodys mit Loch vorne und hinten, Nippelketten und -klammern (autsch!), Keuschheitsgürtel, Dominastiefel, Masken …

Was aber am gruseligsten war, waren die Preise! War ich behämmert und gab einen halben Monatslohn für solchen Schrott aus?

»Kannst du doch immer wieder verwenden«, meinte Thomas pragmatisch und versuchte mich zu überreden, ordentlich einzukaufen. »Und ist doch klar, dass wir uns die Kosten teilen«, bot er auch noch großzügig an.

Er zeigte auf einen Latexbody mit Löchern am Busen und Po, und auch sonst noch wo, und warb: »In so einem Ding würde ich dich gern mal sehen und vö…«

»Ja, ja, ja«, fiel ich ihm ins Wort. »Kann ich mir lebhaft vorstellen.«

»Meinst du nicht auch, das würde unserem Sexleben den ultimativen Kick geben?«

Hm, mehr als ein Seitensprung mit Lars? Da war ich mir höchst unsicher. Wo das schon nichts gebracht hatte …

Ich nahm ein Paar Stiefel und dann eine Peitsche in die Hand. »Nur, wenn du das auch noch dazukaufst.«

Er schaute etwas unsicher. »Aber nur so zur Dekoration, oder?«

»Dekoration?« Nun machte er mir aber Spaß. Da lief ihm beim Anblick dieser Toys fast der Sabber aus dem Mund, und dann kriegte er Muffe? Ich ließ ihn ein bisschen auflaufen: »Ich gebe doch nicht so viel Geld für Deko aus! Nee, wenn schon, denn schon …«

Er wurde ziemlich blass um die Nasenspitze. »Du, äh … willst mich wirklich damit schlagen?«

Ich grinste diabolisch. »Natürlich erst, nachdem du mir die Stiefel geleckt hast!«

»Ähm, ich würde lieber was anderes lecken …«

Konnte ich mir denken, aber die Nutellaorgie war ja, Gott sei Dank, vorbei, und ich hatte mich damals ohnehin wegen meiner Periode abgemeldet! Das wäre es ja noch gewesen, Nutella an der Muschi!

Ich nahm eines der zahlreichen, reich bebilderten Bücher in die Hand: *Die Kunst der weiblichen Dominanz – Ein Ratgeber für neugierige Paare.*

Hm, war ich wirklich so neugierig? Eher wohl nicht. Ich war zwar nicht für Blümchensex, aber für solche seltsamen Vergnügungen auch nicht. Auch wenn der Trend, wie ich las, angeblich zur jungen Domina ging, ich hatte da wirklich keine Ambitionen. Aber Thomas … hm, wie gesagt, er machte mir wirklich Sorgen. Der hatte offenbar tatsächlich einen kleinen, triebhaften Darth Vader in sich!

Jedenfalls war er drauf und dran, sich zur dunklen Seite seiner Erotik zu bekennen, und packte ordentlich ein! Grundgütiger, da wurde ich an der Kasse aber ziemlich rot! Na, er wenigstens auch, was ja Raum für Hoffnung ließ.

»Ich weiß nicht«, meinte Melli, als ich sie in der WG-Küche beim Abwaschen darauf ansprach. »So richtig passen tut es zu ihm nicht. Aber gerade diese ordnungsliebenden und nach außen total kontrollierten Menschen kaschieren mit ihrem penibel sortierten Lebensstil oft genug ihre geheimen Lüste und abartigen Neigungen.«

»Jetzt mach aber mal einen Punkt, Melli!«, brach Alix nun eine Lanze für Thomas. »Ich kenne ihn schon genauso lange, wie Paula mit ihm zusammen ist, und wenn einer garantiert nicht pervers ist, dann ist es Thomas. Der ist doch ein wandelndes Synonym für Blümchensex!«

Hallo? Sooo langweilig war meine Beziehung mit ihm

ja nun auch nicht! Dass nach fünf Jahren etwas der Kick weg war, hieß ja nun noch nicht, dass er gar nichts mehr gebacken kriegte.

»Allenfalls Kekse«, sagte Alix grinsend auf meinen Einwand.

»Wenn ihm niemand eine Torte vorsetzt«, meinte Melli zynisch. »Es liegt doch auch an uns, wenn die Kerle erschlaffen.«

Na, wenigstens hatte sie *uns* gesagt, auch wenn sie offensichtlich mich meinte.

»Aber tröste dich, wir wissen ja nun, dass nach fünf Jahren bei fast allen Beziehungen die Luft raus ist. Du siehst, es trifft euch nicht alleine.«

»Und, ähm ... was machen die dann?«

Melli zuckte die Achseln, nahm sich einen feuchten Teller und trocknete ihn bedächtig ab. »Also du mit deiner Lebenserfahrung, also, ich meine, mit deinen zahlreichen Affären, solltest doch eigentlich wissen, wie du ihn wieder anschärfst. Auch ohne diesen Schwachsinn von eurer Frau Dr. Schmidt.«

»Vielleicht ein Liebeselixier«, griente Alix, die von meinen esoterischen Hausmitteln so viel hielt wie der Papst von der Pille.

»Es geht nicht um Liebe«, sagte ich. »Das Suchwort ist *Erotik*! Schließlich macht einem kein Mann einen Heiratsantrag, wenn er einen nicht liebt.«

Dem stimmte auch Melli zu: »Der wäre ja sonst wohl auch ziemlich blöd.«

»Andererseits macht einem aber auch kein Mann einen Heiratsantrag, wenn er mit dem Sex unzufrieden ist«, gab Alix zu bedenken.

»Will heißen?«

»Thomas ist eigentlich zufrieden. Paula ist diejenige, der die Beziehung sexuell nicht mehr genügt.«

Welch bahnbrechende Erkenntnis! Das hatte ich doch offen zugegeben. Daraus schlossen sie doch jetzt wohl nicht …

»Dann ist es also Paulas dunkle Seite, die befriedigt werden muss!« Melli grinste breit und ließ einen Teller ins Abwaschwasser klatschen, dass es aufspritzte.

»Komm, Paula, gib's zu … und leb es aus!«

Ich erwürge sie, dachte ich wütend. Aber als die beiden loskicherten, war mir klar, dass es mal wieder einer ihrer Späße auf meine Kosten war. Und jetzt musste auch ich bei der Vorstellung lachen, als Lack- und Stiefellady Thomas mal so richtig den nackten Hintern zu versohlen!

♡ ♡ ♡

»Also, Leute«, sagte ich am nächsten Morgen beim Frühstück, das wir immer zusammen einnahmen, wenn Melli und Alix ausnahmsweise mal frühe Vorlesungen hatten und deswegen ebenso zeitig aus den Federn mussten wie die werktätige Bevölkerung, zu der ich gehörte. »Kann ich euch für heute Abend vielleicht mal einen Kinobesuch spendieren?«

Beide schauten mich leicht verwundert an.

»Läuft was Besonderes?«, fragte Alix.

Ich nickte, und Melli schaltete sofort. »Aber nicht im Kino, stimmt's?«

Ich nickte erneut, und Melli giggelte los.

»Nein, wie süß! Hast du das mitgekriegt, Alix? Paula braucht 'ne sturmfreie Bude! Bestimmt will sie mit Thomas Domina und Sklave spielen?«

Alix schlug ihrem Frühstücksei so heftig die Spitze ab, dass sie bis auf meinen Honigtoast flog.

»Äh, Pardon«, nuschelte sie und streckte schon ihre

Finger aus, um das unplanmäßig bei mir gelandete Teil wieder einzusammeln.

Ich schob ihre Hände zurück. »Nee, lass mal, mach ich schon selber ...« Das fehlte noch, dass sie jetzt auch noch auf meinem Toast rumgrabbelte! »Das willst du doch wohl nicht wiederhaben, oder?«

Melli hatte von alldem herzlich wenig mitgekriegt, weil sie völlig von dem Gedanken, was sich heute Abend hier Skandalöses abspielen könnte, absorbiert war.

Da musste ich aber mal ganz schnell was klarstellen. »Also, ähm ... sturmfreie Bude stimmt, aber nicht für Thomas ...«

Beide schauten neugierig auf. »Für wen denn dann?«, fragten sie wie aus einem Munde.

Ich zierte mich ein wenig und hauchte dann verschämt: »Karlos.«

»Nein, wie süß!«, rief Alix aus, und Melli sagte in der ihr eigenen Großzügigkeit: »Du kannst die ganze Wohnung haben. Tummelt euch, wo ihr wollt. Macht es euch richtig schön!« Sie stockte einen Moment und sah mich fragend an: »Es geht doch um dein erstes Mal mit ihm, oder?«

Nun war es an mir zu kichern. »Klar doch! Weswegen sollte ich sonst so einen Aufriss machen?«

Mellis Ausatmen klang erleichtert. »Dacht ich's doch«, sagte sie. »Wird aber auch langsam mal Zeit.«

Auch darin musste ich ihr zustimmen. »Ja, das habe ich mir auch gedacht und ... na ja ... ihr wisst ja, wie das so ist ... Nichts geht über ein schönes Candle-Light-Dinner zu zweit als passende Einstimmung.«

Das fand auch Alix, die ihr Ei inzwischen in den Griff gekriegt hatte. »Ich würde den Tisch in die Diele stellen. Wenn dann hinter dem Jugendstilfenster die Sonne untergeht ... Romantik pur, sage ich dir. Der Typ wird dahinschmelzen ... Apropos Schmelzen, soll ich dir eine Welfenspeise machen zum Nachtisch?«

Gott, wie lieb. Natürlich nahm ich das großherzige Angebot an. Welfenspeise, das war so gut wie Liebesspeise. Da fuhr jeder Typ mordsmäßig drauf ab.

Gut, wir kamen dann zwar gar nicht bis zum Dessert, weil Karlos bereits nach dem Filet Mignon über mich herfiel und wir unseren Appetit erst einmal aneinander stillten.

Meine Herren, war der Kerl gierig, und auch ich sah keinen Grund, mich künstlich zurückzuhalten. Unsere Klamotten landeten noch in der Diele auf dem Boden, und als der letzte Sonnenstrahl durch das Jugendstilfenster fiel, lagen wir bereits vergnügt auf dem Teppich. Aber nach dem Sex schmeckte die Welfenspeise auch noch köstlich und war sogar ein so lustvoller Gaumenkitzel, dass Karlos sich animiert fühlte, es gleich noch einmal zu tun.

Grundgütiger! Der Typ war aber mal potent! Wie hatte der sich denn so lange Zurückhaltung auferlegen können, ohne dass ihm ständig was in der Hose explodierte? Der war ja so was von scharf!

Aber als ich zum zweiten Mal selig erschöpft in seinen Armen lag – diesmal hatten wir es bis zu meinem Bett geschafft –, sagte ich mir, dass er eben ein wirklicher Mann war, der anders als die zahlreichen Jüngelchen, die ich so kannte, mit sich und seinen Gefühlen umzugehen wusste. Wie wundervoll! Ich konnte gar nicht glauben, dass Karlos wirklich *mir* passiert war.

»Kneif mich mal«, sagte ich darum.

»Häh? Hast du eine masochistische Ader?«

Ich musste lachen, weil mir sogleich wieder Thomas und unsere Hausaufgabe einfiel. Meine Fantasie schweifte mal kurz ab, und ich stellte mir vor, wie unser Sadomasospielchen vermutlich ablaufen würde. Thomas in einer seiner Lieblingsposen vor mir auf den Knien liegend und jaulend: »Mach es, bitte, mach es, Paula!« In den bittend erhobenen Händen eine astreine Reitpeitsche, die in der Sadomasoszene zu den feinsten und gemeinsten Prügelwerkzeugen zählte. »Ich lecke auch deine Stiefel!«

Mich schauderte es bei dieser Vorstellung, die so unrealistisch leider gar nicht war. Insbesondere nicht, wenn ich eine Parallele zu seinem Heiratsantrag zog. Konnte der Knabe mich denn nur noch anbetteln? Der gehörte auf die Couch, aber bei Meister Freud persönlich. Meine Güte, da war ich fünf Jahre mit diesem Typ zusammen und merkte erst jetzt, was für eine verkorkste Psyche er hatte!

Na gut, jemand, der in einem riesigen Karteikasten wohnte, war vermutlich per se neurotisch fixiert, aber dass mir das so gar nicht aufgefallen war? Unverzeihlich!

Gut, ein bisschen seltsam fand ich ihn mitunter schon und die zahlreichen Liebesbriefe auf Karteikarten, von eins bis n-Periode durchnummeriert, hatten mir schon etwas zu denken gegeben. Auch sein Hang, die Fotos, die er zahlreich von mir machte, im Karteikartenformat entwickeln zu lassen und in ein entsprechendes Behältnis einzusortieren, hatte ich etwas unromantisch gefunden. Ich klebte Bilder lieber in schöne Alben, schrieb ein paar Gedichtzeilen dazu oder Hexensprüche und dekorierte diverse Erinnerungsstücke drumherum: ein getrocknetes Rosenblatt, ein Stück von einer Serviette, eine Papierrosette von einem Pilsglas. Dinge, die zu den schönen Erlebnissen gehörten, anlässlich derer die Fotos gemacht wurden. Gut, für Erinnerungsstücke hatte Thomas ja seine Schachteln. Das waren Schuhkartons, auf denen an der Stirnseite verschiedenfarbige Etiketten mit der Aufschrift *privat* und einer Nummer klebten. Die Nummern wiederum fanden sich dann in einem Karteikasten mit der Aufschrift *Erinnerungsstücke* wieder, wo pro Karte und Karton genau aufgelistet war, was für private, erinnernswerte Schätze er enthielt. Vom ersten herausgefallenen Milchzahn über das erste (unbenutzte) Kondom bis zum ersten Paar Fußballstollen und dem ersten blauen Brief in der zehnten Klasse.

Nur sehr zögerlich hatte er mir in diese geheimen Asservaten einen, auch nur kleinen, Einblick gestattet. Sehr verschämt und zurückhaltend, so als würde jeder Blick eines Außenstehenden die Ordnung und damit das Leben des kleinen Thomas noch nachträglich aus den Fugen geraten lassen.

»Hey, hallo!«, drang Karlos' Stimme von Ferne in mein Bewusstsein. »War das ernst gemeint mit dem Kneifen?«

»Nein, nein«, bemühte ich mich ganz schnell abzuwehren. »Ich will nur sichergehen, dass ich nicht träume.«

Er richtete sich halb auf und beugte sich zu einem langen Kuss über mich.

»Das kannst du doch auch anders testen«, meinte er danach. »Na, wie war das? Real genug?«

Ich schüttelte den Kopf und sagte neckend: »Nö! Viel zu traumhaft, um wahr zu sein!«

»Okay, dann muss ich mir dich wohl mal gründlicher vornehmen!« Sprach's und biss mir in den Po! Natürlich mit aller gebotenen Zärtlichkeit.

Eine Weile später lagen wir ausgepowert auf dem Diwanbett und mein Blick blieb an dem Wandbild mit der vergrößerten Tarotkarte hängen. Prompt fielen mir die beiden angedrohten Katastrophen wieder ein. Und um wenigstens eine schon mal abzuwenden und die Lüge nicht zur Gefahr für unsere Liebe werden zu lassen, beschloss ich, ihm meinen kleinen Schwindel mit dem Jurastudium zu beichten.

Ich wollte grade dazu ansetzen, als Karlos auffällig schnüffelnd Luft in seine Nase zog und auch ich hatte plötzlich eine merkwürdige Geruchswahrnehmung. Wir fuhren beide erschreckt hoch!

»Feuer!«, kreischte ich dabei. »Es brennt! Schnell!«

Wir stürzten zur Tür, rissen sie auf und blieben entsetzt stehen. Der ganze schöne Dinnertisch stand in hellen Flammen!

»Oh nein!«, rief ich total panisch aus und dachte, dass das doch wirklich nur ein Albtraum sein könnte. Aber die Hitze, die uns entgegenschlug, war leider sehr real. Vom Fenster wehte ein leichter Wind und trieb Qualm und Flammen zu uns rüber.

»Wasser«, rief ich. »Wir brauchen Wasser!«

Ich raste, nackt wie ich war, ins Bad, um einen Putzeimer mit Wasser zu holen, und als ich zurückkam, sah ich, wie der ebenfalls splitternackte Karlos mit einer Decke auf die Flammen einschlug, wobei er im Funkengestöber wie ein tanzender Schamane aussah. Die Höllenmusik dazu machten dann herumfliegende und zerberstende Geschirrteile.

Ich hob den Eimer hoch und kippte seinen Inhalt in die Flammen. Es zischte nur fürchterlich und eine fette Wolke Wasserdampf stieg zur Decke, der Tisch aber brannte munter weiter. Ich rannte erneut ins Bad, während Karlos seinen Derwischtanz mit der Decke fortsetzte. Als ich zurückgekeucht kam, konnte er endlich Erfolge verzeichnen. Ein großer Teil der Flammen war tatsächlich erstickt, und als ich nun einen weiteren Wassereimer in das flammende Inferno entleerte, verlöschten auch die restlichen. Zurück blieb eine schwarze verkokelte Masse, die mal ein zauberhaft gedeckter Tisch für ein Candle-Light-Dinner gewesen war. Karlos ließ die Decke fallen und nahm mich in die Arme. Seine rußigen Finger hinterließen überall schwarze Streifen auf meinem nackten Körper, als er mich mit beruhigender Geste streichelte.

Vor meinem geistigen Auge stand plötzlich die Tarotkarte des *Brennenden Turms*. Na, hoffentlich war diese Katastrophe damit abgehakt.

»Wie … wie konnte das passieren?«, fragte ich stotternd.

»Der Wind wird eine Kerze umgeworfen haben, die nicht fest genug im Leuchter stand, irgendetwas in dieser Art wird es gewesen sein. Sie hat die Papierservietten und dann die Tischdecke in Brand gesetzt.« Er wischte sich mit einer Hand den Schweiß unter der Nase weg und hatte danach einen allerliebsten Schnurbart.

Ich küsste ihn.

»Alix und Melli werden mich einmachen«, stöhnte ich danach. »Was tue ich denn nun bloß?«

»Erst mal lüften«, schlug er vor und öffnete alle Fenster weit, um für Durchzug und Frischluft zu sorgen.

Dann gingen wir ins Bad, wo wir vor dem großen Spiegel erst einmal lachend stehen blieben. Wir sahen wirklich aus wie zwei Komantschen, die den Klappstuhl ausgegraben hatten. Nach einer fröhlichen Duschorgie naschten wir noch etwas Welfenspeise und dann machte sich Karlos nach einem süßen Gute-Nacht-Kuss vom Acker.

Erst als ich die Tür hinter ihm schloss, fiel mir brühwarm ein, dass ich ihm nun doch meine kleine Schwindelei mit dem Jurastudium nicht gebeichtet hatte. Tja, da hatte mir diesmal wirklich im wahrsten Sinne des Wortes das Feuer dazwischengefunkt!

»Ich fasse es nicht! Ich fasse es wirklich nicht!«, stammelte ich noch immer völlig fertig vor Glück, als meine Freundinnen weit nach Mitternacht, kurz nachdem Karlos die Wohnung verlassen hatte, wieder aufliefen. Ich war grade damit beschäftigt, die Reste des verkokelten Dinners wegzuräumen.

»Puh, was ist denn hier passiert?«, fragte Melli sofort und rümpfte ihr Geruchsorgan. »Habt ihr die Bude abgefackelt?«

»Nicht ganz, aber beinahe. Der Dinnertisch ist in Flammen aufgegangen.«

Ich erzählte, was passiert war und wie Karlos und ich splitternackt die Flammenhölle besiegt hatten.

Melli grinste anerkennend. »Da hat eure Beziehung ja wirklich gleich die Feuertaufe bestanden! Geil!«

Das fand Alix auch. »Wenn das kein gutes Omen ist!«

Weil es in der Diele noch ziemlich müffelte, ließen die beiden sich am Tisch in der Küche nieder und machten sich heißhungrig über die Reste der Welfenspeise her, die alles im Kühlschrank gut überstanden hatte. Ich ließ also die Putzerei erst mal sein und hockte mich zu ihnen.

»Also echt, ich kann es nicht glauben, dass mir so ein Mann wirklich und wahrhaftig über den Weg gelaufen ist. Und sich dann auch noch in mich verliebt hat.«

»Also war er okay«, zog Melli sogleich geschäftsmäßig ihr Fazit.

»Okay ist gar kein Ausdruck!«, sagte ich. »Er war eine Offenbarung!«

Alix kicherte. »So einen Überschwang kennt man von dir ja gar nicht, Paula! Der muss dir aber ganz schön die Sinne vernebelt haben.«

Ich schüttelte den Kopf. »Nee, Alix, der hat nichts vernebelt, der hat alle Sinne geweckt und kompetent damit gespielt. Wirklich, der Typ ist ein richtiger Mann!«

Alix und Melli wechselten vielsagende Blicke.

»Glückwunsch«, sagte Alix schließlich. »Dann kannst du ja die Sache mit Thomas endlich beenden.«

♡ ♡ ♡

Die Sache mit Thomas machte mir echt Kopfschmerzen. Beenden war leichter gesagt als getan.

Diese dusseligen Hausaufgaben von Frau Dr. Schmidt nervten gewaltig. Besonders deswegen, weil Thomas diese Spielchen auch noch ernst nahm und den therapeutischen Fortschritt vom braven Mitspielen abhängig zu machen schien. Danach stand mir der Sinn überhaupt nicht. Gerade jetzt, wo ich auch noch eine Affäre mit Karlos begonnen hatte – hatte ich doch? –, fiel es mir immer schwerer, mit Thomas diesen albernen Kurs mit diesen affigen Menschen zu besuchen, denn eigentlich wollte ich viel lieber jede freie Minute meines Tages mit Karlos verbringen.

Ich stand ziemlich müde im Frisiersalon und wusch nach der frostigen Begrüßung durch meine Mutter einer Kundin die Haare. Die war immer noch nicht darüber hinweg, dass ich ihren Salon verlassen wollte, um Theaterfriseurin zu werden. Egal, diesen Traum würde ich mir von ihr nicht kaputt machen lassen. Eine solche Chance bekam man kein zweites Mal. Oder sollte ich doch lieber eine Gesangskarriere anstreben? Es wäre wirklich Schwachsinn, diese Möglichkeit, für die andere

Leute in meinem Alter von Casting zu Casting reisten, auszuschlagen!

Und Karlos? Noch so ein unvorhergesehener Glücksfall! Die Tarotkarten hatten sich diesmal aber gewaltig geirrt. Na ja, obwohl … ein paar Hindernisse lagen ja schon noch überall im Weg.

Meine Gedanken schweiften ab, und ich überlegte, wie ich es Thomas schonend beibringen konnte, dass ich mich trotz aller Paartherapie in einen anderen Mann verliebt hatte. Einfach würde das nicht werden, denn ich wollte ihn auf keinen Fall verletzen. Dazu hatte er mir viele Jahre zu viel bedeutet.

Ich schmunzelte bei dem Gedanken an unsere erste Begegnung und wie traurig ich danach war, weil er so plötzlich, wie er in meinem Leben aufgetaucht war, auch schon wieder daraus verschwunden war und ich keine Ahnung hatte, wie ich ihn wiederfinden konnte. Das Einzige, was ich wusste, war, dass er bei der bevorstehenden Hochzeit von Fabian den Trauzeugen abgeben sollte.

Also gingen wir zu Fabians Hochzeit.

Alix hatte den Termin rausgekriegt und da im Tennisclub gefeiert wurde, fiel unsere uneingeladene Anwesenheit fast nicht auf. Gut, ich hätte nicht unbedingt ins Tortenbuffet fallen müssen, um Thomas' Aufmerksamkeit zu erregen, aber das beschleunigte dann alles ganz ungemein. Das Wiederfinden, das Wiedererkennen und … meinen Rauswurf. Himmel, können Brautmütter manchmal kleinlich sein!

Als ich mit Alix und den Sahne- und Philadelphiatortenresten frustriert über so viel Kleingeistigkeit vor dem Clubhaus stand, trat überraschend Thomas auf mich zu, fragte, ob er mal lecken dürfte, und fing schon wieder mit dem Knutschen an.

Diesmal tauschten wir auch Handynummern aus und nun ja … Das war dann der Beginn einer immerhin fünf Jahre währenden Freundschaft, Beziehung, Liebe …

Und um zum Ausgangspunkt dieser Betrachtung zurückzukehren: die Paartherapie mit Dominaspielchen und Stiefellecken … An mir geleckt hatte er schon damals gerne!

Die Stimme meiner Mutter ließ mich zusammenzucken.

»Deine Dauerwelle ist fertig, Paula! Wie lange willst du noch shampoonieren?«

Ich starrte auf meine Finger, die in einem riesigen, sahnigen Schaumberg steckten, den ich ganz in Gedanken versunken erzeugt hatte. Hoppla! Schnell drehte ich das Wasser an und begann mit sanftem Brausestrahl auszuspülen.

»Entschuldigen Sie bitte«, sagte ich dabei.

Aber die Kundin war überhaupt nicht erzürnt, sondern lächelte nur selig mit geschlossenen Augen und meinte: »Keine Ursache. Ich habe selten so eine intensive Haarwäsche erlebt. Es war sehr angenehm. Ich werde Sie weiterempfehlen.«

Ich schielte zu meiner Mutter rüber, die mich immer noch missbilligend beäugte, und dachte: Bloß nicht!

Als ich abends hundemüde in die WG kam, hatte Melli einen Haufen Freunde da und breitete sich in der Diele aus.

»Hey, hallo!«, rief sie aufgekratzt, und ich fragte mich, ob die schon wieder alle zugekifft waren. »Komm, Paula, mach dich locker, wir überlegen grade ein Thema für unsere nächste Performance. Kevin schlägt einen Macrobotellón vor!«

»Einen was?«, fragte ich matt und tigerte zu meinem Zimmer rüber.

»Ein Massenbesäufnis! Eine riesige Spontanfete. Hat er in diesen Semesterferien in Palma mitgemacht.«

»Stimmt«, sagte Kevin. »War echt der Hype!«

Vor meiner Zimmertür stieß ich auf Alix, die auch nicht grade sehr angetan schien, den Abend mit Mellis Kunstkumpels verbringen zu müssen. So lud ich sie spontan ein, mit zu mir zu kommen.

»Mach ich«, sagte sie. »Ich belege uns nur schnell noch ein paar Schnittchen.«

Während sie in der Küche werkelte, schlüpfte ich in bequemere Klamotten und kuschelte mich dann auf mein Diwanbett, das noch nach dem edlen Eau de Toilette von Karlos roch. Hm, ich mochte diesen männlich herben Duft. Ich schloss die Augen, schnupperte und genoss die Erinnerung, die dabei in mir aufstieg.

»Du siehst glücklich aus«, sagte Alix und stellte den Teller mit den Schnittchen auf meinen kleinen indischen Tisch. Sie ließ sich in den Sessel plumpsen und sah mich zufrieden an. Ich wusste, dass ihr mein Glück wirklich am Herzen lag.

Ich seufzte selig und sagte: »Du hast recht. Karlos ist ein absolut toller Typ. Da stimmt wirklich alles. Wie bei dir und Jean-Paul.«

»Glückwunsch!«, sagte sie. »Und was ist mit Thomas?«

Hm, musste sie ausgerechnet jetzt, wo ich voll im Glückstaumel war, davon anfangen?

»Ja, muss ich«, blieb sie hart. »Ich habe dir schon vor Monaten gesagt, dass es sich nicht lohnt, in eine solche offensichtlich totgelaufene Beziehung zu investieren. Du wolltest nicht auf mich hören. Okay, ich verstehe dich auch. Nach all den Jahren trennt man sich nicht so einfach. Aber du hast doch nun wirklich alles getan und kannst jetzt vergleichen.« Sie musste plötzlich grinsen. »Darf ich fragen, wie der Vergleich ausgefallen ist? Oder erübrigt sich das?«

Ich musste auch lachen. »Du hast recht«, sagte ich kichernd. »Es erübrigt sich wirklich.«

Aus der Diele drang tierisches Gelächter zu uns und jemand schien krampfhaft zu versuchen, einen Hahnenschrei nachzumachen. Wenn er es noch lange versuchte, würde ich ihm den Hals umdrehen, dachte ich. Alix lachte nun ebenfalls und zwar ein bisschen anzüglich.

»Wo es bei Thomas nicht mal die Peitsche gebracht hat!«, sagte sie und schien sich köstlich über Frau Dr. Schmidts Sexualtherapie zu amüsieren, was ich ihr nicht mal verdenken konnte.

Draußen wurden laute Gesänge angestimmt: *»Le coque est mort, le coque est mort… noster gallus est mortuus…«*

»Im Ernst, Paula«, sagte Alix unbeeindruckt von dem Lärm. »Zieh jetzt einen Schlussstrich, bevor Karlos von Thomas erfährt und glaubt, du hättest noch was mit ihm. Geh jetzt bloß kein Risiko ein! Nicht, dass dir Karlos noch vom Haken hüpft!«

Und da sie zweifellos recht hatte mit ihren Befürchtungen und ich mir nun vollkommen sicher war, meinen Mr. Right gefunden zu haben, beschloss ich, sofort und umgehend mit Thomas Schluss zu machen.

Ich weiß, es war wenig stilvoll, und eigentlich hatte er es so auch nicht verdient, aber ich fürchtete mich selbst und mein mildtätiges Herz. Wenn ich ihm die Botschaft persönlich überbringen musste, würde ich bestimmt einknicken. Im Übrigen weiß man ja seit dem Altertum, was Überbringern schlechter Nachrichten so passiert ist!

Also schrieb ich ihm eine SMS: *Thomas, es tut mir ganz schrecklich leid, aber ich habe mich in einen anderen Mann verliebt, mit dem es auch ohne Gruppentherapie klappt. Ich bin darüber sehr glücklich und wünsche dir, dass auch du bald wieder eine passende Partnerin findest.*

Hoppla, da war ich ja schon wieder dabei, mein Handy zu überstrapazieren, jedenfalls teilte es mir mit, dass ich das Kontingent an Text für eine SMS erschöpft hatte. Na egal, packte ich den restlichen Text eben in eine zweite Message. Thomas war technisch immer perfekt ausgestattet und sein Handy – da war ich mir sicher – hatte bestimmt mehr Kapazität, sodass der komplette Text als eine einzige SMS bei ihm ankommen würde.

Also tippte ich weiter: *Ich werde also morgen und auch in Zukunft nicht mehr zu den Treffen kommen. Entschuldige diesen Weg, aber ich bin jetzt sicher, dass es mit uns nichts mehr werden kann, und du sollst es darum auch sofort wissen. Alles Liebe, Paula.*

Ich überflog den Text noch einmal, fand es doch ein bisschen blöd, dass er zu lang für eine SMS war, und hoffte, als ich sie abschickte, dass auch wirklich beide Teile gleichzeitig bei Thomas ankommen würden. Da hatte ich telekommunikationsmäßig schon einige Katastrophen erlebt.

»Super«, sagte Alix anerkennend. »Du bist echt eine starke Frau.«

Während sie in ihr eigenes Zimmer zurückging, sangen sie in der Diele gerade: *»Der Hahn ist tot, der Hahn ist tot …«*

Und als ich mich schnell in das nach Karlos duftende Bett kuschelte, hatte ich Thomas auch schon wieder vergessen.

♡ ♡ ♡

Parcours der Peinlichkeiten

Was? So schnell schon?

»Aber … aber das geht doch nicht«, stotterte ich, als Karlos mich völlig überraschend für Sonntag zum Mittagessen bei seinen Eltern einlud.

Einerseits war es ja wirklich traumhaft, dass er mich für ein Mädchen hielt, das man seinen Eltern präsentieren konnte, andererseits würde ich niemals den kritischen Fragen eines Juraprofessors standhalten können. Ich würde mich unsterblich blamieren, wenn sein Vater auch nur eine echte juristische Frage an mich richtete, die nicht auf dem Niveau einer Fernsehgerichtssendung lag. Mir bibberten ja jetzt schon alleine bei dem Gedanken dermaßen die Eingeweide, dass ich mir genau ausrechnen konnte, wie nervös und hilflos ich mich anstellen würde. Nein, nein, nein, das konnte nicht gut gehen und darum musste ich auch diese liebe, süße, gut gemeinte und schmeichelhafte Einladung von Karlos ablehnen. Wie traurig! Aber das Risiko konnte ich wirklich nicht eingehen. Allein schon der Gedanke an das Tischgespräch, das sich entwickeln würde, trieb mir kalte Schauer den Rücken herunter.

Karlos' Herr Papa, ganz jovial und aufgeräumt: »Schmeckt Ihnen denn die Vorsuppe, Fräulein Paula? Ja? Schön. Mein lieber Kollege Klussmeier mag sie auch besonders gerne. Niemand kocht eine Spargelcreme so ausgezeichnet wie unsere Köchin Alma, die gute Seele …

Sie kennen doch Professor Klussmeier? Mein Sohn sagte mir, dass Sie beabsichtigen, Jugendrichterin zu werden. Dann haben Sie doch sicherlich bei ihm Strafrecht belegt. Sein Schwerpunkt ist ja das Jugendstrafrecht. Sie haben doch bei ihm gehört?«

»Habe ich mitnichten!«

»Wie bitte?«

Ich schreckte hoch und starrte in Alix' Gesicht. Tief in meine besorgniserregenden Gedanken versunken, hatte ich gar nicht gemerkt, dass sie sich zu mir aufs Gemeinschaftssofa in der Diele gesetzt hatte.

»Was hast du mitnichten?«, ließ sie nicht locker.

Hm, sollte ich sie in meine Lebenslüge einweihen? Niemals! Oder doch? Vielleicht hatte der Himmel sie mir ja als rettenden Engel geschickt?

»Du, Alix, diese Mitbewohnerin von dir aus dem Studentenwohnheim, die bei unserer Einweihungsfete war, mit diesem gut aussehenden Typ. Wie hieß die noch gleich?«

Alix sah mich verwundert an. »Elke, wieso?«

Klar, leuchtete ja auch nicht unbedingt gleich ein, dass ich von der was wollte. Sollte ich Alix verraten, was? Ging ja wohl nicht anders. Musste ja nicht sagen, warum.

»Also, die ist doch Juristin?«

Alix nickte.

»Und auch schon in einem etwas älteren Semester?«

»Ja, ja, ja! Jetzt sag mir um Himmels willen, was du von ihr willst. 'Ne Rechtsauskunft?«

»So ähnlich. Weißt du, ob sie Öffentliches Recht macht?«

»Was für ein Recht?«

»Na, Öffentliches. Verwaltung, Behörden, Staat …«

So viel wusste ich ja nun schon.

»Da gibt's ein spezielles Recht für?«

Ich nickte. Hatte mich ja auch ziemlich gewundert.

»Also, wenn es was ist, was an der Uni unterrichtet wird, dann wird Elke das sicherlich auch gehört haben.«

Ich atmete erleichtert auf. Das klang doch schon mal gar nicht so schlecht. Also weiter.

»Kannst du mich mit der mal kurzfristig in Kontakt bringen?«

»Mit Elke?«

Von wem sprachen wir eigentlich die ganze Zeit? Manchmal war Alix echt etwas schwerfällig.

»Klar, genau mit der.«

»Wegen der Rechtsauskunft?«

Himmel Herrgott! Stand sie heute auf der Leitung oder hatte sie Valium gefrühstückt?

»Wegen dem Öffentlichen Recht!«, sagte ich etwas schärfer, als ich wollte.

Alix schwieg eine Weile. Ich begann mir Sorgen zu machen. Irgendwie war sie heute nicht gut drauf.

»Ist was mit Jean-Paul?«

»Nee, was soll sein?«

Gott, eine Auster war wirklich gesprächiger. Aber wenn sie meinte, ich mischte mich nicht ungebeten in die Angelegenheiten meiner Freundinnen ein.

»Und, was ist jetzt mit Elke?«

Ich merkte Alix an, dass ihr die Frage wirklich nicht gelegen kam. Was hatte sie nur?

»Hm, eigentlich wollte ich mit der nichts mehr zu tun haben«, sagte sie schließlich und wirkte dabei etwas verlegen.

»Warum? Ist sie so ein Ekel?«

Sie blockte ab.

»Nein, wahrscheinlich ist sie auf ihre Art schon okay. Du weißt doch, sie hat mich mit ihrem Ordnungstick fast zum Wahnsinn getrieben.«

Och, das musste noch nichts heißen. Alix konnte bei mir durch ihr gegenteiliges Verhalten genau den gleichen Effekt auslösen. Ihre Unordnung war auch ganz schön nervtötend! Da konnte ich diese Elke fast verstehen.

»Ach, Alix!« Ich griff zum letzten Mittel, um ihre Hilfe zu erzwingen. »Es ist wirklich *lebenswichtig*!«

Wir lachten beide laut los, und Alix ging in ihr Zimmer und suchte die Handynummer von Elke.

»Ich wollte sie gar nicht haben, aber sie hat sie mir förmlich aufgedrängt. Und gegen Bleibtreu hat sie mir ja eigentlich auch prima geholfen. Jetzt kannst du ja von ihrem Angebot, jederzeit für eine Rechtsauskunft zur Verfügung zu stehen, Gebrauch machen.«

Sie sah mich plötzlich scharf an.

»Sag mal, wozu musst du dich über Öffentliches Recht schlaumachen?«

Ach je! Und ich hatte schon gedacht, ich käme so einfach davon. Hm, Freundinnen belügen, das ging ja eigentlich nicht. Aber Freundinnen mal etwas verschweigen schon. Das war ja nicht gelogen, sondern nur ein einfaches Zurückhalten von relativ unwichtigen Informationen. Ohne betrügerische Absicht und also ohne jede kriminelle Energie. Das war, so viel wusste ich bereits, nicht strafbar und was nicht strafbar war, war also auch erlaubt.

Na gut, man tat es normalerweise unter Freundinnen trotzdem nicht, aber das hier war ein Notfall und es reichte, wenn ich wusste, dass ich mich blamieren würde. Was brachte es, wenn es meine Freundinnen auch noch wussten.

Also sagte ich, wahrheitsgemäß und kein bisschen gelogen: »Du weißt doch, dass der Vater von Karlos Jurist ist. Der ist sogar Prof für Öffentliches Recht. Und weil Karlos mich am Wochenende seinen Eltern vorstellen will, wollte ich mich einfach für das, ähm ... Tischgespräch ein bisschen fit machen, damit ich äh ... ein bisschen mitreden kann.«

Na bitte! Stimmte doch alles. Dass profunde Kenntnisse einer fortgeschrittenen Jurastudentin gefragt waren, musste sie ja nun wirklich nicht wissen.

Mit Elke kam ich auf Anhieb klar. Ich rief sie an, und wir verabredeten uns ganz unkompliziert bei ihr im Wohnheim. Sie hatte diese Karteikarten- und Zettelkastenordnung von Thomas in ihrem Apartment, die mir so vertraut war und die sie kompetent und verlässlich erscheinen ließ. Dass sie und Alix nicht harmonierten, war mir allerdings sofort klar. Ich erzählte ihr das Gleiche wie Alix, nur etwas flüssiger, und sie war sogleich bereit, mir zu helfen.

»Ich briefe dich so«, sagte sie, »dass der Vater dich glatt für eine Jurastudentin im Examenssemester hält.«

Prima, mehr wollte ich ja auch gar nicht. Allerdings war meine Vorbereitungszeit wegen meiner Arbeit im Frisiersalon etwas begrenzt und bei der schlechten Laune meiner Mutter war es auch relativ zwecklos, um Sonderurlaub zu bitten.

Sie würde nur die eine Augenbraue in ihrer unnachahmlichen Art hochziehen und sagen: »Es tut mir leid, Paula, aber wir haben sehr viel zu tun. Wer soll deine Arbeit machen? Dreiundzwanzig Tage Jahresurlaub stehen dir zu. Nicht mehr und nicht weniger. Nur weil du meine Tochter bist, kann ich dir keine Extrawurst braten.«

Ja, so was hätte sie gesagt und darum fragte ich sie gar nicht erst. Erst mal sehen, wie es mit Elkes Zeit aussah.

»Ähm, ich könnte aber in der Woche nur abends nach zwanzig Uhr und am Samstag ab sechzehn Uhr. Geht das? Die Einladung ist blöderweise schon am Sonntag.«

Elke schob den Deckel eines Karteikastens hoch und holte so etwas wie einen Terminplaner raus. Nach einem kurzen Blick sagte sie: »Ist okay, sagen wir Samstag am Spätnachmittag. Stell dich aber darauf ein, dass es ein paar Stunden dauern wird.«

Ich nickte in allerhöchster Dankbarkeit. »Soll ich wieder hierherkommen oder kommst du mal zu mir?«

Elke räumte den Terminplaner wieder in den Karteikasten, machte den Deckel zu und schob den Kasten an seinen Platz. Ordnung musste sein.

»Komm besser wieder her. Hier habe ich meine ganzen Bücher, und es kann sicherlich nicht schaden, wenn du mal ein Gesetzbuch oder einen Kommentar in der Hand gehabt hast. Das gibt Sicherheit.«

Ich wusste wirklich nicht, was Alix gegen sie hatte. Das Mädchen war doch offensichtlich sehr kompetent und hilfsbereit noch dazu.

Ich saß grade in der Straßenbahn, als mich eine SMS von Thomas erreichte. Der hatte sich seine Antwort aber ziemlich lange überlegt. Eigentlich hatte ich erwartet, dass er mich sofort anrufen würde, um mich zu überreden, doch bei ihm zu bleiben. Tja, da hatte ich mich wohl getäuscht.

Er schrieb nur ziemlich lapidar: *Wenn du nicht mehr zum Kurs willst, ist das ja okay, aber das hättest du auch freundlicher sagen können. Schade um das viele Geld. LG Thomas*

Erschüttert starrte ich auf das Handy-Display. Was sollte denn das? Wieso ging er nur auf diesen blöden

Kurs ein und mit keinem Wort auf mein Geständnis, dass ich einen anderen Mann liebte? Er war ja schon immer ein Meister im Ausblenden der Realität gewesen, aber meine Trennungsabsicht einfach zu ignorieren, war schon sehr merkwürdig.

Na ja, er war in emotionalen Dingen ja manchmal etwas schwerfällig. Vermutlich feilte er noch an einem richtig heftigen Abschiedsbrief herum, im Karteikartenformat. Mit dieser SMS hatte er wohl nur seinen Unmut darüber äußern wollen, dass ich den teuren Kurs so einfach in den Sand setzte. Zumal er doch so große Stücke auf Frau Dr. Schmidt hielt.

Egal. Es hätte schlimmer kommen können. Wartete ich also erst mal ab, ob das nun alles war oder ob da noch etwas nachkam. Hoffentlich nicht!

Als ich Karlos am Donnerstag beim Karaoke traf, hatte er zwar wenig Verständnis dafür, dass ich den Samstagabend nicht mit ihm verbringen konnte, besonders nachdem er sich wohl schon auf mein Bett gefreut hatte, aber ich schob eine Familienfeier vor, wofür er als Sohn aus bürgerlichem Elternhaus einfach Verständnis haben musste.

»Achtzigster Geburtstag«, sagte ich mit einem bedauernden Schulterzucken. »Opa väterlicherseits. Da darf ich wirklich nicht fehlen. Ich bin seine Lieblingsenkelin.«

Er sah es ein, meinte aber dafür nach dem Karaoke noch mit zu mir kommen zu müssen. Aber dazu hatte ich, todmüde wie ich war, keinen Bock. Außerdem fand ich, dass man sich ruhig als Frau auch mal ein bisschen rarmachen konnte. Das steigerte die Erwartung und die Lust!

»Schade«, meinte er zum Abschied und küsste mich

ziemlich herausfordernd. »Aber stell dich dann auf einen langen Sonntagnachmittag ein.«

Ich grinste. »Sehr gerne!«

»Ziehst du noch mit um den Block?«, fragte Alix, als ich spät am Samstagabend mit immer noch leicht qualmendem Schädel wieder in der WG ankam.

Ich wankte zum Kühlschrank und zog mir erst mal ein kleines Helles rein. Puh, so viel Theoriekram hatte ich ja in meinem ganzen Leben noch nicht gehört, nicht mal zum Abi hatte ich mir die Festplatte so vollladen müssen. Wie man so etwas freiwillig studieren konnte, war mir wirklich schleierhaft. Na ja, wer sein gesamtes Leben in Karteikästen ablegen konnte, der brachte halt auch so was zustande.

Alix kontrollierte am Küchentisch ihre Kamera. Ich setzte mich mit dem Bier zu ihr.

Sie kam auf ihre Frage zurück. »Keine Lust, mal ein bisschen auszuspannen und mit mir durch die Szene zu tigern?«

Ich schüttelte den Kopf. »Geht nicht, ich habe Karlos für heute abgesagt und wenn der mich zufällig irgendwo sieht, ist er sicher sauer. Zu Recht. Immerhin habe ich den achtzigsten Geburtstag eines Opas vorgeschoben, um mit Elke zu lernen.«

Alix schaute mich bewundernd an. »Du musst dich ja ganz schön in ihn verknallt haben, wenn du so was auf dich nimmst. Hat es denn was gebracht mit Elke?«

Ich nickte. »Doch, war sehr effektiv. Ich bin dir echt dankbar, dass du mir ihre Nummer gegeben hast.«

Sie wirkte etwas irritiert. »Sag nicht, dass du auf Anhieb mit ihr klargekommen bist?«

»Doch, bin ich. Findest du nicht auch, dass sie was von Thomas hat?«

»Thomas?« Nun war ihre Verwirrung perfekt. Und weil sie es sich nicht so offensichtlich anmerken lassen wollte, drehte sie ein bisschen an ihrem Kameraobjektiv herum. Ob dem das wohl guttat?

»Doch«, meinte sie schließlich. »Jetzt, wo du es sagst. Kein Wunder, dass sie mir gleich auf den Geist ging!«

»Na, danke! Mein Freund ging dir also immer schon auf den Geist?«

»Nein! So habe ich das nicht gemeint, aber du musst doch zugeben, diese pingelige Art ... Ach, ist ja auch egal. Du hast Thomas ja eh verlassen, und ich habe mit Elke auch nichts mehr zu tun.« Sie grinste. »Ich hasse Menschen, die spießig, ordnungsfanatisch und ... unerotisch sind!«

Nun musste ich kichern. »Unerotisch? Ich denke, sie hat einen Freund, mit dem sie Orgien in Wohnheimduschen feiert?«

»Ach, meinst du Torsten? Der ist Informatiker!«

»Aha, und Informatiker stehen eben auf unerotische Frauen?«

Nun lachte Alix laut und schallend. »Nee, ich wollte damit nur sagen, dass Torsten aus einem männerlastigen Studiengang kommt und also wenig Auswahl hat.«

»Bist du nicht ein bisschen gemein?«

Alix kriegte sich ja gar nicht mehr ein. »Doch!«, gab sie offen zu. »Aber das muss manchmal einfach sein!« Sie stopfte ihre Kamera in die Kameratasche und stand auf.

»Wo ist Melli eigentlich?«

»Im Irish Pub, wo sonst? Wollen wir sie da nicht mal kurz besuchen?«

Ich winkte ab. Mit fetten Augenringen würde ich trotz meiner neu erworbenen Jurakenntnisse sicher nicht wirklich gut punkten. Es sei denn, ich würde es auf nächtelanges Pauken schieben. Aber das wiederum wirkte so, als wenn ich es nötig hätte, und das fleißige Doofchen war mir als Rolle nun auch nicht grade auf den Leib geschneidert. Gott sei Dank, denn ich glaube kaum, das Karlos sonst Gefallen an mir gefunden hätte.

»Aber ihr müsst mich morgen unbedingt beim Styling beraten«, verlangte ich noch, bevor Alix endgültig den Abflug machte.

Sie steckte den Kopf noch mal kurz zur Tür herein. »Klar, wird mir ein Vergnügen sein!«

♡ ♡ ♡

Also hockten am Sonntagvormittag zwei völlig übernächtigte Freundinnen in den gemütlichen Sesseln der WG-Diele, schlürften extra starken Kaffee und sahen zu, wie ich den Flur zum Catwalk umfunktionierte.

Pummel-Paula als Supermodel! Hm? Aber ich beschloss sogleich, erst gar keine Minderwertigkeitsgefühle aufkommen zu lassen. Das war allerdings leichter gedacht als getan.

»Mach zu, ich will wieder schlafen gehen«, sagte Melli gähnend und wickelte ihre Schlafdecke, die sie mitgebracht hatte, fester um sich.

Also sputete ich mich und zog zuerst eine schwarze Stoffhose und dazu eine weiße Bluse mit Rüschen an. Rüschen waren ja wieder voll modern.

Das fand Alix nicht. »Im Grunde nicht schlecht«, sagte sie, »aber die Hose ist zu dunkel für ein Mittagessen und die Bluse ist von der vorletzten Saison und allenfalls noch für eine Beerdigung zu gebrauchen.«

Danke schön für das Urteil, liebe Jury. »Und deine Meinung, Melli?«, fragte ich leicht eingeschnappt, denn wer lässt sich schon gerne schlechten Geschmack attestieren.

Melli krabbelte etwas aus ihrer Decke heraus. Sie gähnte.

»Zieh was anderes an«, sagte sie knapp. »Das ist ja potthässlich.«

Es war schon immer das Taktgefühl, das ich an ihr schätzte.

»Melli meint es nicht so«, glaubte Alix mich trösten zu müssen, weil ich vermutlich ziemlich unglücklich und beleidigt aus meinen Klamotten guckte, die so gar keine Gnade vor den Augen meiner unbestechlichen Freundinnen fanden.

Oder lag es vielleicht gar nicht an den Klamotten, sondern an mir? War ich einfach nicht fashionable genug?

Dennoch, irgendetwas musste ich zu dem Essen ja anziehen. Also nächster Versuch: Rock und Blazer, grau und braun.

»Hast du nix Frischeres?«, mäkelte Melli sofort los. »Das ist ja sterbenslangweilig und dann noch diese Winterfarben! Es ist Frühling, Mädchen!«

»Frühling! Soll ich rumlaufen wie ein Maiglöckchen?«

»Warum nicht?«, konterte Melli meinen unsachlichen Zwischenruf. »Helles Grün und Weiß würden zu deinen dunklen Haaren sehr gut passen.«

Aha, da sprach die Künstlerin! Natürlich stimmte Alix ihr zu. Das Problem war nur, dass ich nichts Grünes hatte und was Hellgrünes schon mal gar nicht.

»Das glaube ich nicht«, gab Melli jedoch keine Ruhe. »Ich erinnere mich genau, dass du mal irgendwas in der Farbrichtung getragen hast. War das nicht bei der Vernissage von Tarzan Tausendsassa?«

Häh? Wann sollte das denn gewesen sein?

Stopp, jetzt fiel es mir ein. Das war dieser durchgeknallte Mensch, der sich zum Ziel gesetzt hatte, in jedem seiner Bilder alle Spektralfarben unterzubringen, einschließlich Gold, Silber und Kupfer! Hm, das war im Sommer letzten Jahres, und es konnte gut sein, dass ich damals wirklich ein Kleid getragen hatte, aber das war doch bestimmt nicht grün gewesen!

»Das war nicht grün«, sagte ich aus diesen Gedanken heraus. »Aber bitte, seht doch selbst in meinem Schrank nach.«

Sie stürzten sich auf meinen Schrank, schoben die Klamotten auf der Stange hin und her und schüttelten immer wieder den Kopf.

Konnte es sein, dass ich einen ganzen Schrank voller Mist hatte? Da war es ja das reinste Wunder, dass Karlos sich in eine solche modische Katastrophe wie mich überhaupt verguckt hatte.

Ich wollte dem grausamen Spiel gerade ein Ende bereiten, als Melli mit einem enthusiastischen Schrei einen Bügel herausfischte.

»Na bitte!«, sagte sie triumphierend. »Ich habe es doch gewusst. Na, was ist das?« Sie hielt mir ihren Fund unter die Nase.

Tatsächlich! Ein Sommerkleid mit hohem Grünanteil. Hellgrün! Es musste wirklich das Kleid von dieser seltsamen Vernissage sein. Das hatte ich doch ganz sicher im Sommerschlussverkauf ganz billig erstanden. So ein Teil konnte ich auf keinen Fall zu einem Besuch bei Karlos' Eltern anziehen. Obwohl ... der Stil war nicht schlecht. Sehr schlicht geschnitten, figurbetont, asymmetrischer halblanger Rock mit leicht gewelltem Volant am Saum. Das hatte was. Dennoch, es war ein Fähnchen und darum für Karlos' Eltern absolut unpassend.

Die markengeile Alix hatte inzwischen ganz routinemäßig nach dem Etikett gesehen.

»Vintage«, las sie laut vor.
Wir zuckten alle drei zusammen.
»Du machst Witze?«
»Nee, guck doch selbst!«
»Du hast doch kein falsches Label reingenäht?«, fragte Melli noch, als sie von Alix ehrfurchtsvoll das edle Teil übernahm und an mich weiterreichte.
»Los, zieh es an!«, forderte sie mich auf. »Ich bin total neugierig, wie es aussieht.«
»Aber ich passe bestimmt nicht mehr rein!«
»Red nicht, zieh an!«
Ich ließ den grauen Rock zu Boden gleiten, warf den braunen Blazer und das langweilige brave Top von mir und stieg in das edle Designerstück. Gesegnet sei das Outletcenter!
Es passte natürlich nicht. Oh, Grundgütiger, hatte ich wirklich so viel zugenommen? Hätte ich doch bloß neulich nach dem deprimierenden Blick in den Spiegel sofort mit der Diät angefangen. Das heißt, angefangen hatte ich ja – hätte ich sie nur mal länger als drei Tage durchgehalten!
»Aber es ist ganz süß!«, rief Melli begeistert aus und Alix meinte einen gigantischen Vergleich ziehen zu müssen: »Du siehst aus wie JLo als Unschuldsengel verkleidet.«
»Was soll denn das jetzt heißen?« Ich war mir nicht sicher, ob es sich um ein Kompliment oder einen weiteren vernichtenden Kommentar handelte.
»Sexy und doch irgendwie rein …«
Hatte die zu viel Ariel-Werbung gesehen? Manchmal produzierten meine Freundinnen ganz schön abartige Gedanken.
»Also wenn's zu sexy ist, kann ich's sowieso nicht anziehen.«

»Doch, doch …«, fiel Melli mir ins Wort. »Das ist es ja grade, es ist sexy und trotzdem … ja … unschuldig … Alix hat es ganz treffend beschrieben. Karlos wird es sexy finden, und seine Eltern werden entzückt sein, weil es auch irgendwie mädchenhaft ist.«

Also die Vereinigung des Unvereinbaren. Ich konnte nur noch den Kopf schütteln.

Melli raste in ihr Zimmer und kam mit einer Zeitschrift wieder.

»Da, guck! JLo bei der Oscarverleihung. Und was hat sie an? Genau, ein grünes Kleid von Vintage!«

Tatsächlich. Natürlich nicht Prêt-à-porter, aber immerhin auch Vintage.

»Guck dir die Haare an«, fuhr Melli fort. »Steck sie auch so elegant hoch, häng dir auch ein paar Klunker an die Ohren und zieh vor allem schwarze Sandalen an! Dann ist der Stil perfekt!«

Ich nahm Melli die Zeitschrift ab und legte sie auf den Sofatisch. »Ich kann es ja eventuell als Vorlage nehmen. Allerdings müsste mir das Kleid erst mal passen!«

»Komm, lass mal sehen«, sagte Melli und ging mir auch schon an die Wäsche. »An der Hüfte und im Dekolleté sitzt es etwa spack.«

War ja sehr freundlich ausgedrückt. Es saß gar nicht. Es kniff!

»Und wenn du keine Unterwäsche drunterziehst? Guck mal, der Slip malt sich hier irgendwie unvorteilhaft ab.«

Hatte die sie noch alle?

»Klar«, stimmte Alix dieser Irren auch noch zu. »Zieh mal die Unterwäsche aus!«

Niemals! Na gut, nur mal so zur Probe konnte ich es ja machen. Die würden dann sicher sofort sehen, dass es nichts brachte.

»Geil!«, entfuhr es Melli, und so fühlte ich mich auch. Das Kleid jedoch saß wirklich etwas besser, weil der dünne glatte Stoff sich nun ganz eng an den Körper schmiegen konnte. Die Brustatmung war allerdings immer noch ziemlich eingeschränkt.

»Dann atme eben ins Zwerchfell«, empfahl Alix. »In der Musik-AG hast du doch gelernt, wie das geht.«

»Aber ich ... ich hole mir eine Blasenentzündung«, stammelte ich in einem letzten, untauglichen Versuch, die Sache doch noch umzubiegen.

»Ach, Quatsch! In der *Geschichte der O* sind die Frauen auch immer unten ohne rumgelaufen. Das ist total erotisch, und in Hollywood tun es die Stars auch wieder. Ist absolut in!«

Aha, war ja sehr beruhigend. Nur dass ich nicht zu einer locker-flockigen Hollywoodparty, sondern zu einer bürgerlichen Essenseinladung ging, bei der mein neuer Freund mich seinen Eltern vorstellen wollte.

»Und wenn ein Windstoß kommt?«

»Soll er doch! Es sitzt so eng am Körper, da weht schon nichts hoch.«

Mir fiel partout keine Ausrede mehr ein. Doch!

»Aber es ist ärmellos! Ich habe mal gehört, vor achtzehn Uhr darf eine Dame nicht ärmellos auflaufen. Karlos' Eltern finden das bestimmt nicht passend.«

»Dann zieh ein Jäckchen drüber«, meinte Alix und fügte kurz entschlossen hinzu: »Ich leihe dir meine weiße Jeansjacke.«

Da ich damit dann aber wirklich eher wie ein Maiglöckchen und kein bisschen mehr wie JLo aussah, verwarfen wir diesen Vorschlag sogleich.

»Nimm diese.« Melli kam aus ihrem Zimmer mit einem außergewöhnlichen Etwas zurück.

»Sie ... sie ist ... bunt«, stotterte ich.

»Na und? Das Kleid ist einfarbig, also passt es doch.«

»Was ist es? Äh ... ich meine, wenn mich jemand fragen sollte.«

Ich war mir wirklich nicht schlüssig und fragte mich, ob das Ding vielleicht von Tarzan Tausendsassas Ausstellung übrig geblieben war. Es hatte zwar in etwa die Form eines Jäckchens, war aber sehr kurz und hatte kleine Ärmel und gar keinen Verschluss vorne.

Melli grinste. »Es war mal eine peruanische Eselsdecke. Ich habe ein Bolerojäckchen daraus gemacht. Schick, nicht?«

Heiliger Popocatepetl!

Aber als ich dann die schwarzen Sandalen mit dem verwegenen Absatz anzog, die ich in einer Anwandlung von Vergrößerungswahnsinn im letzten Sommer erstanden hatte, und mich im großen Badezimmerspiegel betrachtete, da musste ich glatt zweimal hinsehen. Das war doch nicht ich?

Klar, die Haare waren noch nicht gemacht und das Make-up fehlte, aber die Klamotten! Echt nicht schlecht, sah wirklich sehr cool aus, was meine Freundinnen da rausgesucht hatten. Und es wirkte nicht nur cool, sondern auch designerhaft teuer.

»Ihr seid *riesig*!«, schrie ich in die Diele. »Es ist ja soo geil!«

Ich hörte, wie die beiden im Flur ihre Hände abklatschten und laut »Okay dokay« brüllten. Na, dann war wohl demnächst mal ein Umtrunk auf meine Kosten fällig.

Ich sah auf die Uhr. Meine Güte, höchste Zeit! Ich musste mich nun aber wirklich sputen. Ich spurtete in mein Zimmer zurück, was aber nicht ganz leicht war. Das Ding war schon verdammt eng. Hoffentlich platzte ich nicht aus allen Nähten.

»Unsinn«, zerstreute Melli noch einmal meine Bedenken. »Halt dich einfach an die Zwerchfellatmung. Tief in den Bauchraum rein, nicht die Lungen so blähen. Dann hält das Kleid, bis es dir dein Typ vom Leib reißt.«

»Ma... ma... mache ich«, stotterte ich total verwirrt über ihre wilde Fantasie und übte schon mal das Atmen.

Puh, gar nicht so leicht. Würde ich in diesem Zustand, dem Ersticken nahe, ein ganzes Mittagessen bei den Eltern von Karlos überstehen können? Zweifel nagten an mir.

»Da braucht nix nagen!«, meinte Melli in dem autoritären Tonfall einer Gouvernante. »Sitz grade und atme dosiert. Dann passt das schon.« Sie grinste. »Auch das Kleid.«

Und Alix ermahnte mich: »Friss einfach nicht so viel!«

Na, das hatte ich mir schon selber klargemacht. Heil überstehen würden ich und das Kleid die Sache nur, wenn ich wie der Suppenkasper die Nahrungsaufnahme beim Essen radikal reduzierte. Zwei Löffel Suppe, ein Blatt Salat und eine Scheibe vom Carpaccio. Nachtisch nicht und nur einen Espresso. Ja, so würde es vielleicht gehen.

Ich sprang hektisch unter die Dusche. Jetzt musste ich aber wirklich den Turbo einschalten, wenn ich mich nicht schon durch ein Zuspätkommen in eine denkbar schlechte Ausgangsposition manövrieren wollte. Da würde mein Blumenstrauß für Karlos' Mutter auch nichts mehr nützen.

Okay. Es passte dann wirklich alles außerordentlich gut. Ich hatte Haare und Make-up originalgetreu von JLos Oscarverleihungsstyling abgekupfert und war gerade mit Ach und Krach fertig geworden, als Karlos klingelte. Da er das Chaos in unserer WG nicht sehen musste, sagte ich ihm durch die Sprechanlage, dass ich runterkommen würde. Und das war auch gut so. Denn im Treppenhaus war es reichlich zugig und ohne Höschen da runterzugehen, war schon sehr gewöhnungsbedürftig.

Es ist in. In Hollywood ist es in, redete ich mir gut zu. Es ist absolut erotisch, es ist total angesagt, es ist total normal für eine sexuell befreite Frau! Ach, ja? Irgendwie kühl war es trotzdem! Ich würde es begrüßen, wenn es in Karlos' Elternhaus eine Fußbodenheizung geben würde.

»Du siehst super aus!«, sagte Karlos, als ich zu ihm in seinen Sportwagen stieg. »Ich könnte dir sofort an die Wäsche gehen.«

Na, das ließ er mal lieber. War ja nicht viel da. Genauer gesagt gar nichts, woran er Hand anlegen konnte.

»Warum kicherst du?«, wollte er wissen, aber ich schwieg.

»Geheimnis«, sagte ich.

»Wirst du es mir verraten?«

Ich grinste. »Später vielleicht.«

♡ ♡ ♡

Das Anwesen seiner Eltern war ein Traum! Na ja, teilweise ein geschmacklicher Albtraum, aber immerhin.

Es lag am Rande eines ländlichen Vororts am Ende einer Kieszufahrt, die von Säulenzypressen gesäumt war. Okay, es war ein Neubau, woraus ich schloss, dass seine Familie nicht wirklich zum alteingesessenen Geldadel unserer Stadt gehörte. Dennoch, gemessen am Siedlungshaus meiner Eltern war es ein Palast. Ein paar weniger neubarocke Elemente, der Verzicht auf das eine oder andere Erkerchen oder Türmchen wäre eventuell stilvoller gewesen, aber vielleicht konnten seine Eltern ja nichts dafür und waren Opfer eines Architekten geworden. Es war eine Fertighausfirma, wie sich später herausstellte, die auf »schlossähnliche Anwesen« spezialisiert war.

Hm, dachte ich, da muss ich mich ja nicht weiter grämen, mein Outfit jedenfalls war nicht von der Stange so wie dieses Haus, sondern echte Designerqualität.

Karlos' Mutter sah das dann auch sofort, während sein Vater, der Professor, wohl mehr Augen für den kurvenreichen Inhalt meines Kleides hatte. Jedenfalls sah er mich so intensiv an, dass ich sofort spürte, welche Frage ihn im Moment am meisten bewegte. Doch wirklich, das zu erkennen, dazu gehört nicht viel. Männer sehen irgendwie alle gleich aus, wenn sie sich fragen, was eine Frau wohl drunter trägt. Na, wenigstens merkte seine Frau nichts.

»Prada?«, fragte sie, um ihr Know-how in Bezug auf Fashion zu demonstrieren.

»Vintage.«

Ich sah die Verblüffung in ihren Augen, doch sie kriegte sich in den Griff. Nur der dicke Klunker an ihrem Hals vibrierte, als sie wie beiläufig sagte: »Zauberhaft und dieses Jäckchen dazu, Kenzo?«

Gut, ich hätte nur nicken brauchen und sie hätte es mir abgenommen, aber wozu? Also schüttelte ich den Kopf.

»Eine junge, aufstrebende Designerin.« Ich griente innerlich, als ich an Melli dachte, wie sie das Teil vermutlich mit heißer Nadel zusammengestichelt hatte.

»Sie hat eine brillante Zukunft vor sich.« Ganz konnte ich es mir dann doch nicht verkneifen, etwas dicker aufzutragen, so dick etwa wie der überdimensionale Schmuckstein am Hals der Gastgeberin. »Die Jacke ist natürlich ein Unikat, extra für mich angefertigt.«

»Sehr geschmackvoll«, sagte Karlos' Mutter. »Und so fröhlich in den Farben und Mustern.«

Ja, ja, dieses Inkavölkchen mit seinen lustigen Eselchen! Hatte ich jetzt etwa ein wenig impertinent ausgesehen? Jedenfalls schaltete ich schnell wieder auf ein mehr verbindliches Lächeln, als Karlos fragte: »Woran denkst du?«

»An Eselchen«, rutschte es mir heraus, und ich hätte mich fast am Begrüßungscocktail verschluckt.

»Das ist Kir royal«, sagte Karlos.

Hatte ich gemerkt. Ich kam ja nicht aus dem Land meiner Oberbekleidung. Konnten wir jetzt mal langsam zu Tisch gehen? Das Herumgestehe und Gelabere machte mich allmählich ganz unroyalistisch kirre! Außerdem wehte es mich schon die ganze Zeit von unten reichlich frisch an. Ich wollte mir schließlich keinen Genitalschnupfen holen!

Aber als wir dann erst mal saßen, lief alles ganz genial. Bei der Suppe tauschte ich mich mit Karlos' Mutter über Fashion und allzu freizügige Models aus. Mit dem Fazit, dass eine Frau doch ein wenig die Contenance wahren sollte. Ich versuchte, das gleich beim Essen zu praktizieren, und legte mir äußerste Zurückhaltung auf. Aber als Karlos' Mutter daraufhin fragte, ob es mir nicht schmeckte, musste ich beim nächsten Gang ein wenig kräftiger zulangen. Hoffentlich machte mein Kleid das mit!

Beim Hauptgericht, Spargel mit Sauce hollandaise, Schnitzel und Butterkartoffeln riss dann der Herr Papa die Gesprächsführung an sich. Endlich konnte er zwar nicht die Frage nach meiner Unterwäsche loswerden, aber doch ziemlich viele andere, die ihm halfen, meinen Background zu eruieren.

Na gut, Mutter mit Frisiersalon war nicht so die Empfehlung, aber ich konnte ja für Karlos' Eltern meine Biografie auch nicht total umschreiben. Und genau genommen war meine Mutter mit ihrem eigenen Frisiersalon ja auch eine Unternehmerin. Nicht nur von einem kleinen, florierenden Familienunternehmen, sondern mit richtigen Angestellten, Lehrlingen usw. Außerdem war es doch beachtenswert, dass ich mich als Kind aus einem derart unakademischen Elternhaus zu einem so ausgesprochen schwierigen Studium wie Jura entschlossen hatte.

»Beifall, wirklich Beifall, junge Dame, und das bei Ihrem Aussehen!«

Hallo? Das hatte ich jetzt irgendwie nicht von Karlos' Vater erwartet, auch wenn ich seine Blicke schon die ganze Zeit etwas irritierend fand. War der in der Midlife-Crisis?

Auch Karlos schien irritiert. »Was hat das Jurastudium mit dem Aussehen zu tun?«

Das fragte ich mich auch. Konnte es sein, dass der Prototyp einer Jurastudentin doch eher Elke glich als JLo? Unsinn! Alles Vorurteile!

»Bist du neidisch, dass deine Kollegen hübschere Studentinnen haben als du, Papa?«, versuchte Karlos den Ausrutscher seines Vaters humorvoll zu nehmen. Doch *die Mutter blickte stumm auf dem ganzen Tisch herum* und bewahrte dabei Contenance.

Der Wein war lecker und führte dazu, dass ich erstens mehr aß, als ich wollte und sollte, und zweitens zu viel redete. Beim Dessert fiel dann jegliche Zurückhaltung von mir ab, und ich packte so ziemlich alles, was Elke mir über die Jurisprudenz mitgegeben hatte, auf den Tisch. Das war auch schon deswegen nötig, weil ich natürlich bei keinem der Themen, die Karlos' Vater anschnitt, in die Tiefe gehen durfte, damit die Oberflächlichkeit meines Wissens nicht sichtbar wurde. Es lief eigentlich zunächst auch wirklich gut, aber dann erwischte er mich doch noch.

»Sehr schön, junge Dame, aber nun sagen Sie mir doch mal Ihre Meinung zu dem Konze-Skandal«, forderte er mich auf und goss sich einen Cognac ein.

Der Konze-Skandal war mir ein Begriff. Elke hatte mich darauf hingewiesen, dass er in der aktuellen juristischen Diskussion eine ziemliche Rolle spielte. Also versuchte ich möglichst wortgetreu Elkes Meinung zu dem Fall wiederzugeben. Das gefiel Karlos' Vater aber irgendwie nicht.

»Ja, ja«, meinte er etwas ungeduldig und wurde dabei hörbar lauter im Ton, was wohl auf das Engagement, das er dem Thema entgegenbrachte, zurückzuführen war. »Das ist so die übliche Lehrmeinung, aber wenn Sie den Vergleichsfall Brinzler hinzuziehen, der immerhin bis vor das Bundesverfassungsgericht führte, würden Sie dann genauso urteilen?«

Ich wurde nervös, goss noch mal ein fast volles Glas Wein in mich hinein und überlegte, ob das wohl eine Falle sein könnte. Vergleichsfall Brinzler? Nie gehört. Warum, verdammt, hatte Elke mich auf den nicht auch hingewiesen?

Ich begann, in Hektik zu verfallen. Natürlich vergaß ich darüber ganz die Mahnung meiner Freundinnen, immer schön ins Zwerchfell zu atmen. So holte ich, um Zeit für meine Entgegnung zu gewinnen, erst mal tief Luft, blähte richtig kräftig die Lungenflügel, sodass der Brustkorb sich dehnte. Das Kleid dehnte sich auch, jedenfalls so weit es der Stoff zuließ. Dann machte es *ratsch*, und das Kleid platzte so, dass der Riss stylish zwischen den Brüsten anfing und etwa in der Höhe des Bauchnabels endete. Oh nein! Wie grauenvoll!

Karlos' Vater stierte mich an wie Herodes die tanzende Salome, und es war nur gut, dass ich nicht Karlos' Kopf auf einem Silbertablett von ihm verlangte. Wer weiß, ob er ihn mir nicht gegeben hätte?

Jedenfalls hatte sich zwar nicht die juristische, aber die Frage nach meinem »Untendrunter« für ihn nun doch noch geklärt. So wie meine Äpfelchen aus dem Obstkorb sprangen, war die Antwort offensichtlich.

Oh Grundgütiger, dachte ich und schlug in keuschem Entsetzen die Arme vor die Brust, wobei ich versuchte, die beiden Kleidteile wieder zu einer Einheit zusammenzuraffen, damit wieder zusammenwachse, was zusammengehörte!

Würde das denn niemals enden? Musste ich mich immer gerade in den entscheidenden Situationen meines Lebens blamieren?

Ich hatte während des Hauptganges, weil mir nach dem Wein ziemlich heiß wurde, mein Jäckchen abgelegt. Es hing hinter mir über dem Stuhl. So nah und doch so fern. Denn ich konnte nicht nach ihm greifen, ohne damit zugleich die schützende Deckung durch meine Hände aufzugeben und erneut nackte Haut zu entblößen, was Karlos' Mutter sicherlich auf die Intensivstation gebracht hätte: komatöses Syndrom!

»Mei... meine Jacke, Karlos!«, stammelte ich schließlich hilflos. »Reich mir doch bi... bi... bitte meine Jacke.«

Als er hinter meinen Stuhl trat und sie von der Lehne nahm, sprang ich auf und schlüpfte schnell hinein. Nur leider brachte das auch nicht viel, denn der Boleroschnitt war so berechnet, dass das Jäckchen vorne offen getragen wurde. *Nein!* Geht ja gar nicht!

»Dreh sie um!«, zischte ich Karlos zu. »Um Himmels willen, dreh sie um!«

Er drehte, und ich wickelte mich förmlich in sie hinein, wie in eine alte Eselsdecke. Womit sie ihrer ursprünglichen Bestimmung ja wieder sehr nahe kam.

Karlos beendete dann die Komödie, indem er unvermittelt zum Aufbruch blies.

»Und ihr wollt nicht noch bis zum Kaffee bleiben?«, fragte sein Professoren-Vater.

Ich schüttelte den Kopf. Mal wieder heftiger als nötig und die JLo-Klunker segelten von meinen Ohren im hohen Bogen davon. Einer landete in den Resten der Nachspeise, der andere im Dekolleté von Karlos' Mutter und bekam da neben dem echten Geschmeide sofort Minderwertigkeitskomplexe. Gut, das war nun auch egal. Den einen Ohrring fischte Karlos aus der Weincreme und den anderen wollte Karlos' Vater gerade seiner Frau aus dem Ausschnitt angeln, als die ihm einen Klaps auf die Finger gab, womit nun klar war, warum er mich so verhungert angeschaut hatte.

»Da... da... danke«, hauchte ich, als Karlos mit den Dingern wieder bei mir ankam, und steckte sie in mein Handtäschchen, was nicht eben einfach war, weil ich durch das falsch herum getragene Bolerojäckchen ziemlich in der Bewegung eingeschränkt war.

Ich war von einer einzigen Sorge bewegt: Jede weitere Bewegung würde das Kleid weiter reißen lassen und ich bekäme nicht nur von unten, sondern auch von oben Zug in meinen intimeren Gefilden. Was zum Teufel sollte ich da dann drüberziehen? Nein, hier half nur rasche Flucht.

»Aber Sie müssen uns bald wieder besuchen und falls Sie mal fachliche Unterstützung oder eine Empfehlung brauchen, sprechen Sie mich gerne an.«

»Man sollte meinen«, flüsterte mir Karlos' Mutter beim Abschied zu, »dass solche Designerstücke qualitativ etwas hochwertiger sind. Aber, meine Liebe, wie Sie die Contenance bewahrt haben … Chapeau!«

Trotz dieses freundlichen Kompliments verließ ich fluchtartig das schlossähnliche Fertighaus, gefolgt von dem hinter mir herhetzenden Karlos. Erst als ich in seinem Auto saß, fühlte ich mich sicher und atmete erleichtert auf.

»Und?«, fragte ich keuchend, während er mit aufheulendem Motor vom Grundstück fuhr. »Wie war ich?«

»Du warst einzigartig!«, sagte er. »Und du hast mich total heißgemacht!«

Ich grinste und mochte wetten, dass auch der Herr Professor kurz vorm Überkochen stand, aber während Karlos mit mir in einen Holzweg im Stadtwald fuhr und dort den Restwiderstand des Designerkleidchens brach, wusste sein Papa sicherlich nicht, wohin mit seinem Überdruck. Immerhin, er hatte eine Frau mit Contenance, während ich mit Karlos im Auto jedweden Anstand vergaß!

Grundgütiger! Machte das Spaß!

♡ ♡ ♡

Am Montag rief Thomas an. Ich war noch total verschlafen, aber er wollte mich unbedingt sprechen und ließ sich einfach nicht abwimmeln. Erst als er meinte, dass ich unbedingt mit zu Frau Dr. Schmidt gehen müsste, weil man so einen Kurs nicht einfach abbrechen könne, weil sich doch der Erfolg erst am Ende richtig zeigen würde, dämmerte mir, dass ich ja wirklich und tatsächlich mit ihm Schluss gemacht hatte. Nach dem wunderbaren Tag mit Karlos war ich darüber auch kein bisschen traurig. Vielmehr jubilierte es in mir, weil ich mit ihm nun nicht mehr zu diesem absolut grauenvollen Partnertraining für neugierige Paare gehen musste. Ich war frei, meine Neugier auf sehr viel interessantere und lohnendere Dinge zu richten. Zum Beispiel auf Karlos.

Wieso also rief Thomas überhaupt noch bei mir an? War er begriffsstutzig?

»Nein, Thomas«, sagte ich erklärend, aber mit fester Stimme, wild entschlossen, ihn schleunigst abzuwimmeln. »Ich werde heute nicht mitkommen und auch nächste Woche nicht und überhaupt nicht mehr.«

»Aber das ist nicht fair! Ich habe dann keine Partnerin mehr, mit der ich die Übungen machen kann.«

Tja, da konnte ich ihm auch nicht helfen. Mir fiel wirklich keine Frau ein, die sich freiwillig in Lackstiefel zwängte und die Peitsche schwang, um Thomas die dunklen Seiten seiner Erotik ausleben zu lassen. Ich jedenfalls hatte dazu keine Lust mehr und auch nie gehabt!

»Vielleicht macht Frau Dr. Schmidt ja die Übungen mit dir«, sagte ich in einer spontanen Eingebung.

»Und wozu?«, fragte er. »Wir haben den Kurs gemacht, weil ich *dich* heiraten will, nicht Frau Dr. Schmidt!«

Grundgütiger, dachte ich frustriert, warum wollte der Typ denn partout nicht verstehen, dass ich mit ihm Schluss gemacht hatte, weil ich einen anderen kennengelernt hatte? Er konnte meine SMS doch nicht so einfach ignorieren und tun, als wäre alles beim Alten. Wie der an mir klettete, war doch unnormal.

Aber heute hatte ich nicht den Nerv, mich noch weiter mit ihm auseinanderzusetzen. Wenn ich ihn jetzt nicht ganz schnell loswurde, würde ein Unglück geschehen.

»Thomas«, sagte ich also. »Das mit uns wird nichts

mehr. Bitte ruf mich nicht mehr an. Jedenfalls nicht in den nächsten Tagen. Ich habe viel Arbeit und wichtige Entscheidungen zu treffen, was meine berufliche Zukunft angeht.«

»Und unsere Zukunft ist dir egal?«

Kapierte der Junge denn gar nichts?

»Thomas, begreif es doch endlich!«, sagte ich der Verzweiflung nahe und mit übertriebener Betonung. »*Wir haben keine Zukunft!*«

Und dann brachen die beiden, von den Karten prophezeiten Katastrophen ohne Vorwarnung über mich herein.

Da hatte ich mich über den entflammten Dinnertisch wohl zu früh gefreut. Hätte mir gleich denken können, dass das für das Schicksal eher ein Klacks war und eine Karte wie der *Brennende Turm* daran verschwendet wäre.

Die erste wirkliche Katastrophe stand mir also noch bevor, und sie passierte am nächsten Wochenende nach einer traumhaften Nacht mit Karlos. Diesmal waren wir nach einem Zug durch die Szene bei mir gestrandet und unter dem riesigen Bild aus dem Mother-Earth-Tarot hatte uns ein günstiges Karma wunderbare, sinnliche Momente geschenkt.

Ich hatte mein Negligé übergestreift und wollte gerade mein Zimmer verlassen, um uns in der Küche einen Kaffee zu machen, als ich fast mit Thomas zusammengestoßen wäre.

Thomas? Himmel, was machte der denn hier? Und wie kam der überhaupt in die Wohnung rein? Na, durch die Tür sicherlich. Oh, shit! Hatte ich vergessen, alle Schlüssel zurückzufordern, die er damals bekommen hatte, als er noch die Absicht hatte, das vierte Zimmer in der WG zu beziehen? Das musste ich aber umgehend nachholen.

Was im Moment allerdings zweitrangig war und wozu ich mich auch gar nicht in der Lage sah. Der Schock hatte mich auf die Schwelle der weit offenen Tür meines Zimmers gebannt, wie weiland Lots Weib. Hinter mir, nackt im Bett, Karlos und vor mir Thomas, der aus einer Plastiktüte von Aldi eine Lederpeitsche und ein paar Lackstiefel mit Stilettoabsatz hervorzog.

»Das wollte ich dir, äh ... nur wiederbringen«, sagte er und starrte dabei an mir vorbei auf mein Bett und Karlos.

Das ist nicht wirklich wahr, redete ich mir ein, das passiert mir nicht wirklich! Es ist nur ein Albtraum, aus dem ich jederzeit aufwachen kann. Los, werde wach, Paula!

War aber nicht. Ich wachte mitnichten auf – im Gegenteil. Hatte ich bisher nur wie die unbeteiligte Zuschauerin eines Horrorfilms dem Drama beigewohnt, wurde ich nun unmittelbar in die Handlung einbezogen. Und ... Action!

Karlos hatte sich aus dem Bett gewälzt und trat nun nackt, wie Gott ihn geschaffen hatte, äußerst angespannt und neugierig neben mich. Thomas hatte die Tüte fallen lassen und streckte mir seine Hände, welche die Sadomaso-Utensilien umklammerten, mehr oder weniger hilflos entgegen. Was also tun? Erst mal Contenance bewahren!

»Äh, da... da... darf ich bekannt machen? Thomas – Karlos, Karlos – Thomas ... äh ... ein Schulfreund von mir.«

»Schulfreund?!«, wiederholten Karlos und Thomas wie aus einem Munde, der eine mit Frage- der andere mit Ausrufezeichen.

»Und, hm, das da?«, fragte Karlos und stierte befremdet auf die Domina-Ausrüstung. »Was hat das mit dir zu tun?«

»Nichts, gar nichts«, ploppte es mir in Panik raus, aber das nahm er mir ja wohl kaum ab.

Also musste ich mir ganz, ganz schnell einen plausiblen Grund dafür einfallen lassen, warum Thomas mir so ein perverses Zeug anschleppte. Gut, dass der jetzt wenigstens die Klappe hielt, wo er schon so unpassend hier reingeplatzt war. Aber Karlos' nackter Anblick hatte ihm wohl die Sprache verschlagen. Zu Recht, denn verglichen mit seinem bleichen Body, den Ansätze zu Bierbäuchlein und Muskelerschlaffung sowie einem im Ruhezustand mikroskopisch kleinem Schrumpelpenis auszeichneten, entsprach Karlos mit seinem athletischen Traumkörper und dem prachtvollen Gehänge zwischen den Beinen geradezu einer Fleisch gewordenen Kreation von Michelangelo. Aber das war jetzt auch nur insofern hilfreich, als es wenigstens Thomas verstummen ließ. Karlos jedoch verlangte penetrant nach einer Erklärung.

Los doch, ihr kleinen grauen Zellen in Paulas Gehirn, nun schaltet mal auf Turbo! Rettende Ausrede, wo bist du?

»Äh, ja ...«, fing ich schon mal langsam an, weil ich in der Schule mal was über die allmähliche Verfertigung der Gedanken beim Reden gehört hatte, was so viel meinte wie: Erst mal labern, dann liefert das Gehirn mit der Zeit den Sinn schon nach. In der Theorie jedenfalls.

Die Praxis war aber schon noch was anderes. Aber das musste man dem alten Kleist lassen, ganz verkehrt lag er nicht. Ich hatte eine Idee.

»Also, lass dir erklären, Karlos«, holte ich zunächst noch ein bisschen aus, damit sie ein wenig Zeit hatte, sich auch wirklich zu manifestieren. »Also, es ist so ...«

Ich sah Thomas beschwörend in die Augen und dachte: Halt jetzt bloß deinen Mund, red am besten gar nix!

»Es ist also folgendermaßen ...«

Karlos verlor die Geduld. »Was hast du mit solchen, ähm ... Sachen zu tun? Führst du ein Doppelleben als Domina? Und dieser Typ? Ist er einer deiner Sklaven?«

Oh Gott! Nein! Mein Entsetzen äußerte sich erschreckend heftig in einem erschütterten Schrei: »Karlos! Wie kannst du so was auch nur denken!«

»Ich denke gar nicht«, sagte er kalt wie eine Eiswürfelmaschine. »Ich registriere nur Fakten.«

»Aber es ist nicht so, wie es scheint! Häufig sind die Dinge anders, als sie auf den ersten Blick wirken. Wenn man etwas tiefer blickt ...«

»Was du mir bitte ersparst ...«

»... dann erst stößt man auf ihren wahren Grund. Ähm, ja ... und die tatsächliche Erklärung für das, was ihr eigentliches, ähm ... Wesen ist ...«

»Dann halt jetzt keine philosophische Vorlesung, sondern erkläre mir, wie die Dinge deiner Meinung nach wirklich sind. Was macht ein anständiges Mädchen wie du mit diesen Dominawerkzeugen und was hat dein Schulfreund damit zu tun?«

Hm, viel Frage, wenig Antwort!

Ich atmete ein und atmete aus und stieß dann etwas zu heftig aus, was sich inzwischen in meinem Gehirn als rettende Notlüge formiert hatte.

»Nun lass mich doch auch mal zu Wort kommen«, leitete ich für meine Verhältnisse megageschickt ein. Jeder Rhetoriklehrer hätte seine helle Freude an mir gehabt. »Ich wollte es dir doch gerade erklären.«

Wieder blickte ich Thomas, der irgendwie ziemlich belämmert in der Gegend herumstand, scharf an und hoffte, dass mein Blick annähernd die Kraft eines Basilisken entfaltete und ihn zwar nicht gleich zu Stein erstarren ließ, aber seine Zunge weiter lähmte.

»Thomas und ich«, noch mal verschärfter Blick, »spielen, äh ... in einer Kabarettgruppe.« Das tat zwar eigentlich Alix, aber der war es sicherlich egal, wenn ich mir mal kurz ein wenig von ihrer Identität borgte. »Ja, und da wollen wir diese ganze Sadomasokacke mal so richtig durch den Kakao ziehen. Thomas war so nett und hat dafür die, ähm ... Requisiten besorgt.« Ich merkte, wie sich Karlos etwas entspannte und ich allmählich wieder Oberwasser bekam. »Denn ich hab mich natürlich nicht in so einen Laden reingetraut.«

Schluss und Punkt! Tief einatmen. Na, wenn das nicht plausibel war.

Ich schaute Karlos erwartungsvoll an, nahm Thomas geradezu keck die Peitsche aus der Hand, ließ sie kurz durch die Luft knallen und fragte kichernd: »Wir können es aber auch gerne mal ausprobieren!«

Nun schien Karlos ein Frosch auf den Stimmbändern zu hocken, denn er kriegte nur einen seltsam knarzigen Laut heraus. So nutzte ich als einziges der Situation gewachsenes Wesen die Chance, um erstens Karlos Peitsche und Stiefel in die Hände zu drücken, ihn zurück in mein Zimmer zu schieben und die Tür fest hinter ihm zu schließen und um zweitens Thomas aus der Wohnung zu komplimentieren.

»Her mit dem Schlüssel!«, schnauzte ich ihn an. »Und wehe, du wagst es noch einmal, hier aufzutauchen! Wir sind geschiedene Leute, begreif das endlich. Warum, glaubst du, habe ich dir geschrieben, dass ich einen Freund habe? Damit du kommst und uns dein perverses Nachtgebet sprichst?«

Thomas starrte mich verwirrt an. »Der ... der Typ ist

dein Freund? Da... das habe ich ehrlich nicht gewusst«, stammelte er völlig von der Rolle.

»Aber ich habe es dir doch in meiner Abschieds-SMS geschrieben! Und ich finde es echt ätzend, dass du das so wenig respektierst!«

»Aber, aber ...«, stotterte er und zog sein Handy raus. Er rief die Message auf und hielt sie mir unter die Nase.

»Und wo bitte schön soll das stehen?«, fragte er direkt ein bisschen pampig.

Ich blickte auf das Display. Was ich dort sah, war lediglich der zweite Teil meiner SMS: *...werde also morgen und auch in Zukunft nicht mehr zu den Treffen kommen... jetzt sicher, dass es mit uns nichts mehr werden kann...*

Das erklärte einiges, zumindest sein weiteres Klammern. Es berechtigte ihn aber dennoch nicht zu diesem unverschämten Eindringen in unsere WG-Wohnung.

»Und du hast echt nur das hier gekriegt?«, vergewisserte ich mich noch mal ungläubig. Das kam ja nun wirklich äußerst selten vor, dass Message-Teile verloren gingen. »Und auch später ist nichts mehr gekommen?«

Er schüttelte den Kopf und tat mir nun wirklich ein bisschen leid. Dann wusste er ja offiziell noch gar nicht, dass ich mich wegen einem neuen Freund von ihm getrennt hatte. Der Arme, das musste jetzt ja wirklich ein richtiger Schock für ihn gewesen sein. Andererseits hatte jemand, der sich so benahm und heimlich in eine Wohnung eindrang, zu der er nur zufällig noch einen Schlüssel, aber keine Zutrittsberechtigung mehr hatte, eigentlich kein Mitleid verdient.

»Schleich dich«, sagte ich aus diesen Gedanken heraus ziemlich grob. »Und lass mich in Zukunft endlich in Ruhe!«

Er kroch wie ein geprügelter Hund die Treppe runter, und da fand ich mich ganz plötzlich ziemlich gemein. Immerhin hatten wir fünf verhältnismäßig schöne Jahre gehabt.

»Thomas, warte!«, rief ich also spontan und sprang leicht bekleidet, wie ich war, ein paar Stufen die Treppe runter hinter ihm her. Er blieb stehen, und ich holte ihn ein, drückte ihm einen leichten Kuss auf die Wange und sagte: »Es ist besser so. Danke für alles.«

Mehr ging dann auch gar nicht, denn neben uns riss Frau Waschkowski, die uns bestimmt schon die ganze Zeit durch den Spion belauert hatte, ihre Wohnungstür auf und glotzte uns neugierig an.

»Fräulein Paula, was ich noch sagen wollte, wegen der Hauswoche ...«, begann sie, und ich ergriff im flatternden Negligé die Flucht.

Als ich zurück in die Wohnung kam, hatte Karlos sich angezogen. Stiefel und Peitsche lagen auf dem zerwühlten Bett. Ich räumte sie schnell weg.

»Willst du noch einen Kaffee?«, fragte ich etwas verunsichert angesichts seines Schweigens.

»Nee, lass mal.«

»Was anderes? Tee, ein Wasser, ein Frühstücksei?«

Er schüttelte den Kopf. »Ich gehe jetzt mal besser.«

»Aber doch nicht, äh, deswegen?«

Er zuckte die Schultern. »Seltsame Freunde und Hobbys hast du ...«

Grundgütiger! War er so spießig? Aber, na gut ... »Ich, äh ... kann damit aufhören.«

»Mit dem Nebenverdienst als Domina?«

Ich starrte ihn erschüttert an. Hatte er mir wirklich kein Wort geglaubt?

»Mit dem Kabarett!«

»Und das soll ich dir abnehmen?«, fragte er doch tatsächlich.

»Ja klar, ist schließlich die Wahrheit«, sagte ich verzweifelt.

Sein Blick war voller Zweifel. Immerhin drückte er mir zum Abschied einen Kuss auf die Wange.

»Du musst mir glauben!«, beschwor ich ihn.

Da grinste er plötzlich breit. »Okay, ich versuche es.«

Seine Schritte verhallten im Treppenhaus, und ich fragte mich, ob ich ihn je wiedersehen würde.

♡ ♡ ♡

Supergau

Die Karten hatten wirklich nicht zu viel versprochen. Auch die zweite Katastrophe war bereits auf dem Weg zu mir und manifestierte sich im Frisiersalon meiner Mutter.

»Paula, da ist eine neue Kundin«, zischte mir meine Mutter im Frühstücksraum zu. »Die sieht nach was Besserem aus. Ich werde sie gleich selber übernehmen, mach du ihr doch schon mal die Haarwäsche.«

Ich nickte, weil eine neue Kundin im täglichen Einerlei wenigstens mal etwas Abwechslung versprach. Dass es so viel Abwechslung sein würde, hatte ich allerdings nicht vorhergesehen. Hätte ich es, wäre ich wohl kaum in aller Naivität und nichts Böses ahnend an den Frisierplatz getreten.

»Dürfte ich Sie dann erst mal zur Haarwäsche bitten?«, sagte ich mit der angelernten professionellen Freundlichkeit des Dienstleisters, blickte dabei lächelnd in den Spiegel und erstarrte, denn – halt mich einer fest – ich sah geradewegs in die Augen von Karlos' Mutter.

Nein! Ich konnte gerade noch ein Kreischen unterdrücken, aber den panischen Ausdruck im Gesicht nicht. Karlos' Mutter ging es allerdings kaum anders, jedenfalls hatte ihr Spiegelbild seine Gesichtszüge nicht wirklich im Griff und wirkte maßlos irritiert.

»Paula?«, fragte sie schließlich mit einer Stimme, der

man die Verblüffung deutlich anhörte, obwohl sie sich sichtlich um Contenance bemühte.

Contenance! Das sagte ich mir auch. Haltung bewahren, Paula! Beherrschung! Noch war doch gar nichts verloren. Aber wie sollte ich denn erklären, dass sich Karlos statt in eine veritable Jurastudentin lediglich in eine Hochstaplerin verliebt hatte, die in Wirklichkeit eine kleine Friseurin war? So etwas gab es doch nicht im tatsächlichen Leben. Das passierte doch allenfalls mal in einer meiner geliebten Telenovelas! Egal, ich musste mir etwas einfallen lassen. Panik konnte ich später noch schieben.

Okay, dann spielte ich halt mal mit in dieser Soap, die das Leben schrieb. Rettungsversuch – die Erste, alles auf Anfang, Klappe und … Action!

»Das ist aber eine Überraschung«, sagte ich. »Wie schön, äh … dass Sie sich für den Salon meiner Mutter entschieden haben. Wir zählen viele, äh … Prominente zu unseren Kunden.«

Sieh an, auch Karlos' Mutter kriegte die Kurve. »Das habe ich gehört. Der Salon genießt ja wirklich einen ausgezeichneten Ruf. Ich hatte allerdings nicht erwartet, Sie hier zu sehen, Paula.«

Ja, das konnte ich mir denken. Ich komplimentierte sie erst mal zu den Haarwaschbecken hinüber. Bis sie mit Frisierumhang und Handtuch auf der Schulter vor mir saß, hatte ich ein paar Minuten, um mir eine glaubwürdige Erklärung für mein Hiersein und Sosein und vor allem Anderssein, als sie gedacht hatte, einfallen zu lassen.

Ich zog sanft ihren Kopf nach hinten, und sie schloss die Augen, wie es die meisten Kundinnen in dieser Situation des Ausgeliefertseins tun. Dann ließ ich das handwarme Wasser über ihre nicht sehr üppigen Haare laufen.

»Ich, äh … helfe hin und wieder etwas aus, wenn im Salon viel Betrieb ist und es, äh … das Studium erlaubt.«

Gina, die neben mir einer älteren Dame den total verfetteten Kopfputz wusch, klappte der Unterkiefer verblüfft runter.

»Studium?«, zischelte sie.

»Mein Jurastudium!«, sagte ich mit leichter Schärfe und legte den Finger auf den Mund. Sie schien nicht zu kapieren. Also holte ich mir von ihrem Platz eine Ampulle mit Haarkur und drückte sie ihr in die Hand.

»Da, nimm das, es hilft gegen Fett im Haar. Und konzentrier dich auf deine Arbeit!«

Sie zeigte mir einen Vogel, was aber sonst niemand sah. Karlos' Mutter jedenfalls schien beruhigt und auf meinen Schwindel voll abzufahren.

»Das ist lobenswert«, meinte sie und wirkte unter meiner sanften Kopfmassage beim Shampoonieren sehr entspannt. »So helfen Sie Ihrer Mutter und verdienen sich sicherlich noch ein schönes Taschengeld. Karlos hat das ja leider nie nötig gehabt.«

Wieso leider?

»So ein Einblick in den Berufsalltag ist ja in vieler Hinsicht sinnvoll.«

Ach, ja?

»Ich kann einen frühen Kontakt mit der Praxis nur begrüßen. Karlos ist ja so froh, dass er sich nun bei einer Bank als Vorstandsassistent bewähren kann.«

Vorstandsassistent? Das hatte er mir allerdings nicht gesagt. Ich hatte gedacht, dass er in irgendeiner Filiale der Sparkasse hinterm Schreibtisch hockte und Kunden, die nicht wussten, wohin mit ihrem Geld, Aktienfonds und Wertpapiere aufschwatzte. Aber Vorstandsassistent? Wow! Da wippte er ja schon kräftig auf dem Karrieresprungbrett.

Ich spülte seiner Mutter die Haare aus und gab etwas Aufbaulotion für die angegriffenen Spitzen hinein. Gerade wollte ich mich freuen, dass ich so elegant die Situation gerettet hatte, als meine Mutter auftauchte.

»Ich bin dann so weit, Paula«, sagte sie geschäftsmäßig und geleitete Karlos' Mutter zu ihrem Frisierplatz.

Es half nichts, ich musste die beiden miteinander bekannt machen, wenn mich Karlos' Mutter nicht für unhöflich halten sollte.

»Ähm, ja«, stotterte ich also verlegen los. »Dies ist also meine Mutter, Sie haben sie ja schon kennengelernt. Und äh ... Mama, das ist die Mutter von Karlos, meinem, äh ... ja, neuen Freund. Du weißt schon ...«

Sie wusste natürlich nicht – weder, dass ich einen neuen Freund, noch, dass der eine Mutter hatte. Es hatte sich einfach noch keine Gelegenheit ergeben, es ihr zu sagen. Hoffentlich kriegte sie jetzt keine Krise.

Ich schaute sie besorgt an, aber sie riss sich zusammen und sagte in nahezu normaler Stimmlage zu Karlos' Mutter: »Schön, dass ich Sie nun auch mal kennenlerne.« Zu mir meinte sie lediglich: »Wickel du doch schon mal nebenan die Dauerwelle.«

Och, nö, nicht die Tante mit den Drahthaaren! Da war ich ja wieder Stunden beschäftigt. Wozu die bei ihren Powerhaaren überhaupt eine Dauerwelle brauchte, war mir ohnehin schleierhaft.

Aber na gut, die war jetzt das kleinere Problem. Das größere befand sich unter den Händen meiner Mutter und sagte gerade: »Erstaunlich, dass Sie Paula als Aushilfe eine Dauerwelle anvertrauen. Aber Sie ist geschickt. Wie eine ausgebildete Friseurin.«

Ich schluckte, und meine Mutter kapierte gar nichts. Sie sah mich jedoch scharf und fragend an. Ich zuckte die Schultern und gab mich unwissend.

Karlos' Mutter lachte und gönnte sich einen Joke. »Na, falls es mit dem Juraexamen schiefgehen sollte, könnte sie ja immer noch auf dieses Handwerk umsatteln.«

Ich merkte, wie mir schlecht wurde, und auch meine Mutter lief leicht grünlich an.

»Juraexamen?«, fragte sie fassungslos. »Paula?«

Oh bitte, Mama, flehte ich innerlich. Sag jetzt nichts mehr. Red einfach nicht oder von was anderem. Das Wetter zum Beispiel ist doch ein beliebtes Friseurthema.

»Es ... es soll am Wochenende einen Orkan geben«, platzte es bei diesem Gedanken aus mir heraus. »Zweihundert Stundenkilometer ... Karlos sollte nicht zum Segeln gehen.«

»Wirklich?« Seine Mutter ließ sich Gott sei Dank ablenken. »Das werde ich ihm sagen.«

Und damit sie nicht wieder ein neues Gespräch über mich mit meiner Mutter anfing, drückte ich ihr eine Zeitschrift in die Hand mit der Bemerkung: »Falls Sie etwas lesen wollen? Es wird über die gesamte Londoner Fashion Week berichtet.«

Sie bedankte sich und begann tatsächlich, interessiert das Magazin durchzublättern. Ihre weiteren Statements drehten sich dann auch hauptsächlich um Mode, was meine Mutter überhaupt nicht interessierte und sie nahezu zum Verstummen brachte. Als ich mit der Dauerwelle fertig war, übergab sie mir daher gelangweilt Karlos' Mutter zum Föhnen.

Puh, das war knapp, aber gut gegangen!

Leider war ich dann blöd genug, sie zum Zahlen an die Kasse zu bitten, als meine Mutter grade abkassierte.

»Ich bewundere Ihre Tochter wirklich«, sagte sie da noch einmal lobend. »So ein schweres Studium und dann noch dieser anstrengende Nebenjob. Wirklich sehr wacker.«

Nun konnte meine Mutter es nicht mehr überhören.

»Nebenjob? Studium? Was für ein Studium?« Sie sah bei dieser Frage mehr mich an als Karlos' Mutter.

Ich fischte erneut nach einer Ausrede, aber ehe ich die geangelt hatte, sagte schon Karlos' Mutter: »Das Jurastudium. Das ist wirklich kein Pappenstiel. Besonders im sechsten Semester ist das Pensum gewaltig und der Stoff sehr schwierig. Mein Mann ist ja Professor für Öffentliches Recht. Da weiß ich, wovon ich rede.«

Mama lief rot an und warf mir einen vernichtenden Blick zu. Da sie wegen meiner Bewerbung am Theater ohnehin noch sauer auf mich war und glaubte, ich würde mich für meinen, der ja auch ihr Beruf war, schämen, sagte sie nur leidenschaftslos und der Wahrheit entsprechend: »Da müssen Sie etwas verwechselt haben. Paula studiert nicht. Sie hat sich bewusst gegen ein Studium entschieden und gerade ihre Lehre als Friseurin erfolgreich abgeschlossen. Sie arbeitet auf einer vollen Stelle bei mir im Salon.«

Sie warf mir einen finsteren Blick zu, sortierte dann das Geld in die Kasse und fügte, wohl in Anspielung auf meine Bewerbung beim Staatstheater, hinzu: »Noch jedenfalls!«

Karlos' Mutter sah mich verständnislos an, hatte aber offenbar doch deutlich genug mitgekriegt, dass ich keine Studentin, sondern Friseurin war. Pech!

»Sie enttäuschen mich, Paula«, sagte sie. »Weiß Karlos darüber Bescheid?«

Nun brachte sie mich aber arg in Verlegenheit. Hm, vielleicht konnte sie ja ein bisschen in dieser dummen Sache vermitteln? Ein wenig Unterstützung ihrerseits würde meine Beichte sehr erleichtern.

Also sagte ich: »Äh … ja, also, äh … eher nein … Wissen Sie, ich wollte es ihm schon lange sagen …«

Sie sah mich sehr amüsiert an. »Dann machen Sie das am besten umgehend«, sagte sie und legte eine Kunstpause ein, bevor sie fortfuhr. »Sonst erfährt er es von mir. Ich kann mir kaum vorstellen, dass Ihnen das lieb wäre.«

Sie drehte sich brüsk um und rauschte – natürlich ohne Trinkgeld zu geben – aus dem Salon.

Oh shit! Nun gab es keinen Aufschub mehr. Ich musste Karlos meinen kleinen Schwindel so schnell wie möglich gestehen, bevor seine Mutter noch einen Elefanten aus dieser Mücke machte.

Ich ging in den Personalraum, um Karlos anzurufen, aber meine Mutter kam sofort hinter mir her und verlangte eine Erklärung, was ja durchaus verständlich war.

Zerknirscht gestand ich ihr, dass ich Karlos am Anfang unserer Bekanntschaft in nicht ganz nüchternem Zustand etwas vorgeschwindelt hatte.

Sie war stocksauer. Nicht allein wegen der Lüge, sondern weil ich in ihren Augen sie und den ganzen Berufsstand dadurch herabgesetzt hätte. Dass alleine meine Minderwertigkeitsgefühle dahintersteckten, wollte sie einfach nicht verstehen.

Entsprechend fiel auch ihr Kommentar aus. »Es tut mir ja leid«, sagte sie, obwohl es ihr sicherlich nicht leidtat, »dass ich nun deine Schwindelei aufgedeckt habe. Was mich aber am meisten betrübt, ist, dass du offensichtlich nicht zu würdigen weißt, was ich geleistet habe, um diesen Salon aufzubauen, den du ja schließlich einmal übernehmen sollst. Dafür brauchst du dich weiß Gott nicht zu schämen. Aber ich habe ja schon gemerkt, dass dir das alles hier nicht gut genug ist, sonst würdest du dich ja hierauf konzentrieren und nicht so einem windigen Job beim Theater hinterherlaufen!«

Aha, so sah sie das also. Na gut, dann konnte ich ihr auch nicht helfen. Wenn sie partout nicht begreifen wollte, dass ich nicht mein Leben lang an ihren Rockschößen hängen wollte, sondern eigene und andere Erfahrungen auch wichtig waren, dann mussten wir eben so auseinandergehen. Ich hätte es gerne friedlich und einvernehmlich gehabt, aber das ging ja wohl nicht.

Und so sagte ich schärfer, als ich es eigentlich wollte: »Ich schäme mich nicht für meinen Beruf, auch wenn ich diese Dummheit mit Karlos gemacht habe, aber das schaffe ich aus der Welt. Was sich aber nicht ändern wird, ist mein Entschluss, deinen Salon zu verlassen, um auch noch woanders zu lernen. Wenn die mich am Theater wirklich wollen, werde ich dort auch hingehen.«

Da mehr nicht zu sagen war, drehte meine Mutter sich um und ging wortlos zurück an die Arbeit. Sie hätte mir ja wenigstens Glück wünschen können.

Frustriert griff ich zum Handy, um nun endlich Karlos anzurufen. Da war jetzt dringend eine Beichte fällig, ehe mir seine Mutter zuvorkam.

»Was ist?«, keuchte er ins Handy, und ich mochte wetten, dass er total verschwitzt war. »Ich bin im Studio.«

Klar doch! Hatte der Kerl nichts anderes zu tun, als in einer Zeit, wo werktätige Menschen arbeiteten, seinen Body zu builden? Brauchte denn sein Vorstand heute keine Assistenz von ihm oder hatte er noch Resturlaub?

»Äh, ja, ich dachte, wir sollten uns mal wieder einen schönen Abend machen. Lecker essen und ... na, du weißt schon ...« Ich versuchte, verheißungsvoll zu klingen.

»Hört sich gut an«, sagte er auch freundlich. »Aber heute passt es schlecht. Mein Vater gibt einen Empfang für einen Gastprofessor aus Amerika.«

Grundgütiger! Nein! Das nicht auch noch. Bitte, bitte, liebes Schicksal, gib mir noch eine einzige Chance, meinen Fehler wieder gutzumachen! Es gab sie mir.

»Komm doch einfach mit«, sagte Karlos. »Es wird zwar sicher etwas langweilig, aber andererseits sind es ja alles Juristen. Und ein paar Assistenten vom Lehrstuhl meines Vaters sind eigentlich immer bei so etwas dabei.«

Hallo? Wie darf ich das verstehen, Schicksal? So doll schien mir die Chance nun auch nicht. Da konnte ich mich doch nur unsterblich blamieren! Aber was half es? Ich hatte ja keine Wahl. Also nahm ich die Einladung – allerdings im höchsten Maße besorgt – dankend an.

♡ ♡ ♡

Ich hatte selten eine derart anstrengende Party erlebt. Ständig musste ich aufpassen, mich nicht irgendwie zu verraten. Fast hatte ich den Eindruck, als hätte Karlos' Mutter das ganze Event nur zu dem Zweck veranstaltet, um mich in die Pfanne zu hauen. Aber das Vergnügen, mich kläglich scheitern zu sehen, und das auch noch in aller Öffentlichkeit, würde ich ihr nicht bereiten.

Doch gute Vorsätze sind leicht gefasst, sie in der Realität durchzuhalten, erwies sich als sehr viel schwieriger. Sie war nämlich gemein und perfide und ausgesprochen rachsüchtig, weil sie es einfach nicht verknusen konnte, dass jemand wie ich ihren geliebten Sohn so hinterging. Meine Gründe dafür interessierten sie herzlich wenig, und sie waren ja, ehrlich gesagt, auch nicht wirklich überzeugend oder ehrenhaft. Ich hatte mich benommen wie eine dumme, von Minderwertigkeitskomplexen gebeutelte Zicke, die sich partout eine gute Partie angeln wollte.

Nein, jaulte ich innerlich auf, so war es doch gar nicht! Er wollte mich und zwar, weil er mich beim Karaoke so toll fand, und nicht, weil ich Jurastudentin war! Es wäre ihm bestimmt total egal gewesen. Nur meine totale Blödheit, meine Angst, nicht wirklich geschätzt und geliebt zu werden, wie ich war, hatte diese bescheuerte Situation heraufbeschworen. Seine Mutter hatte ja gar keine Ahnung! Das war alles nur eine dumme Verkettung unglücklicher Umstände, und das würde ich auch umgehend aufklären und wieder in den Griff kriegen ... Doch, würde ich!

Sogar ein neues Kleid hatte ich mit Alix noch für den Abend gekauft, ein ganz und gar anständiges, mit ganz wenig Sex- und gar keinem Domina-Appeal! Da konnte doch gar nichts mehr schiefgehen.

Wenn seine Mutter sich allerdings ständig so an ihn ranklebte, musste ich höllisch aufpassen, dass sie nicht in einer perfiden Anwandlung mein Geheimnis vorzeitig preisgab. Ein paar Anspielungen hatte sie schon gemacht und mir damit bereits einen ganz schönen Schrecken eingejagt. Außerdem stellte sie mich ständig irgendwelchen Juristen vor, die mich in komplizierte Fachdiskussionen einbeziehen wollten und denen ich mich nur mit sehr fadenscheinigen Ausreden entziehen konnte.

Und dann trat der Gau ein.

Ohne Vorwarnung kam Karlos zu mir, packte mich am Arm und zerrte mich in das Arbeitszimmer seines Vaters. Er hielt mir eine Zeitung unter die Nase.

Was sollte das? Was fiel dem ein, so grob zu mir zu sein? Ich wollte ihn gerade anschnauzen, als mein Blick auf eine Anzeigenseite fiel. Es waren überwiegend Bekanntschaftsanzeigen, aber auch Werbung für Nachtbars, Table-Dance-Clubs und – oh Gott, nein! – spezielle Liebesdienste. Und auf einer dieser Anzeigen, mit der Überschrift *Junge Domina sucht devote Sklaven,* prangte ein Foto von – halt mich fest! – mir! In Strapsen, Lackstiefeln und mit Reitgerte in den Händen. Ich stieß einen erstickten Laut aus, griff noch panisch und Halt suchend um mich, dann sank ich ohnmächtig zu Boden.

Als ich wieder zu mir kam, lag ich auf einer an Freuds Psychocouch erinnernden Chaiselonge und neben mir saß Karlos im Schreibtischsessel seines Vaters und studierte mein Gesicht mit einem Ausdruck wissenschaftlicher Neugier. Es war jedenfalls nicht der Blick eines liebenden und besorgten Lovers.

»Nun?«, sagte er denn auch um Distanz bemüht. »Was für eine Ausrede fällt dir dazu ein?«

Ich fuhr hoch und saß mit sehr senkrechtem Oberkörper auf dem Psychomöbel.

»Ausrede!«, schnappte ich. »Ich brauche keine Ausrede. Du glaubst doch wohl nicht, dass ich jemals so etwas tun würde?!«

»Nicht? Und warum gibst du dann solche Anzeigen auf?«

Wie naiv war denn der?

»Die habe *ich* doch nicht aufgegeben. Merkst du nicht, dass das eine ganz schäbige Racheaktion ist! Irgendwer will mich einfach nur fertigmachen.«

»Und wer? Der große Unbekannte?«

Es war offensichtlich, dass er mir kein Wort glaubte. Ich sank frustriert auf die Liege zurück, und er sah auf mich herab wie auf ein Stück Unrat oder doch zumindest eine stinkende Made, die sich unter seinen Blicken wand.

Okay, genau so kam ich mir ja auch vor, aber das berechtigte ihn noch lange nicht, auch so von mir zu denken!

Ich spürte, wie ich sauer wurde, aber Zorn war sicherlich nicht der richtige Weg, um diesen Supergau noch abzuwenden. Ich musste etwas weiter ausholen.

»Natürlich kein Unbekannter«, sagte ich erst mal so ruhig wie möglich.

Was wohl nicht besonders ruhig war, denn mir bebten die Lippen bei jedem Wort und mein ganzer Körper zitterte vor Erregung.

»Ich … ich weiß es zwar nicht genau, aber … aber ich denke mir, dass es Thomas war.«

Er sah mich an, wie ein Professor in der Psychiatrie einen besonders hoffnungslosen Fall paranoider Schizophrenie.

»Thomas? Dein Schulfreund?«

»Ja, ja, genau der. Du … du hast ihn doch kennengelernt …« Ich stockte und gab mir dann doch einen Ruck. »Also, er … er war halt mal mehr als nur ein Schulfreund für mich … Aber das ist vorbei. Wirklich! Ich … ich habe mit ihm Schluss gemacht, als ich dich kennenlernte und … und … diese Aktion mit diesen Dominasachen … und das hier jetzt … das ist …« Ich schluchzte auf und warf mich theatralisch und in Tränen ausbrechend vor ihm auf die Knie. »… das ist eine ganz gemeine Rache … alles wegen seiner enttäuschten Liebe und weil … weil ich seinen Heiratsantrag abgelehnt habe ….«

Nun schien Karlos verblüfft. »Du hast was?«

Ich schaute ihn aus tränenerfüllten Augen an und wischte mir mit dem Handrücken den Rotz weg, der mir aus der Nase lief.

»Ich … ich habe seinen Heiratsantrag abgelehnt …«

Na, wenn das kein Grund für Rache war! Das musste doch auch Karlos einleuchten.

Es leuchtete ihm ein. »Ich ... ich hätte nie gedacht, dass er ein so mieser Typ ist!«

»Wie ... wie kann er mir so etwas antun?«, jammerte ich und stellte fest, dass Karlos allmählich Mitleid mit mir bekam, ja, er wurde sogar richtig wütend auf Thomas.

»Den mach ich fertig«, grummelte er. »Der kann sich warm anziehen. Der kriegt eine Klage an den Hals, die sich gewaschen hat. Der kann bluten dafür, das sage ich dir ...«

Oh Gott, wenn das bekannt wurde, dann war es mit seiner Karriere als Grundschullehrer vorbei. Wie blöde war der Typ denn auch! Setzte aus gekränkter Eitelkeit eine Fotomontage in die Zeitung und machte mich zur Schlampe und sich zum Kriminellen! Wieder überkam mich mein Mutter-Teresa-Syndrom.

»Können ... können wir das nicht gütlich, äh ... ich meine, außergerichtlich mit ihm regeln? Äh, ich meine, er hat es doch nur aus enttäuschter Liebe getan ... Das ... das sind doch mildernde Umstände ... Sind es doch, oder?«

Karlos schüttelte ungläubig den Kopf. »Sag mal, arbeitest du auf deine Seligsprechung hin? Wenn mir einer so etwas angetan hätte, ich würde ihn bei lebendigem Leibe ins Alligatorbecken im Zoo schmeißen!«

Ich wischte meine Tränen ab. »Das können wir ja gerne mit Thomas machen, aber wir können ihm doch nicht durch ein Gerichtsverfahren seine ganze Zukunft vermasseln.«

»Und was hat er mit deiner und meiner Zukunft gemacht? Glaubst du, ich oder meine Familie finden es toll, wenn meine Freundin als stadtbekannte Domina diffamiert wird?«

Da hatte er leider recht. Die ganze Tragweite dieser miesen Anzeige wurde mir erst jetzt bewusst. Ich konnte mich nie mehr im Frisiersalon sehen lassen, meine Mutter würde mich als ihre Tochter verleugnen, vom Staatstheater gar nicht zu reden! Ich würde mich zum Betteln in die Fußgängerzone setzen müssen, um meinen Lebensunterhalt zu finanzieren ... oder ... ich arbeitete wirklich als Domina! Vielleicht fand ich ja unter diesen Umständen doch noch Vergnügen am Verprügeln von Männern!? Mir drehte sich jedoch schon allein bei dem Gedanken der Magen um. *Nein!*

Hatte ich jetzt in meiner Verzweiflung wirklich laut geschrien?

Ich hatte, denn Karlos fragte: »Was nein?«

Ich schüttelte den Kopf und flüsterte resignierend: »Ich werde ins Kloster gehen.«

Nun grinste Karlos. »Bravo!«, sagte er. »Von der Hure zur Nonne. Eine nicht unübliche Karriere. Gibt berühmte Vorbilder!«

»Du willst doch nicht wirklich, dass ich das mache?«

»Nun, es wäre nicht schlecht, wenn du eine Weile von der Bildfläche verschwinden würdest.«

Oh Gott, schätzte er die Situation wirklich so schlimm ein?

»Schlimmer!«

»Und wir können gar nichts tun?«

»Doch. Ich werde mit meinem Vater reden, und wir werden von der Zeitung eine Gegendarstellung verlangen und deinen Thomas kriegen wir dran, der wird niemandem wieder was ans Zeug flicken!«

Ich seufzte auf. »Und jetzt? Ich kann doch so nicht mehr auf die Party gehen ...«

Er kehrte den Gentleman raus. »Stimmt. Aber da die sowieso reichlich langweilig ist und ich meine Sohnespflichten hinreichend erfüllt haben dürfte, schlage ich vor, wir verdrücken uns still und leise und fahren in mein Apartment. Vielleicht gibst du mir ja da mal ganz privat und exklusiv eine Sonderbehandlung …«

Arsch!

Ich war noch mal davongekommen, aber es half nichts. Ich musste diese letzte Chance nutzen, um ihm zu beichten, dass ich keine Jurastudentin war. Natürlich war das nun, nachdem ich ihm die Sache mit Thomas gestehen musste, eigentlich ein bisschen viel auf einmal. Ich weiß nicht, wie ich reagiert hätte, wenn er mir Ähnliches erzählt hätte.

Ich habe übrigens eine Verlobte, die ich eigentlich nicht mehr habe, seit ich dich kennengelernt habe, und Banker bin ich eigentlich auch nicht, sondern Fahrer bei der städtischen Müllabfuhr, und meine Eltern sind übrigens nur meine Adoptiveltern. Meine leiblichen Eltern sitzen beide im Knast, wegen illegaler Prostitution und Zuhälterei …

Ich wäre wahrscheinlich noch nackt aus seinem Bett gesprungen und schreiend in die Berge gelaufen.

Ich schaute Karlos bewundernd von der Seite an. Wie sicher er doch Auto fuhr. Diese Selbstbeherrschung! Nichts merkte man ihm an, und das nach diesem Schock.

»Das Jahr in Eaton«, meinte er, als ich darauf anspielte. »Das ist eine Schule fürs Leben. Danach gehst du durch jede Krise als Gentleman.«

Wie schön für ihn, dachte ich und wünschte mir, dass ich mein Problemmanagement auch mal so gut im Griff hätte und es als Gentlewoman ebenfalls gebacken bekam.

♡ ♡ ♡

Ich verwöhnte Karlos nach allen Regeln der Liebeskunst, die ich bei Frau Dr. Schmidt gelernt hatte, und verspürte eine geradezu zynische Freude, als ich Karlos all das angedeihen ließ, was eigentlich Thomas zugedacht war, diesem Beziehungskrüppel, Schuft und Dreckskerl!

Karlos genoss es auch dankbar, wenngleich er bei einigen Praktiken recht misstrauisch wirkte, sodass ich aufpassen musste, nicht zu »professionell« rüberzukommen.

Als wir beide erschöpft und relaxed nebeneinanderlagen, er die Augen geschlossen und ich an die Decke starrend, fand ich, dass der Augenblick nun gekommen war, wo ich ihm endlich mein Geständnis machen musste. Dennoch beschlichen mich sogleich auch wieder Zweifel. War das jetzt wirklich der richtige Moment und der richtige Ort?

Ich ging ein paar Alternativen durch, wo ich es ihm sonst noch beichten könnte. Auf dem I-Punkt, dem einzigen Hochhaus unserer Stadt, vielleicht? Da fiel ich wenigstens gleich aus dem Leben, wenn er mich daraufhin fallen ließ. Sehr praktisch, nach dem Motto »Lieber ein Ende mit Schrecken, als ein Schrecken ohne Ende«.

Hm, oder in einem Kahn auf dem Stadtweiher mit der Möglichkeit, unauffällig abzutauchen? Nee, da würde ich nur wieder Zoff mit Opa kriegen.

Aber warum eigentlich so negativ? Auch wenn seine Mutter mir reichlich Sorgen bereitete, er würde mich doch wegen so einer Lappalie nicht verlassen.

Gut, das war jetzt vielleicht alles ein bisschen viel für ihn, aber er liebte mich doch und ich liebte ihn, da musste sich die Sache doch irgendwie bereinigen lassen.

Ich sprach mir Mut zu, aber wenn Ort und Zeit doch unpassend waren? Auch wenn ich I-Punkt und Kahnfahrt verworfen hatte, vielleicht wäre es bei einem Essen im Golfclub oder bei einer Mondscheinparty im Yachthafen günstiger?

Ich schloss einen Moment die Augen und stellte mir eine alternative Situation vor. Zwischen Wachtelpastete und Chablis schaute ich ihm tief in die Augen und seufzte: »Karlos, verzeih mir, aber du solltest mal wieder deine Haare schneiden lassen. Ich mache es heute Abend am besten selbst.«

»Du?«, fragte er verwundert und sah mich liebevoll an.

»Ja, ich. Hatte ich dir nicht erzählt, dass ich gelernte Friseurin bin?«

Sein Blick strahlte Bewunderung aus. »Wirklich, Hase? Du erstaunst mich immer wieder.«

Bla bla bla ...! Wäre ja schön, wenn es so ablaufen würde, aber das nächste Essen im Golfclub war in zwei Wochen und die Sache duldete keinen Aufschub. Seine Mutter durfte mir auf keinen Fall zuvorkommen. Na ja, und außerdem war es doch auch eigentlich am besten, es ihm da schonend beizubringen, wo wir uns auch ohne viele Worte und schniekes Drumherum bestens verstanden: im Bett!

So wie wir grade entspannt und aneinandergekuschelt auf dem Satinlaken seines Luxusbettes lagen, war zwischen uns nichts als wunderbare Harmonie und tiefes Vertrauen. Ich spürte seinen regelmäßigen Atem, als ich meinen Kopf auf seine Brust legte, und gestand mir noch einmal ein, dass ich für diesen Mann mehr als nur sexuelle Begierde empfand. Ich liebte ihn und darum würde ich um ihn kämpfen, auch gegen seine Mutter. Ich musste jetzt reinen Tisch machen.

And than I go and spoil it all by saying something stupid ...

»Meinst du, man kann sicher sein, dass die Dinge und Menschen immer das sind, was sie scheinen?«, begann ich mich etwas weitschweifig auf mein Geständnis zuzubewegen.

Er gab mir keine Antwort, sondern grunzte nur behaglich. Ich starrte wieder an die Decke. Sie war über dem Bett etwas abgehängt, dunkelblau, und in diesem Blau glitzerten viele kleine Halogenlampen wie funkelnde Sterne.

Gut, dass er so ein Romantiker war! Das machte es leichter. Julia Roberts war schließlich in *Pretty Woman* sogar eine Prostituierte und ihr Banker hatte sie dennoch genommen. Da war doch eine Friseurin geradezu eine gute Partie!

Andererseits bedeutete eine Prostituierte natürlich eine echte Herausforderung für den Mann, wohingegen eine Friseurin einfach nur langweilig war. Hätte ich mit der Dominanummer doch besser punkten können?

Mich verließ der Mut und mein altes Problem, mir ständig zu viele Sorgen zu machen, wurde wieder virulent. Mir schossen so viele Wenns und Abers durch den Kopf, dass ich mich fühlte, als wäre ich zwischen die Fliegerstaffeln einer Flugshow geraten.

Aber wenn nicht jetzt, wann dann? Seine Mutter ließ mir keine Zeit, und außerdem herrschte doch im Moment zwischen uns die absolute Harmonie. Bessere Voraussetzungen gab es einfach nicht.

»Karlos, also wenn nicht jeder das ist, was er scheint ... äh ... dann wäre er ja was anderes, als man von ihm denkt ... äh, ja ... ein bisschen jedenfalls, weil ... einiges ist ja schon so, wie es ist, also das Aussehen und sein Charakter zum Beispiel ...«

Karlos schlug unvermittelt die Augen auf. »Sag mal, was redest du da eigentlich die ganze Zeit? Worauf willst du hinaus?«

Ich stockte. »Karlos? Liebst du mich?«

»Natürlich, immer wieder!«

»Immer wieder?«

»Klar, jedes Mal, wenn wir es tun!«

Ich schluckte. Konnte es sein, dass der Typ wirklich nur an Sex dachte?

»Und, äh … zwischendurch?«

Er lachte und wälzte sich in eine bequeme Position. »Zwischendurch träume ich davon, dass wir es tun!«

Hm, wollte er sich vor einer klaren Aussage drücken? Konnte er nicht einfach, genau wie ich, schlicht und ergreifend sagen: Ich liebe dich, immer, ständig, rund um die Uhr, egal, ob du da bist oder nicht. Fühlst du nicht, wie meine Liebe dich immer und überall einhüllt und vor dem Alltag beschützt, dich auf einer rosa Wolke sicher durchs Leben trägt?

Konnte er nicht so etwas Schlichtes einfach mal sagen?

Na gut, Thomas hatte das so direkt auch nicht getan, aber Thomas war Thomas und ich hatte mich ja nicht ohne Grund von ihm getrennt. Dennoch hatte er solche Dinge wenigstens ansatzweise gelegentlich auf eine Karteikarte geschrieben, die er mir in den Briefkasten steckte. Von Karlos hatte ich mir in der Hinsicht eigentlich etwas mehr versprochen. Auf jeden Fall mehr Kreativität und Enthusiasmus.

»Warum hast du mich eigentlich deinen Eltern vorgestellt?«

Er grinste mit geschlossenen Lidern und es sah aus, als betrachte er dahinter ein Bild, das er auf der Netzhaut hatte.

»Weil du eine vorzeigbare Frau bist. Du hast ihnen gefallen. Vielleicht heirate ich dich ja mal, so in fünf oder sechs Jahren.«

Wie bitte? Ich merkte, wie mir der Hals schwoll.

»Sehr gütig. Aber wie du weißt, habe ich schon einen Heiratsantrag abgelehnt ...«

Er setzte sich auf. »Von diesem ... diesem Arsch von Thomas! Wie konntest du dich mit so einem einlassen?«

»Ich war jung, und ich brauchte das Geld ...«, versuchte ich einen Scherz, der aber total danebenging.

Er schaute mich äußerst misstrauisch an und fragte: »Also war da doch was Berufsmäßiges mit ihm, was du mir verschweigst?«

Grundgütiger, er nun wieder. Aber das war vielleicht genau der Einstieg, den ich brauchte.

»Also, berufsmäßig ... da wäre etwas, was ich dir schon länger mal sagen wollte ...«

Er fuhr im Bett hoch. »Du hast doch nicht wirklich für diesen Dreckskerl als Domina gearbeitet?!«

»*Nein!*« Ich schrie ihn total wütend an: »Wie oft soll ich es dir denn noch sagen? Da war nichts in dieser Hinsicht!«

Er sah nicht so aus, als ob er mir wirklich glaubte, fragte aber: »Und was sonst wolltest du mir sagen? Berufsmäßiges?«

»Es ... es hat mit dem Studium zu tun.«

»Ach so.« Er legte sich wieder einigermaßen relaxed zurück.

»Wäre es schlimm«, fuhr ich denkbar ungeschickt fort, »wenn ich nicht Jura studieren würde?«

Er verstand nicht. »Willst du das Studienfach wechseln?«

Hm, ja, so in etwa, das Fach auf jeden Fall.

»Könntest du dir eine Frau an deiner Seite vorstellen,

die nicht studiert hat, sondern einen Lehrberuf ausübt?«

»Du meinst Lehrerin oder so?«

Meine Güte, wie kompliziert war denn das?

»Nein, äh, ich, äh, meine, einen Ausbildungsberuf, Dachdeckerin zum Beispiel oder Tischlerin oder … ähm … ja … Friseurin?«

Ich schluckte. Es war raus!

Karlos setzte sich wieder im Bett auf und sah mich noch missmutiger an als zuvor.

»Sag mal, spinnst du heute irgendwie? Hast du zu viel getrunken oder ist das mit der Anzeige schuld? Du redest in einem fort und immer nur unverständliches Zeug!«

Hm, tat ich vermutlich in den Augen eines Außenstehenden, der meine Beweggründe nicht kannte, wirklich und so konnte ich ihm nicht mal richtig böse sein, wegen dieser unfreundlichen Bemerkung.

Doch als er sich nach einem langen, etwas groben Kuss wieder in die Kissen fallen ließ, sagte er: »Dachdeckerin könnte ich mir vielleicht ganz lustig vorstellen, aber Friseuse! Du glaubst doch nicht, dass ich mich so weit herablasse!«

In dem Moment wusste ich, dass Worte tatsächlich töten können. Seine jedenfalls bohrten sich wie die Dolche eines Messerwerfers in mein Herz. Ich ließ mich neben ihn fallen, ohne noch einmal seinen Körper zu berühren, und blutete schweigend aus. Als ich so gut wie tot war, stand ich mit zombiehaften Bewegungen auf, zog mich leise an, warf einen letzten Blick auf seinen schlafenden, nackten, wunderbaren Körper, auf dem ein so hohler Kopf saß, und schlich aus seinem Apartment.

Meine Beichte hatte sich erübrigt, denn ich würde ihn nie wiedersehen.

Als ich die Treppe runterlief, rollten mir die Tränen über die Wangen.

Herablassen! Zu mir brauchte sich niemand herabzulassen! Meine Wut und eine Art proletarischer Standesdünkel machten mich wieder lebendig.

Ja, auch ich hab so was wie eine Ehre! Lass dich nicht blicken, Schatz, lass dich nicht blicken, Schatz, sonst fliegst du raus!

Wenn ich schon ein Aschenputtel war, dann konnte ich auch noch ein wenig länger auf einen echten Märchenprinzen warten. Einen, der in einem richtigen Schloss aufgewachsen war und nicht in einem schlossähnlichen Fertighaus!

♡ ♡ ♡

Es ging mir schlecht! Nein, es ging mir dreckig! Es war eine stockfinstere, regnerische Nacht und ich rannte allein durch die Straßen, in denen der Oberbürgermeister aus Kostengründen nicht mal mehr die Straßenbeleuchtung anknipste. Lediglich aus den Schaufenstern der wenigen Geschäfte fiel hin und wieder etwas Licht auf den nass glänzenden Bürgersteig. Das Musikerviertel, in dem Karlos seine schicke Wohnung hatte, war eine nahezu reine Wohngegend und um diese nächtliche Stunde waren die Straßen zwar mit den Autos der Anwohner zugeparkt, aber menschenleer.

Meine hastigen Schritte hallten unnatürlich laut von den Häuserwänden zurück, und ich hatte ständig das Gefühl, jemand würde hinter mir herlaufen. Ein paarmal drehte ich mich um, weil ich hoffte, dass es Karlos wäre, der meinen Abgang bemerkt hatte und mich schnellstens zurückholen wollte. Aber ich starrte stets nur ins düstere Nichts.

Als ich endlich mit flatternden Nerven in der WG ankam, waren weder Alix noch Melli zu Hause. Wo Alix steckte, konnte ich mir denken, eine Etage unter uns in den Armen von Jean-Paul, und Melli war entweder noch im Irish Pub oder bei ihren Kunsthochschulfreunden.

Ich warf meine durchnässten Klamotten von mir, zog mein Negligé an und holte mir aus der Küche ein Glas Weißwein, das heißt, ich nahm gleich die ganze Flasche mit und hockte mich in meinen Lieblingssessel in die Diele.

Zorn, Frust und Trauer zogen mich so total runter, dass ich hastig die ganze Flasche Wein austrank und danach noch mal in die Küche ging, um Nachschub zu holen. Es waren nur noch Alcopops da, und so schüttete ich davon noch ein paar Fläschchen hinterher. Ich machte den Fernseher an und starrte auf die flimmernden Bilder. Sie waren so wunderschön bunt und bald zog mein ganzes beschissenes Leben in Spielfilmlänge an meinen Augen vorbei.

Kein Wunder also, dass mir speiübel wurde. Ich schaffte es gerade noch ins Badezimmer, wo ich dann so lange hängen blieb, bis Melli mich fand.

»Paula, um Himmels willen, was machst du denn hier?«, fragte sie völlig überflüssigerweise, denn schließlich konnte jeder sehen, was ich tat.

»Ich kotze«, sagte ich mit rauer Stimme. »Auf alles!«

Ich saß auf dem Badeläufer, an den Wannenrand gelehnt und die Beine breitbeinig von mir gestreckt. Völlig fertig.

Melli hockte sich zu mir herunter, strich mir die feuchten, wirren Haare aus der Stirn und legte ihre kühle Hand darauf.

»Du fühlst dich heiß an«, sagte sie. »Hast du dir einen Infekt geholt?«

»Einen Infekt? Nee, eine Abfuhr! Mein Lover ist sich zu fein, eine Friseurin als Freundin zu haben«, stieß ich schluchzend hervor. »So weit lässt er sich nicht herab!«

Natürlich verstand Melli gar nichts. War im Moment auch nicht nötig. Sie half mir hoch, stellte mich ans Waschbecken und wischte mir mit einem feuchten, lauwarmen Waschlappen über das Gesicht. Dann schleppte sie mich in mein Zimmer, deckte mein Bett ab und half mir, mich hinzulegen. Als mich ein heftiger Schüttelfrost überfiel, deckte sie mich warm zu und hielt eine Weile meine Hand. Dann kochte sie mir einen Kamillentee und brachte einen Spuckeimer mit, den sie vorsorglich neben mein Bett stellte.

»Für alle Fälle«, meinte sie lächelnd.

Aber den würde ich wohl nicht mehr brauchen, denn da ich nicht nur meinen Mageninhalt, sondern offenbar auch den Magen gleich mit ausgespien hatte, blieb nichts mehr zum Spucken übrig.

»Versuch jetzt zu schlafen«, redete sie mir gut zu, was aber total unmöglich war.

Sobald ich die Augen zumachte, drehte sich in meinem Kopf ein riesiger bunter Wirbelsturm. Alles um mich herum begann zu schwanken und mir wurde wieder furchtbar übel. Ich richtete mich etwas im Bett auf.

»Melli, ich … ich muss mit dir reden«, stammelte ich.

»Morgen, Paula, morgen sprechen wir über alles …«

»Nein, jetzt sofort!«, beharrte ich wie ein störrisches Kind. »Ich … ich muss sofort mit dir sprechen …«

Und erneut brach ich in einen hemmungslosen Heulkrampf aus. Nachdem die notwendigen Erste-Hilfe-Maßnahmen erbracht waren, schien sich Melli nun auch zu fragen, was mich eigentlich so niedergeworfen hatte, und daher setzte sie sich zu mir aufs Bett und hörte meinem abgehackten Gestammel zu. Am Ende lag ich immer noch schluchzend in ihren Armen, durchnässte mit meinem schier unerschöpflichen Tränenstrom ihr T-Shirt und ließ mir tröstend über den Rücken streicheln. Sie war Freundin genug, nicht mir, sondern Karlos die Schuld am Scheitern unserer Beziehung zu geben.

»Das wäre nie etwas geworden mit euch«, sagte sie. »Allein diese Eltern! Du passt doch gar nicht in so ein protziges Milieu.«

»Aber er ... er ist gar nicht protzig. Er war immer ganz süß und ... Ich werde nie wieder einen Mann finden, bei dem alles stimmt ... Aussehen, Background und ... Sex ...«

»Tja«, meinte Melli. »Das ist schon schade, wenn alles wirklich so gut gepasst hat, aber schließlich haben andere Mütter auch schöne Söhne.« Sie tätschelte meine Schulter. »Das wird schon wieder, Paula. In jedem Ende wohnt ein neuer Anfang.«

Und um mich abzulenken, fragte sie: »Wann will denn eigentlich dieser Justin hier einziehen?«

Ich war nicht gleich orientiert. »Justin? Welcher Justin?«

»Na, dieser Sängerknabe, der das vierte WG-Zimmer mieten wollte.«

Ganz plötzlich sah ich einen schmalen, straßenköterblonden Typen vor mir, der megaschwarze Schatten unter den Augen hatte, mich aber total süß anlächelte.

Meine Güte, den hatte ich ja völlig vergessen!

»Ich ... ich weiß gar nicht«, sagte ich noch immer etwas wirr. »Ich rufe ihn morgen mal an.«

»Mach das!«, empfahl Melli. »Und rede es ihm am besten aus!«

Dann drückte sie mich noch einmal sanft in die Kissen, gab mir einen leichten Kuss auf die inzwischen wieder normal temperierte Stirn und ging nun auch selber schlafen.

»Wir haben morgen ziemlich zeitig eine Besprechung wegen unserer nächsten Performance und bis dahin muss ich wenigstens noch ein bisschen Schlaf kriegen. Das wird übrigens der totale Hammer«, sagte sie und strahlte wieder den für sie typischen Enthusiasmus aus.

»Jugendkultur als Spontankultur! Ein Macrobotellón auf dem Grünkohlmarkt!«

Ich blinzelte sie schon halb im Schlaf an. »Was war das noch mal?«

»Ein spontanes Massenbesäufnis«, antwortete sie grinsend und verließ mein Zimmer.

Massenbesäufnis? Dem konnte ich im Moment wirklich nichts abgewinnen. Nicht einmal als künstlerischer Ausdrucksform von Jugendkultur!

Ich schloss die Augen und betete zur Nacht:

Ich bin klein,
mein Herz ist rein,
soll niemand drin wohnen als Jesus allein …

War ja auch niemand anders mehr da, der drin wohnen könnte.

In der Nacht wachte ich mehrmals schweißgebadet auf und griff jedes Mal sofort nach meinem Handy, um nachzusehen, ob Karlos mir eine SMS geschickt hatte. Meist schrieb er mir noch einen lieben Gute-Nacht-Gruß, aber heute war da Fehlanzeige. Mein Zorn begann, sich langsam zu legen, und statt weiter auf ihn und seinen überheblichen Standesdünkel sauer zu sein, machte ich mir Vorwürfe, weil ich einfach zu empfindlich reagiert hatte … weil man einen solchen Mann nicht einfach wortlos verließ … weil ich in meinem ganzen

Leben nie wieder so einen dicken Fisch an die Angel kriegen würde … weil, weil, weil …

Fragte er sich eigentlich gar nicht, wo ich abgeblieben war? Das war doch unnormal. Na ja, nicht unnormaler, als so überstürzt aus seinem Bett und seiner Wohnung zu türmen. Ach, es war doch jetzt eh alles egal. Ich hatte nie wirklich eine Chance gehabt. Seine Mutter hätte mich sowieso als Hochstaplerin entlarvt und was immer ich zu meiner Verteidigung hätte vorbringen können, war hohl und dürftig in Anbetracht der Tatsache, dass ich unsere Beziehung gleich von Anfang an mit einer Lüge belastet hatte.

Erst am nächsten Morgen erhielt ich eine lapidare Kurzmeldung von Karlos: *Bin in nächster Zeit geschäftlich in Übersee. Gibt es einen Grund, warum du ohne Frühstück gegangen bist?*

Wie freundlich, dass er wenigstens nachfragte. Ob es einen Grund gab? Ja, den gab es in der Tat.

Ich biss mir in meiner Verzweiflung auf die Unterlippe, bis ich Blut schmeckte. Es juckte mir in den Fingern, ihm zu antworten, aber ich beherrschte mich. Wieder begann der Zorn über sein überhebliches Verhalten in mir zu brodeln.

Nein, es war nicht nur seine Mutter, auch er würde einer kleinen Friseurin sicherlich keine Chance geben. Sollte er doch nach Übersee fahren. Ich würde ihm keine Träne nachweinen. Nach dieser durchheulten Nacht hatte ich nämlich auch gar keine mehr.

Ich legte das Handy weg und schloss die Augen. Die Sache mit dem Kloster war vielleicht gar nicht so schlecht. Ein Leben dort hatte zweifellos den Vorteil, dass keine Männer darin vorkamen, mit denen ich einfach kein Glück zu haben schien. Und Haareschneiden war ja sicherlich auch bei Nonnen mal nötig, auch wenn sie meistens diese wahnsinnigen Hauben über ihren Locken trugen.

Nachdem ich auch Alix von der grauenhaften Wende in meinem Leben erzählt hatte, riet sie mir natürlich vehement vom Klosterleben ab.

So, als hätte er geahnt, dass ich ihn sprechen wollte, rief dann von ganz allein Justin auf meinem Handy an – fast wie Gedankenübertragung.

»Ich bin heute beim Staatstheater, um den Vertrag zu unterschreiben«, sagte er gut gelaunt. »Würde es dir passen, wenn ich danach bei euch vorbeikomme? Oder bist du auch am Theater? Hast du schon unterschrieben?«

Viele Fragen auf einmal.

»Nein, ich bin nicht am Theater. Nein, ich habe noch nicht unterschrieben«, weil ich nämlich noch gar nicht wusste, welchen Job ich nun annehmen sollte. »Ja, du kannst gerne vorbeikommen.« Es passte zwar nicht, weil ich immer noch in meiner Trauer- und Klagephase war, aber das war nun auch egal. »Kannst du eine Tüte Buttermilch mitbringen?«

»Buttermilch?«

Es schien ihn zu schütteln, aber Buttermilch war mein absolutes Allheilmittel und bei einem Kater der radikalste, aber wirksamste Magenputzer.

»Ja bitte, sei so gut. Das heißt, nur wenn es dir nichts ausmacht.«

Machte es nicht und so stand er eine Stunde später mit seinem jungenhaften Lächeln vor der Tür – irgendwie sah er immer noch aus wie Johnny Depp! Als ich öffnete, hatte er beide Hände hinter dem Rücken verborgen und streckte sie mir dann grinsend entgegen. In der einen Hand war die Buttermilch, in der anderen eine Flasche Sekt. Beides erzeugte in gleicher Weise Übelkeit bei mir.

»Damit wir auf den Vertrag anstoßen können«, sagte er strahlend und trat in die Diele. »Ich bin total glücklich, vor allem auch darüber, dass ich dich kennengelernt habe und zu euch ziehen kann! So bombig gut hat es das Schicksal lange nicht mit mir gemeint!«

Schön für ihn. Mein Schicksal hingegen sah alles andere als rosig aus.

»Wo sind denn deine Freundinnen?«, fragte er. Offenbar wollte er mit uns allen seinen Sekt trinken.

»Die ... die sind ...«

Hm, das wusste ich so genau auch nicht. Alix war wohl in die Uni aufgebrochen, und Melli schien noch zu schlafen. Ich schaute auf die Küchenuhr. Hatte sie nicht etwas von einem frühen Termin mit ihrer Performance-AG gesagt? Sie hatte doch hoffentlich nicht meinetwegen verschlafen?

»Setz dich mal einen Moment in die Diele«, sagte ich zu Justin und ging besorgt zu Mellis Zimmer, um nach ihr zu sehen.

Mir ging es ziemlich dreckig nach der Sauforgie der vergangenen Nacht, aber das bezog sich hauptsächlich auf meinen physischen Zustand, geistig war ich wieder einigermaßen da.

Ich klopfte leise, und als sie nicht antwortete, öffnete ich vorsichtig die Tür.

Ach herrje, Melli lag vollkommen angezogen auf ihrem Bett und schnarchte laut vor sich hin. Sollte ich sie wecken? Ich war mir unsicher. Sie hatte, soweit ich mich erinnerte, nicht gesagt, wann genau ihre Besprechung war, und ich war ja in der Nacht nicht mehr so richtig aufnahmefähig gewesen. Vermutlich brachte ich etwas durcheinander. Sie hatte ohnehin einen anderen Zeitbegriff als ich und eine frühe Besprechung konnte bei ihr mitunter auch noch am Nachmittag stattfinden. Wenn ich sie nun unnötig aufweckte, war sie bestimmt sauer. Sie würde schon wissen, wann sie aufstehen musste.

So zog ich leise die Tür wieder zu und ging zurück zu Justin in die Wohndiele.

»Hier«, sagte er und zog aus seinem Rucksack eine CD. »Habe ich dir gebrannt, da sind alle Songs des Musicals drauf.«

Ich nahm sie dankbar entgegen und freute mich darüber, dass ich nun nicht meine Mutter bitten musste, mir mal ihre LP zum Überspielen auszuleihen.

»Das ist ja total lieb von dir«, sagte ich, und das erste Lächeln des Tages huschte über mein Gesicht.

»Kann ich vielleicht noch mal das Zimmer sehen?«, fragte Justin.

Mich durchzuckte ein Schreck. Wenn es ihm nun nicht mehr gefiel? Mein Zögern war ihm natürlich aufgefallen.

»Warum guckst du so verstört? Ist was nicht in Ordnung damit?«

»Doch, doch«, beeilte ich mich zu sagen. »Alles in Ordnung. Wollen wir es sofort ansehen? Du … du willst es doch nehmen, oder?«

Wieder schaute er mich misstrauisch an, und ich fragte mich, warum ich so einen Zirkus veranstaltete. Das musste doch jeden potenziellen Mieter verwirren. Also ging ich mit ihm erst mal in das Zimmer, das eigentlich Thomas haben sollte, und in das Conny, die Schwester von Alix, fast schon eingezogen war, als ihr Freund sie noch in letzter Sekunde von der Türschwelle zog. War das nun eine gute Fügung des Schicksals? War alles darauf angelegt, dass dieses Zimmer für Justin frei blieb?

Ich erzählte ihm diese Vorgeschichte, während er einen Zollstock aus seinem unergründlichen Rucksack hervorzog und begann, das Zimmer auszumessen.

»Kann ich vielleicht ein Blatt und einen Stift haben?«, fragte er. »Dann könnte ich mir einen kleinen Plan zeichnen. Das Einrichten ist dann leichter.«

Ich atmete auf. Aber klar konnte er Papier und Bleistift haben. Alles, was er wollte, wenn er nur das Zimmer nahm. Nicht, dass ich mich nun gleich an ihn ranwerfen wollte, nein, wirklich nicht, aber ein neuer Mitbewohner brachte Abwechslung ins Leben und mein Schmerz über den Verlust von Karlos würde weniger heftig zu spüren sein. Jedenfalls so lange in der WG Action war.

Ich lief in mein Zimmer, um die Sachen zu holen, als ich mit Melli auf dem Flur zusammenstieß.

Sie war in totaler Hektik.

»Scheiße!«, stieß sie bei meinem Anblick hervor. »Warum weckt mich kein Mensch? Jetzt komme ich zu spät zu der AG-Sitzung.«

»Hast du doch verschlafen?«, fragte ich und ärgerte mich nun, dass ich sie hatte weiterschnarchen lassen.

Sie rannte ins Bad und knallte die Tür hinter sich zu. Die Dusche rauschte kurz, dann kam sie schon wieder splitternackt herausgerast, um sich in der Küche einen Kaffee zu holen. Tja, und als sie damit wieder in die Diele kam, passierte es. Sie stieß einen spitzen Schrei aus, ließ den Kaffeepott fallen und starrte Justin an, der inzwischen ebenfalls in die Diele getreten war. Sie schlug die Hände über dem Busen zusammen, was aber nicht viel brachte, denn andere wesentliche Teile ihres Körpers blieben weiterhin paradiesisch unbedeckt. Herr, wirf Feigenblätter von der Decke!

Sie merkte es nun auch und sprang vor den Augen

des völlig verblüfften Justin hinter meinen geliebten Ohrensessel aus der AWO-Möbelstube.

»Was will der Kerl hier?« Sie sah mich bitterböse an und keifte: »Kannst du mir nicht Bescheid sagen, wenn du am frühen Morgen Männerbesuch hast?«

»Das ist kein Männerbesuch«, versuchte ich zu erklären. »Das ist Justin, unser neuer Mitbewohner.«

»*Der* Justin?«

»Ja, *der* Justin.«

Diese Erkenntnis besserte ihre Laune aber auch nicht grade, denn sie schnappte sich die Decke von meinem Sessel, wickelte sich hinein und sagte wütend: »Na, wunderbar! Da siehst du ja gleich, was ich befürchtet habe: Mit einem Mann in der WG kann man sich nicht mehr frei bewegen!«

Sie kam hinter dem Sessel hervor, schubste Justin aus dem Weg und verschwand in ihr Zimmer.

Ich war noch dabei, mit Justins Hilfe die Scherben ihres Kaffeepotts aufzusammeln und den Kaffeefleck vom Teppich zu putzen, als sie angekleidet und mit ein paar Mappen unter dem Arm wieder auftauchte. Sie griff nach ihrer Jacke, die am Eingang hing, und rauschte ohne Abschied aus der Wohnung.

»Hätte ich mich bei ihr anmelden müssen?«, fragte Justin etwas verstört.

Ich schüttelte den Kopf und erzählte ihm von meiner schlechten Nacht und Mellis Samariterdiensten.

»Es ist schon dumm, dass sie deswegen ihren wichtigen Termin verschlafen hat. Da lag ihr wohl sehr viel dran. Sonst ist sie nicht so zickig und viel umgänglicher.«

Justin lächelte. »Na, da bin ich aber froh. Ich möchte nämlich nicht euren WG-Frieden auf dem Gewissen haben. Aber wenn sie ernsthafte Vorbehalte gegen einen

Mann in der Wohnung hat, suche ich mir vielleicht doch besser woanders ein Zimmer.«

Ich schaute ihn etwas depressiv an. »Also, wenn du keine Probleme damit hast, als Mann mit drei Frauen zusammenzuleben.«

Nun grinste er richtig frech. »Ich kann mir nichts Schöneres denken.«

»Na dann«, sagte ich. »Schließlich hat die Mehrheit deinem Einzug zugestimmt.«

»Aber ich gehe recht in der Annahme, dass Melli zu dieser Mehrheit nicht dazugehörte?«

Das musste ich leider zugeben, obwohl es mir lieber gewesen wäre, wenn er von Mellis Ablehnung nie erfahren hätte.

»Ach, das musst du nicht weiter ernst nehmen. Sie meint das nicht so, und Melli ist ein Mensch, der sich rasch an Situationen anpassen kann. Sie wird sich bestimmt ganz schnell an dich gewöhnen.«

Um das leidige Thema zu beenden, fragte ich ihn, ob er auch einen Kaffee trinken wollte, schob ihn in die Küche und goss ihm den Rest aus der Kaffeemaschine ein.

Er setzte sich an den Küchentisch und sah mich intensiv an. »Geht es dir wieder besser?«, fragte er.

Ich nickte.

»Ich würde mich freuen, wenn du mir ein wenig beim Einrichten des Zimmers helfen würdest. Meinst du, ich könnte eine Wand hellgrau streichen?«

Klar werde ich dir helfen, dachte ich, aber als er anfing von Farbe zu sprechen, witterte ich sofort eine Chance, Mellis Vorbehalte aus der Welt zu schaffen.

»Das besprichst du am besten mit Melli. Die ist hier die Künstlerin und gestaltet mit Leidenschaft Zimmer. Lebensräume sind Lebensträume, sagt sie immer.«

»Cooles Motto«, sagte Justin und stand auf. »Darin kann ich mich auch wiederfinden. Du hast recht, ich werde mich mit ihr schon zusammenraufen.«

Er bedankte sich für den Kaffee, ließ den Sekt stehen, damit wir ihn trinken konnten, wenn mal alle WG-Bewohner zusammen anwesend waren, und verabschiedete sich. Ich schloss erschöpft die Treppenhaustür hinter ihm, als eine Nachricht auf meinem Handy einging. Sie war von Melli.

Habe es grade noch zur Performance-Sitzung geschafft. Der Macrobotellón steigt. Tut mir leid wegen eben, aber muss der Typ wirklich bei uns einziehen? HDGDL Melli

Er musste nicht, aber nun tat er es.

♡ ♡ ♡

Sportlich bleiben

Justins Besuch hatte mir bewusst gemacht, dass ich mich nun endlich entscheiden musste, welchen Job am Theater ich annehmen wollte. Am nächsten Morgen stand ich mit Melli und Alix an der Straßenbahnhaltestelle und natürlich wurde mal wieder meine Lebenssituation durchgekaut.

Na ja, wenn es meiner Entscheidungsfindung diente. Es war vielleicht nicht so schlecht, noch ein paar andere Meinungen dazu einzuholen, ob ich dem Job als Sängerin oder dem als Theaterfriseurin den Vorzug geben sollte.

»Na, auf jeden Fall dem als Sängerin«, entschied Melli für mich. »Bei deiner Stimme und deinen künstlerischen Ambitionen ist das doch wohl gar keine Frage.«

Künstlerische Ambitionen? Davon wüsste ich aber. Oder meinte sie das Karaokesingen? Das war ja ganz lustig, aber wohl alles andere als künstlerisch ambitioniert. Klar, ich wäre nach dem Abi gerne auf die Musikhochschule gegangen, aber das machten meine Eltern nicht mit, weil meine Mutter natürlich wollte, dass ich später mal den Salon übernahm, für den sie sich »ein Leben lang abgerackert« hatte, und mein Vater Musik ohnehin für eine brotlose Kunst hielt. Im Grunde war danach der Zug für mich abgefahren. Selbst wenn ich jetzt am Staatstheater als Backgroundsängerin eine Chance bekam, würde ich nie mehr so gut werden, dass ich einen Solopart bekommen würde. Außerdem war ich keine gute Schauspielerin, ein bisschen Singen und Tanzen würde auf Dauer nicht reichen, um meinen Lebensunterhalt davon bestreiten zu können.

Aber als auch Alix meinte: »Sei doch nicht dumm, Paula! Bei so was musst du einfach zugreifen – egal, was für Bedenken du hast«, kam ich mir dem Schicksal gegenüber fast schon ein wenig undankbar vor, wenn ich dieses verlockende Angebot ausschlug.

»Genau!«, sagte Melli. »Du machst dir mal wieder viel zu viele Sorgen! Wozu gibt es einen Regisseur? Der wird schon wissen, warum er dich beim Casting ausgesucht hat.«

»Weil sie vielleicht ein kleines Pummelchen ganz gut zur Auflockerung des Ensembles gebrauchen konnten?«

Melli schüttelte den Kopf und stieg in die Straßenbahn. »Paula«, sagte sie dabei, »frag dich heute bei deinem Sorgenmanagement einfach mal, was für ein Leben du in Zukunft führen möchtest und was das konkret heißt! Ich wette, danach entscheidest du dich dafür, auf der Bühne im Scheinwerferlicht statt dahinter gesichtslos im Dunkeln zu arbeiten.«

Und als sich die Türen der Straßenbahn schlossen, hörte ich sie kichernd einen Sprechgesang anstimmen: *»... und die einen sind im Dunkeln und die andern sind im Licht. Doch man sieht nur die im Lichte, die im Dunkeln sieht man nicht ...«*

Ich nahm mit Alix die nächste Bahn und stieg am Staatstheater aus.

»Du machst das schon«, sagte Alix aufmunternd und winkte mir aus der abfahrenden Straßenbahn noch mal zu.

Tja, und dann stand ich vor dem riesigen klassizistischen Bau, dessen hohe Säulenfassade eher abschreckend als einladend auf mich wirkte, und war nun völlig auf mich selbst gestellt. Nur ich allein konnte und musste nun eine der wichtigsten Entscheidungen meines Lebens treffen.

Ich begann mit unsicheren Schritten das Buchsbaumrondell auf dem Theatervorplatz zu umrunden. Einmal, zweimal, dreimal ... In der ersten Runde gab ich dem Job als Sängerin mehr Punkte, die zweite Runde fiel zugunsten der Arbeit als Friseurin in der Maskenbildnerei aus, die dritte Runde ließ mich an beidem zweifeln ...

Musste es eigentlich das Staatstheater sein? Wäre es nicht besser, bei meiner Mutter im Salon zu bleiben? Die Kirchturmuhr schlug zwölf, und ich hielt für einen kurzen Sorgenmoment inne.

Was war mein Hauptproblem in dieser Sache?, fragte ich mich mit einer gewissen Routine. Das Hauptproblem war, dass ich mal wieder generell vor einer Entscheidung zurückschreckte, weil ich den Gedanken nicht ertragen konnte, dass, egal wie ich mich entschied, bestimmt einige Menschen von mir enttäuscht sein würden.

Der Regisseur würde sicherlich sauer sein, wenn ich den Vertrag als Sängerin nicht unterzeichnete, aber auch Frau von Raven wäre garantiert tief enttäuscht. Andererseits würde meine Mutter den Job als Theaterfriseurin wohl eher akzeptieren als den als Sängerin. Aber es ging ja nicht um meine Mutter, sondern um mich. Und ... um Karlos. Wenn ich Musicalsängerin würde, hätte sich das mit der Friseurinnenbeichte doch ganz automatisch erledigt. Dann konnte er auch gar nicht sauer sein ... Vielleicht würde er es ganz toll finden ... Ähm, ja, vielleicht aber auch nicht. Vielleicht kam Musicalsängerin bei ihm gleich hinter Domina, so bürgerlich, wie der gestrickt war.

Vielleicht sollte ich meine Entscheidung wirklich nicht von anderen Menschen und schon gar nicht von Männern abhängig machen. Vielleicht sollte ich einfach mal nur an mich denken und endlich anfangen, meine Träume zu leben.

Aber was war wirklich mein Traum? Wenn ich ehrlich war, hatte ich mich ja für den Job als Friseurin beworben und nicht einen einzigen Gedanken an eine Bühnenkarriere verschwendet. Theaterfriseurin war mein Traumjob, und ich brauchte nur meinen Namen unter einen Vertrag setzen, und er war für die ganze Zeit, in der das Musical gespielt wurde, mein! Sogar mit der Option auf eine Verlängerung. Der Vertrag als Sängerin würde auf jeden Fall nach der Spielzeit enden, da hatte sich der Regisseur ziemlich klar ausgedrückt. Ich beschloss, ins Theater zu gehen und noch einmal mit Frau von Raven zu sprechen.

Sie war gerade in einer Besprechung über ihre Kostümentwürfe für das Musical, und so musste ich eine Weile warten.

»Du fängst nächsten Monat bei uns an, nicht wahr?«, fragte eine der Auszubildenden. »Frau von Raven hat dich schon in den höchsten Tönen gelobt. Für das Musical brauchen wir wirklich ganz dringend noch eine Friseurin. Alleine die ganzen Perücken, die dafür gemacht werden müssen ...«

Ich wurde ein wenig verlegen, denn es war selten, dass jemand gut über mich sprach. Meine Lehrer in der Schule hatten doch immer nur über meinen Ruf lamentiert und gefürchtet, dass ich zu viele Leute abschreiben ließ. Wirklich interessiert hatten sie sich für mich nie.

Und dann stand Frau von Raven plötzlich in der Tür und mein Entschluss fest. Als sie die Mappe mit den Kostümentwürfen und den Ideen für die Gestaltung von Haaren und Perücken öffnete und mich wie selbstverständlich in die Diskussion der Ausstattung einbezog, war mir klar, dass ich dieses Vertrauen auf keinen Fall enttäuschen konnte. Mochte auch alle Welt, und besonders Karlos, denken, dass ein Job als Friseurin keinen Status hatte, ich wusste meinen Wert ganz gut einzuschätzen.

Und so sagte ich auf die Frage von Frau von Raven, ob ich mich nun für die Stelle in der Masken- und Kostümbildnerei entschieden hätte, nur schlicht und einfach: »Ja. Ich gehe gleich ins Personalbüro und unterschreibe den Vertrag. Nächste Woche fange ich dann an.«

Sie umarmte mich spontan, was mich bei ihrer sonst eher zurückhaltenden, damenhaften Art total überraschte, aber auch sehr glücklich machte. Zeigte es doch, dass sie mir ehrliche Wertschätzung entgegenbrachte.

»Du wirst es nicht bereuen, Paula«, sagte sie mit einem Lächeln, das unzählige Lachfältchen um ihre Augen sichtbar werden ließ. »Wir alle freuen uns auf dich.«

Nachdem ich den Vertrag im Personalbüro unterschrieben hatte, wurden mir doch die Knie etwas weich, und als ich an der Theaterkantine vorbeikam und Justin dort mit einigen Leuten sitzen sah, gesellte ich mich kurz zu ihm, um wieder ein wenig zu mir zu kommen. Ich erzählte ihm, wie ich mich entschieden hatte, und er war direkt ein wenig traurig.

»Aber du musst selbst wissen, was du tust, Paula. Da will ich dir nicht reinreden. Obwohl ich mich natürlich riesig gefreut hätte, mit dir zusammen auf der Bühne zu stehen.«

»Das glaube ich«, sagte ich lachend und war froh, dass er mich nicht gleich für verrückt erklärte, weil ich eine so tolle Chance ausgeschlagen hatte.

»Weißt du«, sagte ich zu ihm. »Ich hätte ja auch studieren können, Mathe und Physik, da war ich nämlich richtig gut drin. Aber ich will doch einmal den Salon meiner Mutter übernehmen. Das ... das ist ein Familienunternehmen und so ein eingeführter Betrieb, der muss doch irgendwie weitergeführt werden ... Wenn du verstehst, was ich meine. Meine Mutter kann doch nicht all die Jahre dafür gearbeitet haben, dass sie den Laden irgendwann an eine x-beliebige Kollegin übergibt. Ich wette, sie hat sich immer total gefreut, wenn ich als Kind im Laden gespielt und Interesse an ihrer Arbeit gezeigt habe. Wirklich, es ist so eine Art Family Business!«

Justin lachte. »Na dann, hier wirst du jedenfalls genug kreative Ideen sammeln können, um später mal eine Starfriseurin zu werden. Wenn ich dich so ansehe, hast du einfach das Zeug zum Star. Egal auf welchem Gebiet!«

Ich musste schlucken! Himmel, war das nicht ein bisschen viel Süßholz, was der Junge da raspelte? Erst musste ich ja mal anfangen mit der Arbeit und dann würde sich zeigen, ob ich gut genug für den Job war.

»Äh, kann ich übrigens schon am Wochenende in mein Zimmer einziehen?«, fragte Justin und erklärte mir mit seinem jungenhaften Eifer, dass er einen Umzugswagen von einem Freund leihen könnte und es doch auch viel besser sei, wenn er am Montag, wo die Proben losgehen sollten, schon in der Wohnung wäre.

»Kein Problem«, sagte ich und setzte stillschweigend das Einverständnis von Alix, das von Melli allerdings eher weniger voraus. »Mach das. Das Zimmer steht doch ohnehin leer.«

Karlos beschäftigte mich immer noch. So sehr ich mich auch bemühte, ihn aus meinem Leben und meinen Gedanken zu verbannen, es verging kein Tag, ja kaum eine Stunde, wo ich nicht an ihn dachte.

Und dann bekam ich auch noch meine Tage. Frauen sollen dann ja nicht in der Lage sein, anständig Auto zu fahren, rational zu handeln und Probleme logisch lösen zu können. Normalerweise hielt ich solche Pauschalaussagen schlichtweg für Vorurteile, aber auf mich traf leider während meiner Periode alles zu, jedenfalls an den ersten Tagen. Außerdem hatte ich höllische Rückenschmerzen und stürzte jetzt also zusätzlich zu meiner Karlos-Depression in ein hormonelles Loch, was für meine Umwelt nicht grade leicht zu ertragen war. Einerseits war ich total empfindlich, was mich anging, und andererseits zickte ich wegen jeder Kleinigkeit herum.

Aber auch ohne meine Periode hätte ich meine Probleme wohl zurzeit nicht in den Griff gekriegt. Wie sollte das auch gehen, wenn ich mich jede Nacht schlaflos in den Kissen wälzte und mir beim Gedanken an Karlos die Augen aus dem Kopf weinte. Ehre hin, Stolz her – ich hatte es vermasselt, und das Schlimmste daran war, es hätte nicht sein müssen.

Meine Kolleginnen im Frisiersalon wagten schon gar nicht mehr, mich anzusprechen, und meine Mutter sagte nur ein einziges Mal: »Du hättest den Heiratsantrag von Thomas eben doch annehmen sollen.«

Das zeugte natürlich von ihrer vollkommenen Unkenntnis der Sachlage. Da sie aber ansonsten noch immer eingeschnappt war, drang sie nicht weiter in mich. Nur manchmal glaubte ich, einen heimlichen Blick von ihr aufzufangen, der eine gewisse Besorgnis auszudrücken schien.

Als ich wieder einmal einen solchen Blick bemerkte, überlegte ich, ob nun nicht der richtige Moment gekommen war, um ihr mitzuteilen, dass ich tatsächlich den Vertrag am Staatstheater unterschrieben hatte. Es fiel mir nicht leicht, aber irgendwann musste es ja sein.

Als meine Mutter grade die letzte Kundin vor ihrer Mittagspause abrechnete, sprach ich sie an.

»Wollen wir zusammen einen Salat essen gehen?«, fragte ich, so freundlich, wie ich nur konnte. »Ich würde gerne mal in Ruhe mit dir sprechen. Es gibt Neuigkeiten.«

Hm, in Ruhe sprechen wollte sie sicherlich nicht mit mir, aber auf die Neuigkeiten war sie bei ihrer ausgeprägten Neugier natürlich sofort scharf. Also gingen wir zum Italiener. Nicht zu dem, wo ich mich neulich so blamiert hatte, sondern zu dem kleinen Bistro um die Ecke, wo es an winzigen Tischen große Salate mit frischen Zutaten gab.

»Und? Was sind das nun für Neuigkeiten?«, fragte meine Mutter sofort und zermahlte ein paar Salatblätter zwischen ihren Kiefern.

»Ich fange am Ersten im Theater an. Ich habe den Vertrag als Theaterfriseurin unterschrieben.«

Meine Mutter schluckte, brach in bellenden Husten aus, lief rot an und ich dachte, sie würde jeden Moment ersticken. Krampfhaft überlegte ich, wie denn noch dieser lebensrettende Griff ging, mit dem man einen Erstickenden retten konnte. Ich sprang schon mal vorsorglich auf, aber ehe ich eingreifen musste, hatte sie selbst schon die Kurve gekriegt.

»Das heißt also«, keuchte sie und wischte sich eine Träne aus dem Auge, was wohl eher auf den Erstickungsanfall zurückzuführen war als auf meinen Abgang aus ihrem Betrieb, »du lässt mich tatsächlich alleine mit dem Laden hängen.«

»Aber du hast vor meiner Lehre den Salon auch alleine geführt. Und du kannst doch für die Zeit, die ich am Theater bin, eine Aushilfe einstellen.«

»Das werde ich wohl müssen bei dem Kundenansturm, den wir in letzter Zeit hatten.«

»Ist doch schön, wenn das Geschäft so gut läuft«, sagte ich, um ihr meine Anerkennung für ihre Arbeit zu zeigen.

Aber sie reagierte noch immer ablehnend. Ich ließ das Besteck sinken und startete einen letzten Versuch, um mit ihr friedlich auseinandergehen zu können.

»Um genauso erfolgreich und kreativ wie du zu werden, brauche ich diese Zeit am Theater. Es ist ja nur ein befristeter Vertrag und sehr wahrscheinlich komme ich danach wieder zu dir, mit vielen neuen Ideen vermutlich. Du siehst: Alles, was ich jetzt mache, kommt auch dem Geschäft zugute.«

Natürlich sagte ich ihr nicht, dass ich auch einfach mal eine Auszeit von ihr brauchte. Aber das ist ja für Töchter in meinem Alter ziemlich normal und sie konnte es sich eigentlich selber denken. Tat sie dann irgendwie auch.

»Na gut«, meinte sie abschließend. »Wenn du meinst, auf eigenen Füßen stehen zu müssen … Ich wünsche dir, dass du es wirklich kannst.« Ich sah ihrem Gesicht an, wie sie sich bei den nächsten Worten selbst verrenken musste. »Und wenn irgendetwas nicht so ist, wie du es dir vorgestellt hast, weißt du, wo du zu Hause bist.«

Wir zahlten, und als wir vor dem Lokal standen, nahm sie mich sehr kurz in die Arme und drückte mich.

»Melde dich mal, wie es so läuft«, sagte sie, so als befürchte sie, nie wieder etwas von mir zu hören oder zu sehen.

Ich musste lachen. »Mama, ich wandere nicht aus. Ich würde mich freuen, wenn du mal zu mir in die WG zum Tee kommen würdest. Dann erzähle ich dir, wie es am Theater so ist. Bestimmt total aufregend und ganz anders, als ich es mir jetzt vorstelle.«

Nachdem sie sich bisher standhaft geweigert hatte, auch nur einen Fuß in meine neue Wohnung zu setzen, reagierte sie für mich ganz unverhofft entgegenkommend. Und so verabredeten wir uns für das Ende der kommenden Woche … bei mir!

Als wir zurück in den Frisiersalon gingen, schwiegen wir beide, aber diesmal war das Schweigen kein Zeichen von Feindseligkeit, sondern von, nun ja, vielleicht nicht völligem, aber doch überwiegendem Einvernehmen. Passte schon.

♡ ♡ ♡

Und noch eine unangenehme Aufgabe wartete darauf, dass ich mich ihr stellte: Thomas. Es ging ganz und gar nicht, dass ich ihn nach dieser gemeinen Zeitungsanzeige ungeschoren davonkommen ließ. Ich hatte eine Weile, wie es schon immer meine Art war, herumgeeiert, aber da nun Karlos nicht mehr an meiner Seite war, der zweifellos die richtigen Schritte eingeleitet hätte, musste ich die Sache selber in die Hand nehmen.

Thomas würde eine Entschuldigung in der Zeitung platzieren müssen und die Zeitung sollte verpflichtet werden, zusätzlich eine Gegendarstellung zu drucken. Über diesen Rechtsanspruch hatte Elke mich ganz selbstlos und kostenfrei aufgeklärt.

»Dieser Thomas muss aber völlig verrückt nach dir sein«, sagte sie dabei. »Ein Mann, der so etwas tut, ist vermutlich wahnsinnig vor Eifersucht.«

»Aber dennoch hat er nicht das Recht, meinen Ruf durch so eine fiese Annonce zu ruinieren.« Ich wollte mich gar nicht erst auf das Thema Thomas und seine Liebe zu mir einlassen. »Wenn er mich wirklich noch geliebt hätte, hätte er mir das nie angetan.«

Nun gut, da war Elke wohl anderer Meinung, aber sie unterstützte mich dennoch, indem sie mir weitere rechtliche Möglichkeiten, mit denen ich gegen ihn vorgehen konnte, aufzählte. »Aber ich empfehle dir, mit ihm eine private Einigung zu suchen. Das erspart dir viel Stress und viele Peinlichkeiten.«

Ich folgte ihrem Rat und traf mich mit Thomas auf neutralem Terrain in unserer früheren Lieblingseisdiele. Elke begleitete mich sozusagen als mein Rechtsbeistand.

Thomas hatte inzwischen wohl selbst gecheckt, dass er ziemlich in die Gülle gegriffen hatte, und machte einen völlig zerknirschten Eindruck. Er stimmte allem zu, was Elke vorschlug, und hatte offenbar den festen Willen, wenigstens etwas von dem Schaden, den er mir zugefügt hatte, wiedergutzumachen.

»Ich, äh … werde, wenn du das möchtest, auch an diesen Karlos schreiben, dass es sich bei der Annonce nur um eine Fotomontage gehandelt hat und du nie etwas in der Richtung gemacht hast«, bot er an.

Aber ich schüttelte den Kopf. »Es reicht, wenn du

eine Gegendarstellung in die Zeitung setzt. Vielleicht liest er es ja dann.«

»Und du, äh … verzichtest auf eine, äh … Anzeige gegen mich?«

Man merkte ihm nun doch an, dass ihm der Hintern auf Grundeis ging. Und ganz konnte ich eine gewisse Schadenfreude darüber nicht verbergen, dass ich ihn jetzt völlig in der Hand hatte und seine zukünftige Lehrerlaufbahn einzig und alleine von meinem guten Willen und meiner Fähigkeit zum großmütigen Verzeihen abhing.

»Ich verzichte«, sagte ich schließlich gnädig. »Ich möchte dein Leben nicht ruinieren, obwohl du, was mich betrifft, darauf nicht die geringste Rücksicht genommen hast. Aber du hast Glück, ich habe ein gutes Gedächtnis, und ich erinnere mich, dass ich dich mal geliebt habe.«

Ich stand auf, und Elke erhob sich ebenfalls. Irgendwie wurmte es mich plötzlich doch, dass er so einfach davonkam. Und so nahm ich in einer spontanen Eingebung mein noch halb volles Eiskaffeeglas und kippte ihm den Inhalt über den Kopf.

»Aber nur, damit du es endlich begreifst«, sagte ich. »Das ist vorbei!«

Elke kicherte, als wir das Lokal verließen, meinte aber: »Schade, er macht doch einen ganz netten Eindruck und wie er da so mit Eiskaffee und Sahnehäubchen auf dem Kopf hockte, fand ich ihn direkt süß.«

Ich starrte sie verwundert an, aber weil sie mir so geholfen hatte, sagte ich in einer Anwandlung von Dankbarkeit: »Bitte, du kannst ihn haben und einen Trainingskurs für neugierige Paare kriegst du gleich dazu. Mein Platz dort ist nämlich frei!«

Sie wurde rot, stammelte etwas von Torsten und dass

der das wohl nicht so gerne sähe, hatte aber zugleich ein hungriges Glitzern in den Augen. Ich lief innerlich grinsend neben ihr her und dachte: Elke und Thomas, das wäre es ja noch!

Natürlich konnten weder Alix noch Melli meine Entscheidung gegen die Musicalkarriere begreifen, was sie aber nicht davon abhielt, meine Vertragsunterzeichnung am Abend im Irish Pub gebührend zu feiern. Ich sang Pat zuliebe ein bisschen Karaoke, und als ich den Applaus der Gäste entgegennahm, bedauerte ich einen kurzen Moment doch, dass ich mich nicht für die Musicalrolle entschieden hatte. Die Chance war nun endgültig dahin, und das tat weh.

Aber noch mehr schmerzte es, auf den leeren Tisch zu starren, an dem Karlos so viele Wochen an den Karaokeabenden gesessen hatte. Um mich zu sehen, für mich Beifall zu klatschen … und auf mich und meine Liebe zu warten. Ja, wirklich, seinen leeren Stuhl ansehen zu müssen und zu wissen, dass er nie mehr wieder da sitzen würde, um mir zuzulächeln, das schmerzte unglaublich. Irgendwie begriff ich erst in diesem Moment so richtig, dass ich ihn unwiederbringlich verloren hatte.

Vielleicht hätte ich doch nicht einfach davonlaufen sollen, vielleicht hätte ich einmal in meinem Leben kämpfen sollen, wenigstens den Versuch starten, ihm mein zugegebenermaßen kaum erklärliches Verhalten zu erklären. Einmal nur hätte Paula in ihrem Leben standhalten sollen statt zu flüchten. Aber ich war feige davongelaufen, und nun war es zu spät.

Ich stieg vom Bühnenpodest und setzte mich wieder zu Alix und Melli an den Tresen. Melli war total aufgekratzt und erzählte Alix gerade von der neuen Performance, die sie mit ihren Kommilitonen ausgeheckt hatte, und was ich davon so mitbekam, lief es tatsächlich auf einen Macrobotellón auf dem Grünkohlmarkt hinaus.

»Bottel … was?«, fragte Pat interessiert, aber uninformiert.

»Ein öffentliches Massenbesäufnis«, erklärte Melli.

»Kann mein Lokal davon irgendwie profitieren?« In Pats Augen glitzerten Eurozeichen, aber Melli schüttelte den Kopf.

»Nee, das ist eine Form alternativer Jugendkultur – ganz autonom. Jeder bringt sich seine eigenen Getränke mit, und man trifft sich spontan an einem kurzfristig festgelegten Platz zum Feiern.«

Das hörte sich für Pat nicht nach erhöhtem Umsatz in seinem Lokal an, sondern eher nach dem Gegenteil. Also zog er sich knurrend wieder zurück und sagte nur muffig: »Dann macht das aber am Montag, wenn wir eh geschlossen haben. Sonst versaut es mir an dem Abend das ganze Geschäft.«

Melli grinste. »Na, mal schaun«, sagte sie. »Ich werde es als Anregung in die Arbeitsgruppe einbringen.«

»Und so etwas klappt wirklich?«, fragte ich skeptisch. »So ein spontanes Massenbesäufnis?« Ich konnte mir nicht vorstellen, dass da überhaupt jemand hingehen würde.

Aber Melli war da ganz optimistisch. Sie stellte ein Pint unter den Zapfhahn und erzählte, dass Kevin in den Semesterferien auf Mallorca war und dort einen solchen Macrobotellón in Palma auf dem Paseo Marítimo mitgemacht hatte.

»Das war einfach gigantisch, hat er erzählt. Die ganze Nacht lang eine einzige riesige Jugendfete ohne kommerzielle Abzocke!«

Sie schielte zu Pat rüber, aber der hatte ihren unterschwelligen Angriff auf die Gastronomie nicht mitgekriegt.

»Siebentausend junge Leute! Selbst wenn wir nur die Hälfte zusammenbringen sollten, wird das ein Megaevent!«

»Und deine Professorin lässt das als Performance gelten?«

»Klar! Ist ja schließlich auch ein gewisser organisatorischer Aufwand. Selbst spontane Ereignisse bedürfen einer gewissen Planung.«

Da stimmte ich ihr absolut zu. »Und wie willst du das so organisieren, dass es spontan bleibt und nicht gegen das Versammlungsrecht verstößt?«, fragte ich etwas nervös, weil ich bei meinen juristischen Exerzitien da so einiges Problematisches gehört hatte.

»Frag doch Elke!«, knurrte nun Alix dazwischen. »Du machst dir schon wieder Sorgen über Dinge, an die außer dir kein Mensch denkt.«

Hm, das mochte ja sein, aber auch spontane Aktionen mussten schließlich legal bleiben.

»Für künstlerische Aktionen gelten andere Gesetze«, versuchte Melli aber sofort meine Bedenken zu zerstreuen. »Kunst und Wissenschaft sind frei und vom Grundgesetz geschützt. Null Problemo! Und was das Organisieren betrifft, wir haben an der Kunsthochschule für die Performance eine Projektgruppe gebildet, die managed das schon.« Sie reichte das fertig gezapfte Bier über den Tresen und strahlte mich mit euphorischem Glanz in den grünen Augen an. »Ein paar Flyer in den Schulen und Szeneschuppen, Mund-zu-Mund-Propaganda und den Rest über das Internet. Ich sage dir, da geht in null Komma nichts die Post ab.«

Bei so viel Enthusiasmus verhallte auch mein letzter

Einwurf wie die Mahnung eines Rufers in der Wüste. »Und ihr seid sicher, dass es nicht gegen die öffentliche Ordnung verstößt?«

Melli schüttelte wortlos den Kopf, und Alix stöhnte leicht verzweifelt: »Liebes Lieschen! Hast du eine Elke gefrühstückt?«

»Ja, bleib mal sportlich«, gab Melli nun doch noch ihren Senf dazu. »Wir machen das schon, und wir haben den Segen von Frau Professor Demarowskaja. Und wenn trotzdem was illegal ist und die uns drankriegen sollten, dann sollen sie doch! Ich will ja schließlich nicht so ein dröger Beamtenarsch werden!«

»Na, ich ja wohl auch nicht!«, schnaubte ich wütend, weil sie mich da in eine ziemlich unattraktive und stockkonservative Ecke stellte.

»Siehste!«, griente Melli frech und kam mit einem Tablett voller frisch gezapfter Biere hinter dem Tresen hervor. »Wieder mal völlig unnötige Sorgen!«

♡ ♡ ♡

Und dann stand am Sonntagmittag ein ziemlich schrottiger Pritschenwagen mit Düsseldorfer Kennzeichen vor dem Haus, und Justin klingelte Sturm. Ich drückte auf den Türöffner, wollte ihm entgegenlaufen, weil ich mich wirklich auf ihn freute, und rannte genau Frau Waschkowski in die Arme.

»Zieht jemand bei Ihnen ein?«, fragte sie wie immer total neugierig und schob eine fettige Haarsträhne unter ihr Kopftuch, was mich als Friseurin jedes Mal wieder schockierte. Irgendwann würde ich ihr mal eine Spezialbehandlung bei mir schenken, vielleicht zu ihrem Geburtstag, falls ich jemals rauskriegen würde, wann der war.

Jetzt aber quetschte ich mich an ihr vorbei, rannte weiter nach unten, und sie rief hinter mir her: »Dann denken Sie aber auch an das Treppenhaus hinterher. So ein Umzug macht immer Schmutz.«

»Ja, ja!«, brüllte ich nach oben, übersah dabei die letzten Stufen und stolperte in Justins Arme. Das wäre ja okay gewesen, wenn er nicht grade einen Karton mit Gläsern und Geschirr in den Händen gehalten hätte, den er natürlich gentlemanlike fallen ließ, um mich aufzufangen.

Es schepperte ganz gehörig, als das Ding zu Boden ging, und natürlich bekam ich sofort ein schlechtes Gewissen. Was war ich auch für ein Trampeltier, das keinen Porzellanladen ausließ. Die Freude über Justins Einzug war wie weggeblasen.

Er bemerkte natürlich meine miese Stimmung und fragte: »Würde es deine Laune bessern, wenn ich dir verrate, dass in dem Karton *mein* Geschirr war und nicht *deins*?«

Ich musste lächeln. Er hatte ja recht. »Und du bringst mich nicht um, weil ich deine komplette, ähm … Aussteuer zerdeppert habe?«

Nun lachte er laut los. »Du hast nicht wirklich *Aussteuer* gesagt?!«

Ich zuckte hilflos die Schultern. »Doch, habe ich … äh … Was sollte ich denn sonst sagen?«

Und als ich so vor mich hin stotterte, fiel mir plötzlich siedend heiß ein, dass ich eigentlich immer davon ausgegangen war, dass er Single war. Aber das musste ja eigentlich gar nicht sein. Er konnte ja bisher mit einer Freundin zusammengelebt haben, die er nun wegen des Theaterengagements in Düsseldorf zurücklassen musste.

Und wenn es so wäre? Würde ich ihn deswegen wieder rausschmeißen? Ich hatte ihm das Zimmer doch nicht deswegen angeboten, weil er in mein Beuteschema passte! So nötig hatte ich es ja nun auch nicht. Und außerdem war ich schließlich noch in Trauer!

Mit Justin war das etwas ganz anderes. Das war eine rein karitative Anwandlung, weil der Kerl so fertig ausgesehen hatte mit seinen dunklen Augenringen und den Knitterfalten im Gesicht. Schließlich musste er ja während der Arbeit am Theater irgendwo wohnen. Aber wahrscheinlich wäre es wirklich besser gewesen, wenn er es woanders getan hätte.

Nun, im Moment ließ sich daran nichts mehr ändern und er zumindest schien das auch gar nicht zu wollen. Auf jeden Fall konnte unsere WG-Kasse etwas Entlastung gut brauchen. Auf Dauer wollten wir schließlich kein leer stehendes Zimmer mitfinanzieren.

Wir waren noch dabei, ein paar von Justins Kisten nach oben zu schleppen, als Melli nach Hause kam. Sie hatte offenbar mit Boris und seinen Kifferfreunden die halbe Nacht vor der Bong gehockt und war noch leicht zugedröhnt. Justin sah sie in die Diele kommen und weil ich ihm geraten hatte, sie wegen der Farbgestaltung seines Zimmers doch mal um Rat zu fragen, sprach er sie in aller Harmlosigkeit an.

»Hi, Melli!«, begrüßte er sie etwas übertrieben enthusiastisch. »Super, dass du kommst! Willst du mir mal ein paar Tipps für die Wandgestaltung in meinem Zimmer geben?«

Sie starrte ihn einen Moment orientierungslos an, so als könnte sie sich nicht erinnern, ihn jemals zuvor gesehen zu haben.

»Justin«, sagte ich daher schnell, um ihr auf die Sprünge zu helfen. »Das ist Justin, Melli, er zieht gerade ein.«

»Bei dir?«, fragte sie verblüfft und schien es immer noch nicht richtig auf die Reihe zu kriegen. Und um sich selbst ihren momentanen Blackout zu erklären, fügte sie hinzu: »Du wechselst deine Kerle aber auch schneller als deine Unterwäsche. Da kann man ja gar nicht mehr mitkommen.«

Oh Gott, dachte ich, lass mich auf der Stelle verschwinden. Ich merkte, wie meine Wangen zu glühen begannen, und auch Justin hatte irgendwie ziemlich rote Ohren gekriegt. Was war das peinlich. Der musste mich doch jetzt für eine Oberschnitte halten. An seiner Stelle wäre ich sofort wieder ausgezogen.

Hätte Melli das bei klarem Verstand gesagt, wäre ich ihr wahrscheinlich an die Gurgel gegangen, aber da sie offensichtlich noch total zugekifft war, musste ich mildernde Umstände gelten lassen. Dennoch ging es nicht, dass sie weiter so ein wirres und peinliches Zeug schwafelte, und so versuchte ich, sie dezent in ihr Zimmer abzuschieben.

»Leg dich am besten ein bisschen hin, Melli. Es war sicher eine lange Nacht bei dir, du brauchst noch etwas Schlaf. Wir schaffen das schon alleine und wegen der Wandfarbe in Justins Zimmer könnt ihr euch immer noch unterhalten.«

Aber Melli spielte nicht mit. Sie wollte nicht in ihr Zimmer, sondern war bei dem Wort Farbe nun irgendwie wach geworden und bestand darauf, die Sache gleich in Angriff zu nehmen.

»Ich hatte an ein helles Grau für die Wände und an ein etwas dunkleres für die Decke gedacht«, sagte Justin. »Das würde ganz gut zu meinen modernen Möbeln passen.«

»Niemals!«, sagte Melli, keinen Widerspruch duldend und viel zu laut. »Grau ist keine Farbe, sondern eine

Krankheit! Nur Menschen ohne Charisma können in grauen Wänden leben.« Sie starrte Justin peinlich intensiv an. »Bist du ein Mensch ohne Charisma?«

Wohl kaum, dachte ich, sonst hätte er bestimmt keinen Vertrag für eine Hauptrolle am Staatstheater bekommen.

Aber statt das einfach zu sagen, ließ Justin sich auf Mellis Spielchen ein.

»Was meinst du?«, fragte er zurück. »Wie schätzt du mich ein?«

»Stell dich da an die Wand«, sagte sie, ohne seine Frage zu beantworten. »Jetzt sag eine Farbe, die dir spontan einfällt.«

»Rot«, sagte Justin, und ich sah ihm an, dass er sich am liebsten die Zunge abgebissen hätte, denn offenbar sah er Mellis nun folgende Reaktion voraus. Sie rannte aus seinem Zimmer und kam wenig später mit einem Eimer Farbe wieder. Sogar einen Farbroller hatte sie dabei.

»Okay«, sagte sie, warf ein paar Zeitungen auf den Boden, öffnete den Eimer, rührte die Farbe und tauchte den Farbroller ein.

»Aber Melli!«, versuchte ich sie noch zu bremsen. »Du kannst doch das Zimmer nicht rot streichen, das ist für einen Mann doch etwas pervers.«

»Dann ist er eben pervers. Hat er rot gesagt oder nicht?« Sie sah mich herausfordernd an.

»Ja, hat er, aber er war vielleicht etwas verwirrt, genau wie du …«

Sie sah mich total giftig aus ihren grünen Augen an, zog den Farbroller aus dem Eimer und klatschte ihn so heftig an die Wand, dass die Farbe nach allen Seiten spritzte.

»Ich bin also verwirrt?! Nur weil so ein Möchtegernschauspieler ohne Charisma behauptet, er müsse ein Zimmer mit grauen Wänden haben, um damit seine geheimen Perversionen zu übertünchen!«

Ich an Justins Stelle wäre jetzt ausgetickt, aber er sagte nur etwas verwundert: »Das war mir bisher nie so bewusst.«

Dennoch, ich fand Mellis Auftritt in höchstem Maße peinlich und einem neuen Mitbewohner gegenüber absolut unangemessen, und so versuchte ich, ihr den Farbroller aus der Hand zu nehmen und sie aus Justins Zimmer zu drängen. Leider fühlte sie sich dadurch aber wohl in ihrer Künstlerehre gekränkt und begann nun, mich zu beschimpfen. Als ich zurückschimpfte, wurde sie tätlich und schlug mit dem Farbroller nach mir.

»Oh Scheiße!«, rutschte es mir heraus, als mein T-Shirt und meine Lieblingsjeans eine volle Ladung roter Farbe abbekamen. »Drehst du jetzt völlig am Rad?«

Offenbar ja, denn nach dieser Attacke lehnte sie sich mit dem Rücken an die frisch gestrichene Wand und rutschte dann langsam an ihr runter, bis sie in der Hocke am Boden kauerte. Dort kicherte sie dann leise vor sich hin.

Nun checkte wohl auch Justin, was mit ihr los war. »Hat sie gekifft?«, fragte er mich leise.

Ich zuckte die Schultern, aber da er es früher oder später ja eh merken würde, wenn Boris und seine Kumpels ihre Bong bei uns auspackten, sagte ich schließlich: »Kann sein. Sie hat da so Kumpels an der Kunsthochschule, die ganz gerne mal eine Tüte rauchen oder um die Bong hocken.«

Justin grinste. »Na, dann kann ich ja gelegentlich auch mal dazustoßen.«

Ich stierte ihn an. »Nee, jetzt sag nicht, du kiffst auch?«

Er lachte. »War nur ein Scherz. Obwohl, wenn man in einem Musical wie *Hair* spielt, gehört das doch eigentlich zum Rollenstudium dazu.«

»Was machen wir jetzt mit Melli?«, fragte ich, um das Thema zu beenden. »Hilfst du mir, sie in ihr Zimmer zu bringen?«

Er nickte. Gemeinsam zogen wir Melli hoch und bugsierten sie vorsichtig durch den Flur ins Badezimmer, wo ich ihr ihre rot eingefärbten Klamotten auszog und auch schnell aus meinen eigenen Sachen schlüpfte. Das musste ich gleich ohnehin sofort durchwaschen, bevor die Farbe antrocknete. Dann schleppten wir Melli in ihr Zimmer und legten sie aufs Bett. Da hörte sie dann auf, so dämlich zu kichern, und fand ihre Sprache wieder.

Offenbar hatte sie gemerkt, dass sie nur noch Unterwäsche trug, und so sagte sie, vollkommen davon überzeugt, Justins geheime Laster enthüllt zu haben: »Hey, habe ich nicht gesagt, der Kerl ist pervers? Aber dass du dich dafür hergibst, Paula, wundert mich schon.«

Ich wusste echt nicht, worauf sie hinauswollte, bis sie sich auf die Seite rollte und schon halb im Schlaf sagte: »Steht der Typ doch echt auf flotte Dreier!«

Justin und ich starrten einen Moment lang Melli an, die umgehend eingeschlafen war, dann brachen wir in Gelächter aus.

»Wirst du denn mit der roten Wand klarkommen?«, fragte ich.

Justin wiegte zweifelnd den Kopf.

»Man kann es sicherlich überstreichen«, sagte ich, um ihn ein wenig zu trösten.

»Ich werde es mir überlegen«, sagte er, um dann mit einem frechen Grinsen hinzuzufügen: »Ehrlich gesagt, hätte ich gar nichts gegen einen flotten Dreier einzuwenden. Wenn dafür eine rote Wand die Voraussetzung bei euch ist?« Lachend ergriff er die Flucht in sein Zimmer.

Hätte ich was in der Hand gehabt, hätte ich es ihm ins Kreuz geworfen. So ein Schlingel!

Ich legte mich einen Moment entspannt auf mein Bett und dachte bei mir: Der Junge ist schon okay.

♡ ♡ ♡

Ganz so unnötig waren meine Sorgen bezüglich des Macrobotellóns dann doch nicht, denn die Veranstaltung lief nach einem friedlichen Beginn gegen Mitternacht ganz schön aus dem Ruder. Das lag aber weniger an den zwar sauffreudigen, aber harmlos Feiernden, als an der staatlichen Ordnungsmacht, vertreten durch den Polizeipräsidenten unserer Stadt.

Die Idee für die riesige Spontanfete war von Melli und ihren Kunstkommilitonen so effektvoll beworben worden, dass es einen unheimlichen Zulauf gab, und als der mitten in der Fußgängerzone liegende Grünkohlmarkt zum Bersten voll war, begannen die Leute auch die umliegenden Einkaufsstraßen zu verstopfen. Daraufhin kriegten wohl einige Geschäftsleute Panik und fürchteten um ihre Schaufensterscheiben. Dazu bestand natürlich überhaupt kein Grund, denn es waren bis zu dem Zeitpunkt nicht mal Flaschen zu Bruch gegangen, weil viele Leute Plastiktüten für den Müll mitgebracht hatten und jede Menge Müllbehälter rund um den Grünkohlmarkt von den Kunststudenten aufgestellt worden waren. Wie auch immer …

Jedenfalls dröhnten gegen Mitternacht Polizeilautsprecher über den Platz mit der Aufforderung, die Veranstaltung abzubrechen und die Fußgängerzone umgehend zu räumen. Dreitausend tanzende Jugendliche, von denen viele zugegebenermaßen schon reichlich alkoholisiert waren, hatten dazu aber eine ganz andere Meinung.

»Jetzt wird es doch erst richtig lustig«, sagte ein Typ dicht neben mir und umschlang seine Ische noch enger, mit der er sich im Takt der Musik aus seinem Gettoblaster wiegte.

»Blöde Spaßbremsen, diese Bullen!«, nuschelte die und klebte sich gleich wieder an seine Lippen.

»Das haben die in Palma aber anders gehandhabt!«, brüllte mir Kevin ins Ohr. »Das macht jetzt aber unnötig böses Blut!«

»Na, dann red doch mal mit denen!«, schlug ich vor.

Aber mit »denen« war nicht zu reden. Im Gegenteil. Es folgte die ultimativ letzte Aufforderung, den Platz zu räumen, und zwar »innerhalb von zwei Minuten, danach werden Wasserwerfer eingesetzt!«

Melli winkte ab, als ich sie panisch mit mir wegzerren wollte.

»Das machen die nicht«, sagte sie im Brustton der Überzeugung. »Das ist nur eine leere Drohung.«

Die leere Drohung sollte dann als »Macrobotellón-Kessel« in die Geschichte unserer Stadt und später auch in die Rechtsgeschichte eingehen, wobei bis zum Oberlandesgericht über die Recht- und Verhältnismäßigkeit des Polizeieinsatzes gestritten wurde. Keine Ahnung, wie es ausging – muss gelegentlich mal Elke fragen.

Jedenfalls wollte ich als brave Staatsbürgerin den Platz verlassen. Alix, Melli und ihre Kumpel natürlich nicht. Es ging dann auch gar nicht mehr, denn die Polizei hatte einen Sperrgürtel um den ganzen Grünkohlmarkt gezogen und jede Zufahrtsstraße mit Mannschaftswagen und Wasserwerfern abgeriegelt. Mehr als dreitausend Jugendliche steckten in der Falle.

»Wasser marsch!«, ertönte über Lautsprecher das Kommando, und die drehten tatsächlich auf.

Kevin kriegte den knallharten Strahl voll gegen die Brust und wurde mehrere Meter weit durch die Luft geschleudert, bis eine Schaufensterscheibe seinen Flug bremste. Wäre die jetzt zu Bruch gegangen, wären es natürlich wieder die bösen Jugendlichen gewesen! Da wir ganz in der Nähe von Kevin gestanden hatten, waren Melli, Alix und ich auch sofort bis auf die Knochen durchnässt und mussten uns sehr zusammenreißen, um nicht reflexartig unsere Bierflaschen auf die in einer Kette vorrückenden Polizisten zu werfen! Andere Leute, die in den Strahl des Wasserwerfers geraten waren, legten allerdings nicht so viel Zurückhaltung an den Tag.

»So ein Scheiß!«, kreischte Melli. »Kann in diesem Land nicht mal ganz friedlich und unpolitisch spontan gefeiert werden?«

Offenbar nicht. Jedenfalls fehlte unseren Ordnungsbehörden die südeuropäische Gelassenheit. Unsere weltoffene, kulturbeflissene kleine Großstadt war eben in ihrer inneren Struktur immer noch kleinbürgerlich-autoritär formiert und spontane Jugendkultur war ihr nicht geheuer.

C'est la vie! Was für die Spanier eine, wenn auch nicht von allen gerne gesehene, große Jugendparty war, war für unseren Polizeipräsidenten schon Erregung eines öffentlichen Ärgernisses und damit ein krimineller Akt. Klar, dass bald Kampfgesänge ertönten.

»Hängt die Bullen an den Laternenpfahl!« oder die etwas weniger aggressive Variante: »Zieht den Bullen die Unterhosen aus!«

Natürlich besann sich dann im immer größer werdenden Chaos auch ein Grüppchen Autonomer auf sein politisches Kampfziel und wollte die Knechtschaft durch das Establishment wenigstens in dieser Nacht mal abschütteln.

»Venceremos, venceremos, wir brechen die Ketten entzwei!«, brüllten die Jungs, bildeten mit zirka zwölf Mann einen Keil und splitterten sich an der Polizeikette sofort und total auf.

Ein paar flohen in irgendwelche Hinterhöfe, drei wurden niedergeknüppelt, weil Autonome nun mal voll ins Beuteschema unserer Polizeibeamten passten, und der Rest verschwand in den Mannschaftswagen. Die meisten Leute – Schüler, Studenten und Azubis – bekamen nach diesem Zwischenfall echt Panik und fürchteten um ihre Grundrechte, insbesondere ihre körperliche Unversehrtheit. Zumal die Polizei offenbar alle Anwesenden als Komplizen der autonomen Aufrührer eingestuft hatte und entsprechend rücksichtslos mit den Wasserwerfern auf den Grünkohlmarkt vorrückte. Da so der Kessel immer enger wurde, bestand bald die Gefahr, dass sich die Leute in Panik gegenseitig niedertrampelten oder in die Scherben gestoßen wurden, die nun den ganzen Platz übersäten. Niemand kam mehr an die Mülleimer ran und natürlich hatte jeder nun auch anderes im Kopf, als seine Flaschen ordnungsgemäß zu entsorgen. Schließlich bestand ja die Gefahr, in gewisser Weise selbst entsorgt zu werden, und zwar in Polizeigewahrsam.

Rings um uns brach Hektik aus, und ich bekam mehr als einen Ellbogenstoß oder Fußtritt ab.

Ich fühlte, wie Melli nach meiner Hand griff und brüllte: »Los, Leute, in den Pub!«

»In den Pub?«

»Ja, hier durch diesen Hof kommt man zum Hintereingang.«

»Hast du denn einen Schlüssel?«, fragte Alix und strich sich eine nasse blonde Haarsträhne aus dem Gesicht.

Melli nickte hastig. »Ja, habe ich. Los, los …«

Ich wollte ihr grade folgen, als ich Alix schreien hörte.

»Da, da, da!«, stieß sie entsetzt hervor. »Das ist doch Robbie!«

Tatsächlich! Im Bereich des Brunnens war ein Häuflein durchnässter Schüler mit den Polizisten in ein Handgemenge geraten. Alix' Bruder Robbie und seine kleine Punkerfreundin wurden gerade von zwei Polizisten weggeschleppt. Die Kleine schrie wie am Spieß und stieß die unglaublichsten Flüche aus, wofür sie vermutlich wegen schwerwiegender Beamtenbeleidigung lebenslänglich kriegen würde. Robbie lag mit dem Oberkörper am Boden und wurde an den Beinen über das Kopfsteinpflaster geschleift – ein für Alix schier unerträglicher Anblick.

»Das können die doch mit denen nicht machen!«, rief sie erregt aus. »Das … das sind doch noch Kinder! Die beiden sind absolut harmlos!«

Wie von Furien angetrieben, raste sie auf die Gruppe zu und begann sogleich, den Polizisten zu attackieren, der ihren kleinen Bruder so brutal an den Beinen ergriffen hatte. Klar, dass wir uns zu ihrer Unterstützung auch sofort ins Getümmel stürzten.

»Lassen Sie sofort meinen Bruder los!«, brüllte Alix wie eine Löwin gegen den Lärm des Wasserwerfers und der kreischenden und schreienden Jugendlichen an.

Sie rüttelte den Polizisten, einen Typ mit der Statur eines Bären, am Arm. Der aber schüttelte sie ab wie ein lästiges Insekt.

»Pfoten weg!«, sagte er dabei.

Natürlich versuchten wir nun alle, obwohl wir total panisch waren, die Polizisten zu überzeugen, dass sie Robbie und seine kleine Freundin laufen lassen sollten.

»Das sind harmlose Schüler!«, brüllte auch ich. »Was wollen Sie von denen? Sie haben hier doch nur friedlich gefeiert!«

»Attacke!«, brüllte Justin plötzlich und sprang den einen Polizisten von hinten an, während Alix sich auf die Knie warf und Robbies Oberkörper umklammerte.

Robbie selbst, in einer relativ hilflosen Position, versuchte durch heftiges Strampeln, wenigstens seine Beine freizukriegen. Ich wollte den beiden grade zu Hilfe kommen, als mein Blick auf einen durchgeweichten Typen fiel, der an eine Hauswand gelehnt der Szene interessiert zusah. Mein Herzschlag setzte einen Moment aus, als sich unsere Blicke trafen.

Karlos!

Seine Haare hingen ihm tropfnass ins Gesicht, und ein Auge schien bereits mit der Ordnungsmacht in Berührung gekommen zu sein, jedenfalls war es ziemlich zugeschwollen. Sofort empfand ich Mitleid mit ihm. Aber Robbie und seine kleine Ische brauchten meine Hilfe dringender und wer weiß, ob sich Karlos von Mutter Paula-Teresa überhaupt helfen lassen würde. Also setzte ich meine Attacke fort, bearbeitete die Polizisten mit meinen Fäusten, was ihnen jedoch herzlich wenig auszumachen schien, und versuchte, Robbies Freundin an einem Arm wegzuziehen. Was aber nicht wirklich von Erfolg gekrönt war.

Dann stand plötzlich Karlos neben mir und sagte mit lauter, fester Stimme: »Lassen Sie sofort die Kinder los, wenn Sie nicht wollen, dass Sie morgen eine Klage am Hals haben! Mein Vater ist Professor für Öffentliches

Recht! Was Sie hier veranstalten, verstößt gegen ein ganzes Bündel von Bürgerrechten gleichzeitig!«

Nicht, dass die Polizisten etwas auf seine Drohung gegeben hätten, aber sein sicheres Auftreten verblüffte sie so, dass beide einen kurzen Moment ihre Aufmerksamkeit auf ihn statt auf ihre Opfer richteten und dabei ihre Griffe etwas lockerten. Diesen Augenblick nutzten wir, um Robbie und seine kleine Punkerfreundin zu befreien. Alix half Robbie auf die Füße, während Karlos weiter auf die Bullen einschwafelte und versuchte, sie abzudrängen. Die durchschauten dann aber natürlich sehr schnell das Manöver und schubsten ihn brutal zur Seite, um die beiden wieder einzufangen und uns gleich mit. So weit wollten wir es aber nicht kommen lassen.

»Lauft!«, brüllte Melli, und ich schrie: »Karlos! Komm!«

Als er keuchend neben mir auftauchte, fragte er: »Wo wollt ihr denn hin?«

»In den Irish Pub!«, stieß ich außer Atem hervor. »Da hinten durch den Hof geht es zum Hintereingang. Melli hat einen Schlüssel.«

Ich zerrte ihn ziemlich grob in eine Toreinfahrt, die auf einen Hinterhof führte, in dem schon ein Grüppchen völlig durchgeweichter Schüler zähneklappernd Zuflucht gesucht hatte.

Melli begann mit flatternden Fingern eine Eisentür aufzuschließen.

»Los, los, schnell, hier rein!«, rief sie.

Wir stolperten von einem Schwung Schüler gefolgt in einen dunklen Lagerraum, in dem Unmengen von Bier standen.

»Schneller, schneller!«, schrie Melli, zerrte noch ein triefendes Mädchen rein und knallte dann die Tür zu, bevor unsere Verfolger den Hinterhof erreicht hatten.

Sie drehte den Schlüssel zweimal im Schloss herum.

Einen Moment standen wir alle im Dunkeln, umgeben von einer Symphonie aus Zähneklappern, Schluchzen und Flüchen! Schließlich fand Melli den Lichtschalter.

»Bleibt hier«, sagte sie, und ihre Zähne schlugen ebenfalls vor Kälte aufeinander. »Ich sehe nach, ob Pat vielleicht da ist.«

Aber da Melli ihm zuliebe den Macrobotellón auf den Ruhetag des Irish Pub gelegt hatte, war der Laden oben dicht. So schlich ein ziemlich trübes Häuflein junger Menschen in den Gastraum hinauf. Melli holte Handtuchrollen und Küchentücher, und wir versuchten, uns so gut es ging trockenzulegen.

Mein Gott, dachte ich, als ich im Waschraum der Damentoilette meine Klamotten bis auf die Unterwäsche auszog und über dem Waschbecken auszuwringen versuchte. Was für ein Glück, dass wir jetzt hier drin in Sicherheit waren und auch noch den Komfort von warmem Wasser und Toiletten genießen durften, während sich wenige Meter weiter draußen andere Teilnehmer des Macrobotellón mit der Polizei prügelten oder sich wegschleppen ließen. Es hätte nicht viel gefehlt und wir wären auch auf der Wache gelandet, zumindest aber Robbie und seine Freundin.

Wir standen hinter der halb verhängten Scheibe des Lokals und schauten immer noch frierend und fassungslos dem Geschehen in der Fußgängerzone zu.

»Das ist Freiheitsberaubung!«, schnaubte Karlos. »Einen Kessel zu bilden, in dem auch unbeteiligte Passanten festgehalten werden, ist illegal. Das wird auf jeden Fall ein juristisches Nachspiel haben. Ich bin grade aus dem *Gerberstübchen* gekommen, als die mit ihren Wasserwerfern vorrückten.«

Wie ich ihn einschätzte, war er über diese Behandlung so verärgert, dass er höchstpersönlich eine Klage anstrengen würde, und sein Vater würde ihn sicherlich darin unterstützen.

»Scheiß Establishment!«, fluchte Melli und zapfte Bier für alle.

»Ich gebe einen aus«, sagte sie. Mir flüsterte sie zu: »Wird wohl das letzte Bier sein, das ich hier ausschenke.«

»Meinst du?«, fragte ich bestürzt, denn ich wusste ja, wie dringend sie den Job brauchte, um ihr Studium und die Wohnung zu finanzieren.

Sie zuckte die Schultern. »Klar, was sonst? Glaubst du, nach der Sauerei, die wir hier veranstaltet haben, lässt Pat mich auch nur einen Tag länger für sich arbeiten?«

»Aber wir können doch noch aufräumen und die Toiletten putzen«, sagte ich und begann auch gleich, die Schüler dazu zu animieren.

Die waren so dankbar, dass wir sie gerettet hatten, dass sie es klaglos und gründlich machten. Dennoch herrschte zumindest bei Melli Endzeitstimmung.

Ich hockte mich erschöpft mit meinem Guinness an den Tisch, an dem Karlos früher immer gesessen hatte, und klapperte depressiv mit den Zähnen. Jemand setzte sich auf den Stuhl neben mich. Es war Karlos.

»Ich habe dich vermisst. Warum bist du einfach fortgegangen, Paula?«

Ich senkte meinen Blick tiefer in das Guinnessglas.

»Ich ... weil ... ich bin keine Studentin ... Ich habe dich beschwindelt ... Ich ... studiere nicht Jura.«

Er sprang nicht gleich vom Tisch auf und schnauzte mich auch nicht an, sondern sagte ganz ruhig mit seiner warmen, dunklen Stimme: »Ich weiß, Paula. Meine Mutter hat es mir erzählt.«

Diese alte Zicke! Hätte ich mir ja denken können.

»Dann weißt du ja, warum ich weggelaufen bin. Du ... du hast gesagt, du würdest dich nie so weit herablassen, mit einer Friseurin zu ... äh ... es mit einer Friseurin zu tun ...«

Er schwieg einen Moment.

»Man sagt manchmal Dinge, über die man nicht wirklich nachgedacht hat. Das solltest du doch wissen.«

Tja, sollte ich wohl. Schließlich hatte ich ja zuerst diese dumme Lüge von der Jurastudentin in die Welt gesetzt, ohne auch nur den geringsten Gedanken an die Folgen einer solchen Schwindelei zu verschwenden.

»Du ... du hast dich nur einmal gemeldet und nur so knapp und dann ... dann hast du nie mehr nach mir gefragt ... War ich dir so ... so ... gleichgültig?«

Er wirkte schuldbewusst. »Ich weiß, ich hätte es tun sollen, aber es war eine total unglückliche Verkettung von Umständen. Mein Vater wollte unbedingt, dass ich diesen Gastprofessor aus Amerika zurück in die Staaten begleite. Nachdem du verschwunden warst, dachte ich, dass doch etwas an dieser Dominageschichte dran war. Und dann enthüllte meine Mutter mir noch, dass du gar keine Jurastudentin, sondern eine Friseurin bist. Das alles verwirrte mich so, dass ich schließlich mitgeflogen bin. Ich wollte einfach eine Auszeit, um über alles noch einmal nachzudenken, weil ich einfach nicht begreifen konnte, warum du gegangen warst, wo doch alles zwischen uns eigentlich so prima lief. Meine dumme Bemerkung hatte ich total verdrängt, und meine Mutter stellte dich als eine üble Heiratsschwindlerin hin.«

Ich schluckte, denn natürlich konnte ich ihn völlig verstehen, und ich hätte sicherlich nicht anders reagiert. Es war ja eigentlich klar, dass er seiner Mutter glaubte, denn ich war schließlich einfach fortgelaufen.

»Und, äh … wie kommst du jetzt hierhin?«

»Ich bin erst seit zwei Tagen wieder in Deutschland. In meinem Apartment fiel mir die Decke auf den Kopf, weil mich zu viel an dich erinnerte, und so bin ich kurz zu einem Drink ins *Gerberstübchen* gegangen. Tja, und dann steckte ich plötzlich mit euch im Kessel.«

»Und?«

»Was und?«, fragte er.

»Na ja, hältst du mich nun für eine Heiratsschwindlerin?«

»Für eine Schwindlerin schon …«

Ich sah ihn an und wusste plötzlich, dass ich ohne ihn nicht leben konnte und ihn darum um jeden Preis hier und jetzt für immer festhalten musste. Er durfte mir nicht noch einmal vom Haken rutschen …

Mit einer liebevollen Geste strich ich ihm die nassen Haare aus der Stirn und nahm dann seine kalten Hände, die ineinander verschlungen auf der Tischplatte lagen, in die meinen. Er sah mich erstaunt an, und ich wich, obwohl es mich sehr viel Kraft kostete, seinem Blick nicht aus.

»Karlos«, sagte ich leise. »Deine Eltern, dein Geld, dein Job haben mich nie wirklich beeindruckt … aber du als Mann schon … Ich habe dich wirklich geliebt … und Angst gehabt, dich zu verlieren. Es … es war ganz allein mein dummer Minderwertigkeitskomplex.«

Ich senkte meinen Blick wieder auf das Bier und murmelte: »Es ist so schade …«

Alix saß an einem der Nebentische und war dabei, Robbies Schürfwunden an den Armen mit Whiskey zu desinfizieren, der dabei herzerweichend jammerte. Jungen sind so entsetzlich verletzlich!

»Pst, leise«, sagte Melli und starrte aus dem Fenster, vor dem sich weiterhin Polizisten und ein harter Kern von Autonomen eine Straßenschlacht lieferten, wobei immer noch jede Menge harmlose Schüler zwischen die Fronten gerieten.

»Ich arbeite übrigens nicht mehr bei meiner Mutter im Frisiersalon«, sagte ich zu Karlos und trank einen Schluck Guinness. »Ich bin jetzt als Theaterfriseurin am Staatstheater.«

»Krass«, rutschte es Karlos heraus. »Das ist bestimmt sehr interessant.«

Justin setzte sich zu uns, und Karlos schaute ihn misstrauisch an. Ich machte die beiden bekannt und wurde dabei ziemlich nervös, denn es schien Karlos zu irritieren, dass Justin auch am Theater arbeitete und außerdem noch in meiner WG wohnte. Hoffentlich dachte Karlos nun nicht auch, dass ich die Männer wie meine Unterwäsche wechselte!

In der Morgendämmerung verließen wir schließlich das Lokal durch den Hinterausgang und gingen durch die nasse und von Scherben und Klamottenteilen übersäte Fußgängerzone langsam nach Hause. Die Schülergruppe bedankte sich bei Melli und Karlos verabschiedete sich, um zu seinem Auto zu gehen.

»Soll ich dich fahren?«, fragte er.

Ich sah zu Justin und den anderen hinüber und schüttelte den Kopf. »Nein, lass mal, ich gehe mit den anderen, ist ja nicht mehr weit.«

»Werden wir uns wiedersehen?«

Ich schluckte. »Wenn, äh, wenn du wirklich willst …«

Karlos lächelte sein charmantes Lächeln. »Natürlich will ich.«

Nun ja, Pat war Ire und damit Angehöriger einer jahrhundertelang unterdrückten Nation. Damit war er gegen Polizeigewalt, gegen Autoritäten und ganz besonders gegen ein Verbot von spontanem und hemmungslosem Alkoholkonsum. Wie gesagt, er war Ire, und die Iren hatten zwar das Rauchen in Lokalen verboten, aber nicht das Saufen im Freien. Womit klar war, dass er sich mit uns solidarisch erklärte, und statt über die Verschmutzungen in seinem Pub zu lamentieren, freute er sich darüber, dass er einen kleinen subversiven Beitrag zu unserer Rettung leisten konnte. Melli behielt also ihren Job, und beim nächsten Karaokeabend wurde natürlich noch einmal kräftig gefeiert.

Ich hatte nichts mehr von Karlos gehört und nachdem unsere Aussprache nun offensichtlich auch nichts mehr gebracht hatte, begann ich, mich innerlich doch von ihm zu verabschieden. Allerdings unter großen Schmerzen. Den Fisch musste ich wohl verloren geben.

»Gräm dich nicht«, sagte Alix. »Das Meer des Lebens ist groß und tief, und es schwimmen Milliarden von dicken Fischen darin.«

»Aber keiner wie Karlos«, sagte ich seufzend.

Melli warf die Karaokemaschine an, aber ich hatte keine Lust zu singen. Jemand anderes aber schon.

Karlos stand plötzlich hinter mir und schob mich zur Bühne. Im Vorbeigehen flüsterte er Melli etwas zu.

Oh nein, dachte ich, als die ersten Takte erklangen. Das ging aber wirklich nicht! Ich konnte doch jetzt nicht mit Karlos *Something stupid* singen!

»Klar kannst du«, sagte er und zog mich erbarmungslos auf die Bühne.

Vermutlich hatte ich noch nie so eine grauenhafte Vorstellung geliefert, und Justin, der bei Melli am Tresen hing, begriff nun wohl, warum es besser war, dass ich mich nicht für die Gesangsrolle am Theater entschieden hatte. Aber dann waren wir endlich beim letzten

Refrain angekommen und ein Ende des grausamen Spiels war abzusehen.

Wieder standen wir mit beiden Beinen im Schmalztopf und schmachteten uns an:

»... and than I go and spoil it all
By saying something stupid like I love you!«

Mit Melli würde ich noch ein Wörtchen zu reden haben, dachte ich wütend dabei. Was hatte sie sich nur wieder dabei gedacht? Aber dann fiel mir ein, dass sie den Song ja offenbar auf Karlos speziellen Wunsch hin gespielt hatte, und so fragte ich mich auch, was er sich wohl gedacht hatte? Das war doch nach allem, was passiert war, im höchsten Maße peinlich, hier so eine Show abzuziehen.

Als wir bei mäßigem Applaus von der Bühne gingen, zog Karlos mich in eine dunkle Ecke des Lokals. Er hielt meine Hände in den seinen und schaute mir tief in die Augen.

Hallo, was sollte das denn jetzt werden, wenn es fertig war?

»Eine Liebeserklärung«, antwortete Karlos grinsend, denn ich hatte wohl laut gedacht.

Mein Herz begann, ganz fürchterlich heftig und laut zu schlagen. Er hatte doch nicht wirklich Liebeserklärung gesagt? Sollte er doch noch an meinem Haken zappeln? Ich glaubte es ja nicht!

»Der Song hat mir wirklich aus der Seele gesprochen«, sagte er.

Ich dachte nur, dass die ja inwendig reichlich verkitscht aussehen musste. Aber das war ja nun auch egal! Und ein bisschen Kitsch stand einem Mann wie ihm ja gar nicht mal schlecht zu Gesicht. Solange es nicht überhandnahm.

»Nur eine kleine Korrektur hätte ich«, fügte er noch hinzu.

Mein Herzschlag stockte. Er machte doch jetzt keinen Rückzieher?

Er grinste frech. »Ich finde es nämlich ganz und gar nicht *stupid* zu sagen, dass ich dich liebe!«

Hätte er mich nicht fest in die Arme genommen und geküsst, wäre ich bestimmt in Ohnmacht gefallen.

Und so geht's weiter!
Wird Melli sich einen reichen Mäzen angeln und sich mit Justin als Mitbewohner abfinden können? Hier kommt ihre Geschichte:

Bianka Minte-König/Gwyneth Minte
Liebe? Warum nicht?

Leseprobe

Ab November 2007 im Buchhandel erhältlich.

♡ ♡ ♡

Von der Muse geküsst

»Oh, verdammt! Könnt ihr mal endlich dieses Gejaule abstellen? Hier wird man ja wahnsinnig! Das ist ja schlimmer als am Ballermann!«

Es war einer dieser Tage, an denen ich mir wünschte, nie mein zwar unbeheiztes, aber idyllisches Loft im alten Schlachthof verlassen zu haben. Auch wenn das lichtdurchflutete Atelier im Jugendstilwintergarten unserer WG natürlich mehr Charme und vor allen Dingen eine Heizung hatte. Aber an Tagen wie heute hätte ich das alles aufgegeben, um nur endlich wieder meine Ruhe zu haben. Eine Künstlerin wie ich, kreativ und sensibel, war einfach nicht in der Lage, mit Ohropax in den Löffeln schöpferisch tätig zu sein! Ging das denn nicht in Paulas Gehirn rein? Ein großes Gemälde für die Ausstellung der »Jury-Freien« ließ sich nicht zum Gedudel eines Siebzigerjahre-Musicals kreieren! Aber wenn es nur Paula wäre! Sie mit ihrem Karaoke-Gedöns war zwar schon nervtötend genug, aber seit dieser Möchtegernschauspieler und -musicaldarsteller Justin das letzte freie Zimmer unserer WG bezogen hatte, war es schlichtweg nicht mehr auszuhalten. Ich hatte mir doch gleich gedacht, dass an dem Typ was faul war. Wer strich schon seine Wände grau, wenn er eigentlich rot bevorzugte? Doch nur jemand, der seine unterschwelligen Gelüste unter einem ehrbar anmutenden Tarnmäntelchen von Sachlichkeit verbergen musste. War ja klar, dass der nicht offen zugab, was für ein Feuerchen in ihm loderte. Ganz das kleine Rumpelstilzchen, das nur aus dem Hinterhalt zuschlug. Klar, dass er mich überredete, die Wände seines Zimmers, die ich bei seinem Einzug so großzügig rot getüncht hatte, wieder grau zu überpinseln. Nur über dem Bett durfte ich einen roten Streifen stehen lassen. Man beachte die Kombination: Bett – rot!

Der Typ hatte doch einen Schaden! Ich merkte, wie mir die Halsschlagader beim Gedanken an ihn ganz gewaltig anschwoll, und bevor sie platzte – oder ich –, riss ich die Tür meines Ateliers auf und stürzte in die Wohndiele, wo sich Paula und Justin in einem schmalzigen Duett gegenseitig falsche Töne um die Ohren schlugen. Und mir leider gleich mit.

»Geht's auch etwas leiser?«, pampte ich die beiden sofort an. »Und im Übrigen, Justin, dies ist eine WG, in der auch andere Menschen leben und arbeiten wollen, und keine Probenbühne!«

Paula zuckte zusammen, ließ den letzten Ton abschmieren, was ihn noch grausiger machte, und setzte sofort eine schuldbewusste Miene auf.

»Oh, Melli? Ich ... entschuldige ... ich habe gar nicht gewusst, dass du da bist ...«

Ach, das wunderte mich nun aber. Wo sollte ich denn wohl sonst sein, um neun Uhr an einem Sonntagmorgen? Hatte der Herr diesen Tag nicht zum Ruhetag erklärt? Also ...

»Es ist Sonntag«, sagte ich versöhnlich. »Jeder bibeltreue Christ ruht. Warum also ruht ihr nicht?«

Justin grinste sein ausgesprochen impertinent wirkendes Grinsen. »Weil wir vielleicht nicht bibelfest sind? Erzähl doch mal! Würde mich echt interessieren, wie du als Atheistin das mit dem Sonntag und dem lieben Gott so siehst.«

Nun riss mir der Geduldsfaden. Was bildete der Arsch sich eigentlich ein? Nicht nur, dass er sich bei Paula eingeschleimt hatte, um das freie WG-Zimmer zu kriegen, und mir am Sonntagmorgen die Ohren mit seinem Musicalschwachsinn volljaulte, jetzt besaß er auch noch die Frechheit, mich vor dem Frühstück zu einem Streitgespräch herauszufordern. Mich, Melli mit der scharfen Zunge! Na, hoffentlich hatte er sich warm angezogen. Danach sah sein labberiger Pyjama allerdings nicht grade aus. Überhaupt … wie konnte der Typ so hier herumlaufen? Demnächst saß er in Unterhemd und Boxershorts am Küchentisch. Das praktizierte Spießertum! Grausam! Er tat ja schon so, als wenn er hier zu Hause wäre. Hm, war er in gewisser Hinsicht wohl sogar. Egal! Mich forderte man nicht unwidersprochen heraus!

Ich wollte ihm grade Kontra geben, als Paula sofort die Notbremse zog. »Lass doch, Justin. Wir wollten doch üben, und Melli hat völlig recht. Sie will sicher noch schlafen, und wir können doch auch später …«

»Nein«, baute ich gleich vor. »Ihr könnt auch später nicht! Ich muss arbeiten. Schöpferisch! Ich bin schließlich nicht so ein Reproduktionskünstler wie Justin, der nur nachleiern muss, was andere bereits Tausende von Malen vor ihm, vermutlich sogar besser, gesungen haben. Geht, wohin ihr wollt, von mir aus zum Schlachthof, da ist jetzt alles unbewohnt und ihr stört niemanden, aber hier haltet bitte die Klappe! Klar?«

Ich wollte in mein Zimmer zurückgehen, aber Justin verstellte mir den Weg.

Was wollte der denn noch? Der konnte doch wohl froh sein, dass ich es bei einem sehr allgemein gehaltenen Statement belassen hatte.

»Geh aus dem Weg!«

»Nur wenn du mir eine Frage beantwortest.«

Der Kerl wurde wirklich immer unverschämter. Schauspieler! Der war mir doch von Anfang an suspekt.

»Was willst du?«

»Ich wollte nur wissen, ob du eigentlich mehr Miete zahlst als Paula und ich.«

»Mehr Miete? Wieso denn das?«

»Also nicht?«

»Nein. Warum auch?«

»Warum? Weil du so tust, als ob dir die ganze Wohnung allein gehören würde.« Er setzte bei seinen nächsten Worten eine übertrieben arrogante Miene auf und sagte mit gezierter Gestik: »Oh mein Gott, ich habe ja so einen genialen schöpferischen Einfall, den muss ich sofort auf Leinwand bannen. Wenn nur diese schrecklichen Untermieter nicht wären! Sie wagen es tatsächlich, sich frei in der Wohnung zu bewegen, und dabei sogar noch Töne von sich zu geben! Schrecklich! Einfach katastrophal!«

Paula griff Justin nun am Arm und wollte ihn wegziehen. Sie ahnte wohl, dass der Knabe mehr als einen Schritt zu weit gegangen war. Er war mir von Anfang an unsympathisch, und allmählich wusste ich auch, warum. Der Typ hatte eine entschieden zu freche Klappe und musste sie ständig aufreißen – und zwar nicht nur zum Singen.

»Komm, Justin! Wir können doch ein bisschen spazieren gehen und dabei singen … dann stören wir Melli nicht.«

»Ich will Melli aber stören!«, blaffte Justin sie nun ebenfalls an.

Offenbar hasste er Rückzugsgefechte. Ein Typ wie er brüllte vermutlich noch »Attacke«, wenn man ihm den Gaul unter dem Hintern weggeschossen hatte und die Fahne in Fetzen am Panier hing. Ich gehörte zwar selber auch nicht grade zu den Duckmäusern, aber so wie er auftrat, das war wirklich unverschämt und durch nichts begründet. Grade mal frisch von der Schauspielschule hatte er bei uns am Staatstheater seine erste Rolle im Musical *Hair* bekommen und tat nun so, als wäre er Johnny Depp persönlich. Na gut, er sah ihm ein bisschen ähnlich, aber gab ihm das etwa das Recht, so aufzutreten? Nein! Ganz und gar nicht! Dem Knaben musste ich wohl erst mal Benimm beibringen. Also, wenn der hier in der WG überleben wollte, hatte er noch einiges zu lernen. Zuerst einmal Unterordnung! Dies war eine Frauen-WG, und er war als Typ hier allenfalls geduldet.

Und so etwas Ähnliches sagte ich dann auch.

Schallendes Gelächter dröhnte mir in den Ohren!

Ups! Ich starrte zuerst Justin an und dann Paula. Die war irgendwie blass geworden um die Nasenspitze und ihre runden Kulleraugen blickten mich stier an.

Als Justin sich langsam wieder beruhigte, keuchte er atemlos: »Die Klausel muss mir im Mietvertrag entgangen sein! Darf ich wissen, wie du dir diese … äh … Unterordnung vorstellst?«

Peinlich! Nun war es an mir, die Stellung zu verteidigen. Das wäre es ja noch schöner, dass ich mein Terrain an diesen dahergelaufenen Möchtegerndarsteller abgab. Ich konnte meine Wut kaum bändigen, versuchte aber dennoch, bei meiner Antwort so kühl und arrogant wie möglich rüberzukommen: »Leider gibt es diese Klausel nicht. Aber ich denke, sie ist auch überflüssig. Ich wette mit dir, dass du spätestens in einem Monat freiwillig deine Sachen packst und uns und diese WG von deiner impertinenten Gegenwart befreist.«

Ich schob ihn mit einer heftigen Armbewegung aus dem Weg und knallte meine Zimmertür vor seiner Nase zu.

Hoffentlich habe ich ihn damit getroffen, dachte ich wütend und sah schon im Geiste, wie Schwester Paula, mitleidig und mildtätig wie Mutter Teresa, ihm ein Stückchen Zellstoff unter den blutenden Rüssel presste. Sonst neigte ich ja nicht zu solch brutalen Fantasien, aber der Typ ging mir wirklich voll auf die Nerven!

»Melli, das geht nicht! Also, es liegt mir ja fern, dich zu kritisieren, aber so kannst du Justin nicht behandeln.«

Es war meine Freundin und Mitbewohnerin Alix, die meinte, sich für Justin einsetzen zu müssen. Sicherlich hatte unser Friedensengelchen Paula sie dazu angestiftet. Ich weiß zwar nicht, warum, aber irgendwie hatte sie einen Narren an dem Typen gefressen. Vermutlich fand sie es einfach nur geil, mit einem Schauspieler in einer Wohnung zu wohnen. Manchen Menschen reichte es ja, wenn sie einen Künstler zu ihren Freunden zählten, da sie selber nie was Schöpferisches auf die Beine stellen könnten. Also, das war jetzt nicht böse gemeint, wirklich nicht, denn Alix war supercool und einfallsreich, aber eben – und auch Gott sei Dank – keine Künstlernatur. Auch wenn sie viel Verständnis für kreative Menschen zeigte ... für mich zum Beispiel. Das war ja völlig okay. Aber diesen Justin konnte sie doch unmöglich für einen Künstler halten?

Tat sie aber.

»Melli, grade *du* solltest doch etwas mehr Verständnis für andere Künstler aufbringen. Haben wir je über den Terpentingestank deiner Farben gemeckert?«

»Na ja ...«

»Nein, haben wir nicht wirklich. Und der ist manchmal echt ganz schön ätzend. Vor allem jetzt, wo du dieses riesige Ölbild angefangen hast. Eigentlich wolltest du so große Sachen ja in der Hochschule malen ... aber hat einer von uns deswegen gleich einen Streit angefangen? Nein!«

»Das ist was anderes. Ich bin leise und störe keinen. Aber der Typ *singt*!«

Alix ließ sich in ihrer Friedensmission nicht beirren. »Farbgestank ist auch eine Form der Belästigung ...«

»Dann kann ich ja ausziehen!« Ich war nun wirklich beleidigt, weil sie mir so in den Rücken fiel.

»Das will doch niemand ...«

»Und warum sagst du es dann?«

»Wie bitte? Ich habe nicht gesagt, dass du ausziehen sollst!«

»Du hast gesagt, ich stinke und belästige dich!«

Alix schüttelte mit einem verzweifelten Augenaufschlag den Kopf. »Melli, hör auf! Du weißt ganz genau, was ich gesagt habe, und du weißt auch, dass es wahr ist und dass du darum die Letzte bist, die Justin etwas vorwerfen kann. Sollen wir vielleicht Zeiten mit ihm absprechen, zu denen dich das Singen nicht stört? Wäre dir damit geholfen?«

Es war hoffnungslos. Sie begriff genauso wenig wie Paula, dass sich ein Künstler nicht in ein starres Korsett von Regeln und Terminabsprachen pressen lassen konnte. Genialität brach überraschend aus, und dann musste gearbeitet werden – notfalls stundenlang, tagelang, bis zum Umfallen, ohne Rücksicht auf irgendwelche Möchtegernmusicalstars!

Ich seufzte resignierend. »Ich weiß, Alix, du meinst es gut, aber du verschwendest deine Energie. Der Typ ist einfach nicht kompatibel.«

»Der Typ ist *was* nicht?«

»Nicht kompatibel. Er passt nicht zu uns.«

Aber obwohl Alix mir meistens zustimmte, diesmal hatte sie ihren eigenen Kopf. Und den schüttelte sie bereits zum wiederholten Mal. »Der Typ hat einen Mietvertrag genau wie du, und er hat somit auch die gleichen Rechte. Ihr müsst euch eben zusammenraufen und äh ...« Alix bekam ganz plötzlich feuerrote Wangen. »... bist du sicher, dass deine Aversion gegen ihn nicht vielleicht andere ... äh ... Gründe hat? Ich meine ...«

In meinem Gehirn schrillte eine Alarmsirene. Andere Gründe? Was für andere Gründe? Was ging denn in Alix' Kopf vor?

»Meine Abneigung gegen den Typen beruht ja wohl auf Gegenseitigkeit«, sagte ich also schnell, um weiteren Spekulationen von vornherein vorzubeugen. Vergeblich.

Alix sah mich irgendwie sehr tiefsinnig an und meinte dann: »Und wenn es eigentlich gar keine Abneigung ist? Wenn es eher ... äh ... Zuneigung wäre?«

Nun drehte sie aber wirklich am Rad. »Da liegst du aber voll daneben!«, platzte es aus mir heraus. »Wenn das Zuneigung sein soll, dann möchte ich aber nicht erleben, wie 'ne echte Abneigung zwischen uns aussehen soll. Kakerlaken auf dem Frühstücksbrot und Spinnen im Kaffeepott?«